TAKE
SHOBO

王女の証明
訳あり子爵は大罪人の末裔に甘い罰を与える

明七

Illustration
yuiNa

JN229930

MOON DROPS

王女の証明　訳あり子爵は大罪人の末裔に甘い罰を与える

Contents

イラスト／yuiNa

王女の証明

訳あり子爵は
大罪人の末裔に甘い罰を与える

MOON DROPS

序章

蟬《せみ》が鳴き、風が吹く。

庭の片隅に屈みこんだ父が、黙々と雑草を抜いている。

その背に呼びかけることを躊躇《ためら》って、幼い日のアークロッドはその場に立ち尽くした。

父が手入れした庭は、それはそれは見事だった。

群植されたマリーゴールド。それを囲むようにして鮮やかな紫色のトルコ桔梗《ききょう》が風に揺れ、白い蔓棚《つるだな》には淡黄色の木香薔薇《ばら》が庭園の主人であるかのように見事に咲き誇る。

太陽の光をめいっぱい浴びて夏を謳歌《おうか》する植物達。その強い生命力は圧倒的だった。

父の背が、動いた。彼は滴る汗を手で拭い、そしてアークロッドの存在に気付く。

遊びに出たはずの息子がいつの間にか戻っていることに驚いて、彼は僅かに目を丸くした。

『アーク？　いつ戻った？』

『……』

アークロッドは、俯《うつむ》くようにして目を逸らす。

父は立ち上がるとアークロッドに歩み寄り、そしてまた腰を落とした。

『その頬はどうした？』

『……』

アークロッドの頬は赤く腫れていた。唇は切れて血が滲《にじ》み、膝も擦り剝いている。ただ単に転んだにしては、随分と派手な怪我だ。

『従兄弟達か？』

『……』

父は深く溜息《ためいき》をつくと、アークロッドを抱き上げてくれた。

『またか……』

『手当をしよう』

何かにつけて従兄弟達に虐められるのは、今に始まった事ではない。多勢に無勢で一方的に暴力を振るわれて、最初のうちはアークロッドも泣きながら両親に言いつけた。両親はいつも絶対的にアークロッドの味方で、相手の親に抗議してくれたのだが、相手は『子供同士の喧嘩《けんか》に親が口を出すなんて』と、まるでアークロッドの両親が非常識とでもいわんばかりだった。そしてアークロッドを蔑みの目で見て言うのだ。『躾《しつけ》くらいしたらどうなの？　ただでさえ生まれが悪いのだから』と。

そんなことが何度かあって、アークロッドは口を閉ざした。

従兄弟達に殴られても、追いかけられた末に池に落ちても我慢した。両親が、自分のせいで悪く言われるのは見たくない。
『母上には言わないで……』
傷の手当てをしてくれる父に、アークロッドは懇願した。
『きっと心配させちゃうから』
『……』
父はしばらく黙っていた。そして大きな手で、アークロッドの頭を撫《な》でた。
『頼りない親ですまん、アーク』
その低い声に滲んだ優しさに、アークロッドは思わず泣きそうになる。
鼻がツンとして、溢《あふ》れかけた涙を歯を食いしばることで必死に耐えた。
『戻ったわよー！』
明るい母の声に、アークロッドは慌てて涙を腕で拭う。
歌劇鑑賞から戻って来た母は、今にも円舞曲を踊り出しそうなほどに上機嫌だった。
『本当に素敵だったわ！〝ローウェルの悪女〟！ 騎士役の役者が本当に凛々《りり》しくて
……。まぁ！ アーク！』
彼女はさっと顔色を変えて、アークロッドに走り寄った。
『どうしたの⁉ この酷い怪我！』
『何でもないよ！』
アークロッドは大きな声で言った。

『何でもないんだ！』

アークロッドの家は子爵家とは名ばかりの貧乏貴族で、両親は雇っている数人の召使いの給金を払うために常に節約を強いられていた。

歌劇が何より大好きな母も、劇場に行くのは一年に一度と決めていて、それが今日だったのだ。

その特別な日に、自分の怪我なんかで水を差したくなかった。

『それより、歌劇はどうだった？　どんな話だったの？』

誤魔化す為に矢継ぎ早に尋ねると、母は戸惑いながら父を見た。父が小さく首を振ると、母は肩を落とした。

アークロッドを見て、母は優しく微笑んだ。

『〝ローウェル〟という架空の国の、美しい王妃様のお話よ』

悪の宰相の陰謀によって愛する夫と引き裂かれ王宮から追放された王妃が、その知恵と勇気で自らの人生を切り開く姿を描いた作品だという。

『エドライドの国王夫妻をモデルにした歌劇なんですって』

『エドライド？』

『大きくて強い国だよ』

父がアークロッドの頭を撫でながら教えてくれた。

『愛し合う二人の強い絆が本当に素敵だったわ』

うっとりとする母に、アークロッドと父は顔を見合わせて首を捻る。

『よくわかんない』

『同感だ』

ようやく十歳になるアークロッドは当然のことながら、父もまったく歌劇に興味がないようだった。彼が興味を示すのは庭の花と草のことばかり。

一応は子爵であるのに庭で土いじりばかりの寡黙な父と、歌劇とお喋《しゃべ》りが大好きな明るい母。正反対のこの夫婦は、けれど大恋愛の末に結婚したらしい。外国で生まれ育った母は、両親の反対を押し切って父の元へ嫁いできたのだという。

『あの大国エドライドの国王夫妻がモデルなんて、もし本当なら不敬罪で上演禁止どころか脚本家が投獄されそうなものだがな』

『それがないってことは、エドライド王室が黙認してるってことよ！　現にエドライドでは〝悪女〟という言葉が気高い女性を指す賞賛の言葉になっているらしいし』

両親のやりとりを、アークロッドはキョトンと見守った。

幼かったアークロッドは知る由もなかったが、歌劇が流行る時期から遡ること数年前。エドライドでは実際に王妃が姦通《かんつう》罪で王宮を追放されており、これが当時の宰相による陰謀だったことが明らかになっていた。

悪名高いその宰相の名はウィルダーン。

一代で宰相まで上りつめたその男は、王から実権を奪い、王妃を貶《おとし》め追放し、歯向かう者や邪魔な者はことごとく無実の罪を着せて処刑したという。

　絞首刑に処された今も、エドライドにおいて彼は憎悪の対象だった。

　まさに事実は小説より奇なり。舞台化するにあたって多少の脚色はあっただろうが、〝ローウェルの悪女〟が実話を基に書かれたことは、もはや事実として広く認知されていた。

『ああ、本当に素敵だったわ。ねぇ、今度皆で見に行きましょうよ！』

　溌剌《はつらつ》と提案する母に、アークロッドは子供らしからぬ冷静な指摘をした。

『そんなお金ないよ』

『庭の草取りをしなきゃならないしな』

　男性陣の発言にいっきに興醒めした母は、腰に手をあてて憤った。

『これだから我が家の男共は‼』

　戯れのような喧嘩は日常茶飯事だった。

　慎ましくも、明るくて穏やかな毎日。

　それがずっと続くのだと、その時のアークロッドは疑いもしなかった。

第一章　初恋の夏

教師から渡されたばかりの成績表におそるおそる目を通したアークロッドは、直後、安堵《あんど》のあまり脱力して机に突っ伏した。

（よかった。進級できる）

とはいえ、成績は下の下。落第ギリギリである。

いかに大らかな両親も、さすがにこの成績《ありさま》には絶句するだろう。

長期休暇の帰省が急に億劫《おっくう》になってきて、アークロッドは大きな溜息《ためいき》を洩《も》らした。

十四歳になったアークロッドは、〝学院〟に在籍している。

〝学院〟とは、大陸の南に位置する国家都市──賢者達が治め、あらゆる学問の研究を行う〝英知の都〟にある教育機関で、そこには大陸中から名家の子弟が集まり、寝食を共にする学び舎だ。

学院に在籍できるのは最長六年。その六年を学びぬき卒業できるのは一握りの者だけだ。

ある者は年に数度ある試験で及第点がとれずに落第し、ある者は膨大な課題に耐えきれずに故郷に逃げ帰る。

学院を卒業するということは大変な名誉であり、卒業後の立身出世は約束されたも同然だった。

競争心も出世欲もなかったアークロッドが学院に入学したのは、両親から勧められたからだ。表情が乏しい上に口数も少なめで、友人と呼べる友人もいない息子の将来を、彼らは心配したのだろう。

自らの学力を過信しないアークロッドは、〝学院〟の入学試験に自分が合格できるとは到底思えなかったが、それで両親の気が済むのならと記念のつもりで受験した。そしてまさかの合格。晴れて学院生になったのだ。

背後から伸びてきた手が、アークロッドの手から成績表を掠《かす》め取る。

「うわぁ。及第点ギリギリ」

アークロッドは面食らって、後ろを振り向いた。

「カストル⁉」

「試験の度に及第点ギリギリで合格なんて、狙ってできるものじゃないよ。アーク」

ケタケタと、カストルは無邪気に笑う。

真っ直ぐ通った鼻筋に、少し厚めの唇。彫が深い顔立ちなのに、爽やかに見えるのはその瞳が明るい紫色だからかもしれない。

一年前。入学と同時にあてがわれた寮の一室でカストルと顔をあわせたアークロッドは、その紫の瞳を見て仰天した。

紫の虹彩は、貿易による莫大《ばくだい》な富を誇る大国エドライドの王家の血を引く証に他ならない。

未だ立太子してはいないが、カストルは現エドライド王室における唯一の王子であり、第一王位継承者。未来のエドライド国王になることは確実な人物だった。

そんな彼が何故自国から遠く離れた学院に留学したのかと訝《いぶか》ったのは、おそらくアークロッドだけではないだろう。

だが、当の本人であるカストルはどこ吹く風。成績優秀。品行方正。集団生活にありがちな争いも器用に仲裁し、いつしか彼は他の学生や教師陣から一目置かれる存在になっていた。〝非凡〟という言葉は、きっとカストルの為にあるのだろう。

この非凡な人間と、アークロッドは妙にうまがあった。

慣れない生活の中、互いに協力し時には競い合う。負けるのはいつもアークロッドだったが、不思議とそのせいで気まずくなることもなかったし、上下関係が生まれることもなかった。

無二の親友。口にこそ出さないが、アークロッドはカストルのことをそう思っている。

「勝手に見るな！」

ひったくるようにして、アークロッドは成績表を親友の手から取り返した。

「満点で進級しようが及第点ギリギリで進級しようが、進級は進級だ。俺は卒業さえできればそれでいい」

強がりではなく本心から、アークロッドはそう思っていた。

カストルとは違って自分は凡人だ
それを嘆いてはいない。凡人には凡人の、身の丈にあった幸せがある。その幸せに、アークロッドは何一つ不満を抱いてはいなかった。

学院を卒業したら家と爵位を継いで、両親に勧められるままに結婚して、子供を育てる。平凡で、穏やかで、幸せな一生。それの何が悪い。

そもそも五人に二人は落ちると言われる試験を突破し、学院に入学できたこと自体が奇跡だったのだ。その上無事に進級できたのだから、我ながら上出来である。

「そういうとこだよ」

ぴっ、とカストルから指差され、アークロッドは顔を顰《しか》めた。

「そういうとこ?」

「君はいつも本気を出さない」

「……はあ?」

「本気になった君を一度見てみたいな」

意味ありげに笑うカストルに、アークロッドはますます渋い顔をした。

「カストル、お前何か勘違いしてないか?」

まるでアークロッドが本気を出したら凄いような言い方だが、そんなことは決してない。

勉学も、剣技も、馬術も、アークロッドはやれるだけのことはやっているつもりだ。

それでも、学院における成績は下の下。それが現実である。

「勘違いなんてしてないさ」

意味ありげに、カストルは微笑んだ。

「君は、いつ本気になるんだろうね。アーク」

「さあな」

もはや本気で受け答えすることも馬鹿馬鹿しい。

アークロッドは適当に返事をして、頬杖《ほおづえ》をついた。

（確かに……）

何かに、本気になったことなどない。

けれど本気になったところでどうなるというわけでもないだろう。自分は凡人だ。凡人が本気になったところで、何ができるというのだ。

第一、必死になってまで欲しいものなど思いつかないし、それを手に入れるために死にもの狂いになる自分も想像できない。

「ところでアーク。長期休暇の予定は？」

カストルの唐突な質問に、アークロッドは気のない返事をした。

「特にない」

進級試験が終わった後、学院は数ヶ月に渡る長期休暇を迎える。多くの学生はこの休暇中に帰省をしたり旅行を楽しんだりと、羽を伸ばすのだ。

アークロッドは帰省するつもりではあったが、家に帰ったところでやることと言えば母の歌劇談議に付き合うか、父の庭いじりを手伝うくらいのもの。地元に親しい友人がいるわけでもなく、予定という予定は特にない。

「じゃあ、うちに来なよ‼」

喜色満面で身を乗り出したカストルに、アークロッドは目を瞬かせた。

「は？」

「だから、うちに招待するよ！」

歓迎といわんばかりに、カストルは両手を広げる。

カストルの〝うち〟は、言わずもがなエドライド王宮のことだ。

歴史的にも文化的にも政治的にも重要とされるその場所に、貧乏子爵家の息子にすぎない自分が客人として招かれるなど……。

「無理だろ」

アークロッドは端的に拒絶した。

貴族として最低限の行儀作法は身に付けているつもりだが、大国エドライドの王宮など、場違い感が到底否めない。

「何が無理なのさ？」

カストルは不思議そうな顔だ。彼には〝場違い感〟が理解できないのだろう。

「いや、無理に決まってるだろ」

「なら、僕がアークロッドの家に行ってもいい？」

「それこそ無理だ！」

アークロッドは思わず声を荒げた。

アークロッドの実家は貴族とは名ばかりの貧乏子爵家だ。食事は芋と豆ばかりで、雨が降る度にあちこちに桶《おけ》を置いて、家具が濡《ぬ》れないように工夫する必要がある。そんな家にこの生粋の王子様を招待するなど、できるはずもない。

「じゃあ、うちに来るよね？」

「……」

ニッコリと笑うカストルに反論することができず、長期休暇のエドライド行きが決定。

その後、あれよあれよという間にことは進み、最後の授業の終了後、アークロッドはエドライド王室専用の六頭だての豪華な馬車に押し込められた。

馬車の旅は意外にも悪くなかった。

初めて見る景色。初めて触れる文化。今まで知らなかった広い世界。

幼い頃、漠然と感じていた閉塞感が払拭されていく。

自分が望めば世界はどこまでも広く広く広がるのだと、そんな気すらした。

（でも……）

馬車の窓から、街道沿いに規則的に植えられた百日紅《さるすべり》を覗《のぞ》く。

赤、白、薄紅色と、色とりどりの華やかな花は、満開を迎えていた。

実家の百日紅は、これほど鮮やかに色づいてはくれなかったことを思い出す。気候の違いのせいかもしれない。

（……がっかりしただろうな）

両親のことを思うと、この旅を心から楽しむことに後ろめたさを感じずにはいられない。

彼らには、長期休暇は友人の家に遊びに行くと手紙で伝えてある。一人息子の帰省を待ちわびていただろう彼らの心情を思うと今更ながらに後悔が押し寄せた。

（エドライドに着いたら手紙を書こう）

友人と楽しく過ごしていると知れば、きっと両親は喜んでくれるはずだ。

「そろそろ王都に入るよ！」

カストルの言葉通り、やがて景色は田園風景から煉瓦《れんが》が敷き詰められた美しい街並みへと移り変わった。

立ち並ぶ華やかな商店。活気のある露店。

多くの馬車が行き交い、様々な人種の人々が笑いながら歩いていく。

賑《にぎ》やかな表通りを抜けて、閑静な邸宅街を通り過ぎると、馬車はエドライド王宮に到着した。

絢爛《けんらん》なエドライド王宮を見上げ、アークロッドは呆然《ぼうぜん》とする。

「でか……」

左右対称の三階建ての建物は外壁が一面真っ白で、規則的に並ぶ窓硝子に陽光が反射してキラキラと輝いている。

　異国の文化に圧倒されて呆然自失のアークロッドをよそに、帰省したカストルは潑剌とした様子だ。

「ただいま！　父上と母上は？」

「陛下は謁見が立て込んでおりまして、王妃様は隣国の大使夫人に招かれて園遊会へ」

　出迎えに立った老齢の侍従の返事を聞いて、カストルは少し不満げな顔をする。

「僕が今日帰って来るって知ってるはずなのに、相変わらず忙しいんだなぁ。じゃあ、姉上は？」

「養護院の慰問から先程お戻りになりましたので、おそらくお庭かと」

「それなら、そっちに先に挨拶に行くよ。父上に僕が帰ったって伝えておいて。行こうアーク」

　言うが早いか、カストルはまだ硬直しているアークロッドに声をかけて歩き始める。

　我に返ったアークロッドは、慌ててカストルに続いた。

「ど、どこに行くんだ？」

「姉を紹介するよ」

　そう聞いて、アークロッドは思わず訊《き》き返した。

「姉って……もしかして、〝悪女の娘〟？」

　肩ごしに振り返り、カストルは笑った。

「珍しいね。君はそういう世事には興味ない人種だと思ってた」

「ああ、いや……その」

アークロッドは言葉を濁す。

実はカストルの姉であるエドライドの第一王女は、他国にも知られる有名な人物なのだ。

その有名人に会えるとなって、さすがにアークロッドも浮ついてしまった。

だが自分の姉を見世物のように扱われては、カストルも気分が悪いだろう。

「すまない……」

素直に謝ったアークロッドに、カストルは小さく声を上げて笑った。

「いいよ。もしかして君はうちの事情を何も知らないいんじゃないかなって思ってたけれど、説明する手間が省けてよかった」

「そう、か」

「ご存知の通り、うちの姉は僕と目の色が違うんだ。けれど僕にとっては何物にも代えがたい最愛の姉だから……」

カストルが頬に滲《にじ》ませた微笑みは花も恥じらうほどに美しくて、けれど寒気がするほどに威圧感を放っていた。

「そこは忘れないでね」

要するに、姉を愚弄したらただじゃおかないぞ、ということである。

アークロッドはゴクリと唾を飲み込んだ。

目の色が違う――つまり、カストルの姉である第一王女はエドライド王家の血を引いていないのだ。それは秘密でも何でもなく、身分を問わず誰もが知っていることだった。

エドライドには王女が二人いる。有名なのは第一王女の方だ。名前は〝アニ〟。

彼女が有名なのには、こんな経緯《いきさつ》がある。

かつてエドライド国内で大成功をおさめ、大陸全土でも人気を博した歌劇〝ローウェルの悪女〟。

アークロッドの母が、夢中になっていたあの歌劇だ。

劇中、主人公の王妃は血の繋《つな》がりのない少女を実の娘として育て、自らの身分が回復した後もこの少女を手放そうとはしなかった。血が繋がらない親子の絆に涙した観客も多かっただろう。

そして現実のエドライド王室も、血縁関係がない少女を正式な養女として迎えている。

これが第一王女――カストルの最愛の姉アニだ。

王家の血を引かないながらも正式な第一王女として王族に名を連ねる彼女に、人々は歌劇〝ローウェルの悪女〟における〝悪女の娘〟を重ね合わせ、そのためアニ王女の民衆からの人気は父王や母妃に匹敵するものがある。

（母上に自慢できるな）

アークロッド自身は〝ローウェルの悪女〟に大して興味はないが、かつて舞台を見に行った母が大興奮で帰ってきたことは今も覚えている。

手紙に〝悪女の娘〟と会ったと書けば、きっと母はまた大興奮することだろう。

「あれ？　どこにいるのかな……」

広い庭を見回すカストルにならって、アークロッドも周囲を見渡す。

回廊を幾つか横切って辿《たど》り着いた庭は高い垣根に囲まれていて、入り口は騎士と衛兵が警備に当たっていた。

きっと国王一家が寛ぐための、私的な庭なのだろう。

揺れる木漏れ日の下、様々な花が咲き乱れる庭は、整然とした表の庭園とは違って手入れはしてありながらもどこか自然の森を思わせる。

(父上の庭の雰囲気に似てる)

ずっと緊張続きだったアークロッドは、ホッと肩から力を抜いた。

微風が心地良い。この庭で昼寝をしたら、どんなにぐっすり眠れるだろう。

「あ!!　まずい!!　伏せろ!!」

「え？」

突然カストルに腕を引かれ、その場に強かに尻餅をつく。

「いきなり何を……っ」

アークロッドは、目を見開いた。

その目に映るのは、頭上を踊るようにして飛び越えていく栗毛《くりげ》の馬だった。

馬の背に乗るのは、一人の少女。

金色の長い巻髪が、弾むように風に流れる。

菜の花色のドレスの裾が揺れて、靴を履いていない白い足が覗く。

まるで時の精霊が悪戯でもしたかのように、全てがゆっくりと動いて見えた。

一瞬一瞬が、アークロッドの心に刻み込まれていく。

呼吸ができなかった。

瞬きもできなかった。

「またドレスのまま裸馬に跨《またが》って……母上に知られたら叱られるよ？　姉上」

隣で、カストルの呆《あき》れた声が響く。

柔らかな草の上に着地した馬の背で、少女が振り返る。

白い頬には薄く雀斑《そばかす》が散り、大きな青い瞳は瞬くたびに泉のように煌めいた。

「カストル！　いつ帰ったの⁉」

白い歯を見せて、彼女は笑った。

その輝くような笑顔。

〝必死になってまで欲しいものなど思いつかないし、それを手に入れるために死に物狂いになる自分も想像できない〟

そんな人生が、覆った瞬間だった。

＊

「相変わらずだなぁ。大陸広しといえども、ドレスのまま裸馬に跨る王女なんて姉上くらいだよ。せめて靴くらい履いたら？」

腰に手をあて、カストルは呆れ顔だ。

けれどアニは、約一年ぶりの弟との再会に飛び上がらんばかりだった。

「鞍《くら》をつけたらスピカの気持ちが分かりづらくなるのよ！　そんなことよりいつ帰ったの⁉」

アニは急いでスピカの背から滑り降り、カストルに駆け寄った。

そのまま飛びつこうとしたが、眉をひそめて立ち止まる。

「やだ、背が伸びた？」

「伸びるよ。成長期だからね」

「抜かされてる！　私の方が大きかったのに！」

「やっと勝ったね」

満足げに笑うカストルにアニは胸がいっぱいになった。

双子のように育った弟。この一年会えなかった寂しさが、喜びになって全身から溢れ出す。

「お帰りなさい‼　カストル‼」

「ただいま、姉上」

爪先立って抱きついたアニを、カストルは優しく抱き返してくれた。

「帰ってくる日を教えてくれれば良かったのに！」

「父上と母上には伝えてあったんだけど、姉上には黙っておいてもらったんだ」

「どうして？　スピカに乗って途中まで迎えに行くつもりだったのよ？」

「うん。そう言うだろうと思ったから黙ってた」

「もう!!」

頬を膨らませたアニは、その時ようやくこの場に自分と弟以外の第三者がいることに気が付いた。

アニやカストルと同じくらいの年齢の少年だ。

カストルが着ているのと同じ学院の制服を着ていて、何故か腰を抜かしたように地べたに座り込んでいる。

燃えるような赤い髪は好き勝手な方向に跳ねていて、長い前髪はいかにも鬱陶しそうだ。

その前髪の合間で、彼は灰緑色の瞳を大きく見開いていた。

「ああ、彼がアークロッドだよ。手紙に書いた例の友人」

「寮で同室の彼ね！」

アニはカストルから離れると、アークロッドの前に両膝をついた。

大きく見開かれていたアークロッドの瞳が、更に大きく開かれる。

その目をまっすぐ見つめて、アニは特上の笑顔を見せた。

「エドライドにようこそ！　第一王女のアニです！　仲良くして下さいね！」

――カストルが帰省の際に友人を連れて帰ると手紙で寄越してから、アニはその友人と仲良くなろうと決めていた。

仲良くなれる自信はあった。

それがアニの特技だったからだ。

「私のことはアニと呼んでくださいね。私もアークロッド様のことをカストルのように〝アーク〟と呼んでかまいませんか？」

「……」

アークロッドはアニの顔を見たまま、凍りついたように動かない。

返事どころか瞬きさえしないアークロッドの様子に、アニは急に不安になった。

「あの、アーク……ロッド様？」

「……」

「アークロッド様？」

もしや先程垣根を飛び越えた時に、スピカに蹴られでもしたのだろうか。

客人に怪我をさせたとあっては大変だと、アニは顔色を変えた。

「だ、大丈夫ですか？　どこか怪我を……」

「……無理して、笑わなくていい」

――聞き間違いかと、アニは思った。

「え？」

「無理して笑う必要ない」

もう一度そう言うと、アークロッドはすっくと立ち上がる。

向かい合うと、彼が少しだけアニより背が高いことが分かった。腕などはアニより細いのではと思うほどに細身で、頼りない。

それなのに彼が纏《まと》う雰囲気は妙に落ち着いていて、老成した大人のようだった。

その大人びた眼差しでアニを見据えると、彼は口を開いた。

「痛々しいから、やめた方がいいと思う」

「――……っ」

頬に浮かべていた笑みが、乾いた泥のように剝がれ落ちていく感覚があった。

(何、この人)

瞬く間に怒りが膨れ上がり、抑え込むすべがない。

「あなたに……あなたに何が分かるのよ‼」

気付いた時には、アニは目を吊《つ》り上げて、アークロッドに怒りをぶつけていた。

アークロッドは驚いた様子も見せず、飄々《ひょうひょう》としている。

それがまたこちらを馬鹿にしているように見えて、アニは怒りに震えた。

「私、部屋に戻るわ‼」

踵《きびす》を返し、早足で歩き出す。

カストルが慌てたように呼ぶ声が聞こえたが、振り返りはしなかった。

（何よ！　何なのよ、あの人!!）

せっかく仲良くなろうと決めていたのに。

それを『無理に』だの『痛々しい』だの……。

（何て失礼な人なの!!）

両手を握り締め、アニは立ち止まる。

客人だろうがカストルの友人だろうが知ったことか。

「あんな人――……大っ嫌い!!」

それが、アニとアークロッドの出会いだった。


アニが、母とも父とも血が繋がらないことを知ったのは四歳の時だ。

その頃は幼くて〝血が繋がらない〟という意味が、よく理解できなかった。

理解できないながらに、ひどく不安だった。血が繋がらないと、大好きな両親と一緒にいてはいけないのだろうか、と。

『母様は、アニと一緒？』

そう尋ねると母が『もちろん』と笑ってくれて、ようやく安堵したことは覚えている。

父と母は自分の子供ではないと分かっていながら、実の子同様にアニを慈しみ育ててくれた。

同い年の弟であるカストルとも六歳離れた妹のベガとも、分け隔てられたことは一度もない。

弟と妹もアニを姉と慕ってくれ、特にカストルとは喧嘩《けんか》もよくしたが、同い年ということもあって双子のように育った。

遊ぶのも学ぶのも悪戯をするのも、そして怒られるのもいつも一緒。

だから、そのカストルが遠く離れた地に留学したいと言い出した時、アニは大反対だった。

『留学なんてしなくても、勉強ならここでできるじゃない！』

『うん。まぁ、そうなんだけどね』

曖昧に頷《うなず》きながらもカストルは荷造りの手を止めない。侍女にやらせてもいいことだろうに、自分でやるあたりがカストルらしかった。

大きな革の鞄《かばん》には、着替えなど身の回りの物が丁寧に詰め込まれている。

それを見ているうちに悲しくなってきたアニは、鞄の中から次々と物を取り出し、そこら中に放り投げ始めた。

『姉上……』

『行かないでよ！　あなたがいなくなるなんて嫌！』

学院は全寮制だ。年に一度の長期休暇以外の帰省は原則許されない。

記憶も虚ろなほど幼い頃からいつも一緒だった弟がいなくなる。その寂しさに耐えられるとは思えなかった。

目から大粒の涙が溢れ出す。

その涙を、カストルが指先で優しく拭ってくれた。

『どうしてもやりたいことがあるんだ』

穏やかだけれど、決然とした声だ。

しゃくり上げながら、アニは尋ねる。

『ここじゃできないことなの？』

『うん。そうみたいなんだ』

『ここじゃダメで、留学先でならできるの？』

『……かもしれない』

カストルは曖昧に言って首を竦《すく》めた。

『……』

優しい弟。大好きな弟。

その弟が、どうしてもやりたいと言うのだ。

姉として、笑って送り出してやるべきなのかもしれない。

グス、とアニは鼻を啜《すす》り上げた。

『手紙を書いて』

『うん。もちろん』

『休暇が始まったら、すぐに帰って来て』

『飛んで帰って来るよ』

二人は互いを抱き締めた。

永遠の別れというわけじゃない。一年我慢すれば、弟は帰って来る。

アニはそう自分に言い聞かせたが、カストルがいない生活は思った以上に寂しくてつまらなかった。

なかなか寂しさと折り合いをつけられないアニを慰めてくれたのは、父が贈ってくれた愛馬のスピカだ。

しなやかな栗色の体に飛び乗って庭を駆け巡ると、余計なことは全て忘れられる。

多くの時間を、アニは庭でスピカと過ごした。

カストルから定期的に届く手紙も、慰めの一つだった。

それを読んでいると、まるで自分も学院の学生になった気分になれる。

山積みの課題に、試験勉強。炊事係になって芋の皮剝きに悪戦苦闘したり、意地悪な上級生を論破したり――手紙からは、カストルが充実した新生活を送っていることが読み取れた。

そしてその手紙に度々登場するのが、〝アークロッド〟だった。

『アークは僕のことを〝カストル〟と呼ぶんだ。敬称なしで』

どこか誇らしげなその一文を読んで、アニはカストルが学院に何をしに行ったのか分かった気がした。

弟は、きっと友人が欲しかったのだ。

身分も血筋も関係なく、ただの友人をつくりたかったのだ。

手紙を読みながら、アニは溜息をついた。

(私じゃダメだったのかな)

双子のような弟は、誰よりアニを理解してくれる。そしてアニも、弟を誰より理解しているつもりだった。

けれど弟にしてみれば、アニでは物足りなかったのかもしれない。

悔しかった。寂しかった。

〝アーク〟に、大好きな弟を奪われたような気分だった。

カストルが長期休暇にアークロッドを連れて帰ると手紙で寄越した時、アニは心底がっかりしたのだ。夏の間はカストルを独り占めできると思っていたのに、と。

まだ見ぬアークロッドが憎くて堪らない。彼が進級試験で落第して、長期休暇前に退学になればいいと本気で思った。

けれど、彼はカストルの親友だ。大切な大切な友人だ。

それならば、歓迎しなくては。

嫌だけれど、本当は追い出したいけれど、でもそんなことをしたらカストルが悲しむ。

だからアニは、アークロッドと仲良くなろうと決めていたのだ。

初対面の相手と、仲良くなるコツをアニは知っていた。

相手がこちらに悪意を持っていようと、アニ自身が相手を嫌っていようと、とにかく笑う。

悪意にも、意地悪にも気付かないふりをして、とにかく話しまくる。

そうすると、相手は毒気を抜かれる。呆れて去って行く人もいるが大抵の人はアニの笑顔と勢いにのまれるのだ。

それは、王家の血を引かないわけあり王女であるアニが、宮廷という世界で生きていくために身に付けたすべだった。

国王と王妃である両親の手前、アニに媚《こ》びへつらう人は多いが、そういう人の多くが陰でアニを蔑んだ。

『どこの馬の骨か分からない』

『孤児が王女など、国の恥だ』

陰口も、犯人が分からない嫌がらせも、かつては日常茶飯事だった。

最初のうちは、アニも泣いた。悲しみを、両親に訴えた。

でもそうすると、両親まで悲しい顔をする。

大好きな両親に、心配をかけたくない。困らせたくない。

人々に受け入れてもらうために、アニは様々な努力をした。

まず、笑った。

興味のない話にも興味があるふりをして、嫌いな人でも大好きだと言わんばかりに話しかける。

邪険にされることもあったが、とにかく必死だった。

両親から与えられた生きる場所。その場所を確保できるのは、自分だけだからだ。

そうやって心を殺して笑っているうちに、エドライドではある歌劇が流行った。

〝ローウェルの悪女〟。

母の激動の半生を参考に描かれたと噂《うわさ》されるこの歌劇の影響で、劇中の登場人物である〝悪女の娘〟とアニを、人々は同一視するようになったのだ。

活発で天真爛漫《らんまん》な〝悪女の娘〟のイメージそのままに笑うアニに、人々の態度は軟化した。

やがてアニ自身にも〝活発で天真爛漫な王女様〟という評価が定着し、それに伴って陰口や嫌がらせもなくなっていったのだ。

喜ばしいはずなのに、アニは自分が道化のようだと感じるようになった。

笑いたくもないのに笑って、人の顔色ばかり窺《うかが》う臆病な自分。

そんな自分が、大嫌いだった。

でも、それを家族や周囲の人間に悟られたくはない。だから、アニは笑った。

生きる為に、自分を守る為に、笑った。

「それなのに、あんな失礼なこと言うなんてーーーーっっ!!」

アニは絶叫した。

アークロッドから笑顔について『痛々しい』『やめた方がいい』と言われたのは、一昨日のことだ。

あれから食事やお茶の時間などに何度かアークロッドと顔をあわせる機会はあったのだが、アニはわざとらしくそっぽを向いて、彼を避けていた。

「せっかく仲良くなろうと思ってたのに！　何なの！　あの人！」

「お姉様ったら、いつまで同じ愚痴を繰り返されるおつもりなの？」

長椅子に行儀良く腰かけてお茶を飲んでいた妹のベガが、呆れ気味に溜息をつく。

母親からは亜麻色の髪を、父親からは紫の瞳を譲り受けたベガは、その繊細な顔立ちといい八歳とは思えない落ち着いた言動といい、どう控えめに言っても〝美少女〟と呼ばれるに相応しい。

そんな妹を勢いよく振り返り、アニは喚く。

「だって！　何にも知らないくせに酷いこと言うんだもの!!」

「だから、一体何て言われたんですの？」

「それは……」

家族には、アークロッドに言われたことを知られたくなかった。もし知られたら、〝活発で天真爛漫〟なアニの顔が虚構だと、家族にも気付かれてしまうかもしれない。だから、カストルにも口止めしてある。彼は家族の中で唯一、アニが本当は臆病な道化だということを知っていた。

黙り込んだアニを見て、ベガが溜息をつく。

「教えて下さらないのに、味方にはなれませんわ」

ピシャリと言って、また優雅に紅茶を口に運ぶ妹に、アニは姉の威厳――ないに等しい威厳だが――を放り出して縋《すが》り付いた。

「ベガぁ！　お姉ちゃんの話を聞いてよぉ」

「もう十分聞きました」

これではどちらが姉なのか妹なのか分からない。

戯れ合いとも喧嘩ともつかない姉妹のやりとりを見て、隣室から現れた母のカティアがクスリと笑った。

「どうしたの？　大きな声を出して」

母の姿に、アニとベガは揃《そろ》って笑顔を見せる。

「母様！」

「お母様！」

真っ先に母親に駆け寄るアニに対し、ベガはその場で真っ直ぐに立つとドレスの裾をつまんで優雅に頭を下げる。

それに気付いたアニも、慌てて一歩下がると妹と同じように頭を下げた。

母であるとはいえ、カティアは王妃。アニやベガは礼儀を弁えるべき立場だ。王女であるからこそ他者の見本になるように、特に礼儀は重んじなければならないと、行儀作法の教師からいつも言い聞かされている。

優等生のベガは息をするようにそれができるのだが、アニは母の姿を見ると嬉しくてつい飛びつきたくなってしまう。

「アニ、とっても素敵よ。まるで花の妖精のようだわ」

目を細めて微笑むカティアに、アニははにかんで目を伏せた。

実は今日着ている淡い菫《すみれ》色のドレスは、アニが半年も前から侍女達と相談して特別に仕立てた物だった。

蝶《ちょう》の陰影が編み込まれているレースが肩や胸元、それから手袋に使われていて、真珠やリボンが花を象るようにして縫い付けられている。

髪はいつもより多めに香油をつけて念入りに櫛《くし》を通したので、宝石のように輝いていた。

顔周りの髪を一束三編みにしてカチューシャのように巻いた髪型は、近年王都の若い娘達の間で流行っている髪型である。

全ては今夜、これから大広間で国内の王族や貴族を招いて催される舞踏会の為の装いだった。

エドライドでは式典や舞踏会などの公的行事は十四歳にならないと参加が許されない為、今年十四歳になったアニにとって、今夜は初めての舞踏会だ。

待ちに待った舞踏会。アニの心は期待ではちきれんばかりだった。

「お母様もとってもお美しいわ」

横にいたベガが、カティアを見上げて頬を緩める。

「お姉様が妖精なら、お母様は妖精の女王様ね」

「まぁ、ありがとう。ベガ」

微笑むカティアは、ベガが言う通り本当に美しかった。

もうすぐ四十に手が届こうというのに、肌は若々しく白い頬には皺《しわ》ひとつ見当たらない。結い上げた亜麻色の髪も艶めいていて、とても子供がいるようには見えなかった。

美しい母。

そしてその面差しを色濃く継いだ妹。

一目で親子と分かる並んだ二人を見て、アニは密かに肩を落とした。

（いいなぁ……）

美しく、淑やかで、そして賢く強い母。

カティアは、アニの憧れだった。カティアのような素敵な貴婦人になるのが目標だ。けれど実際には歴史の勉強は眠らずにいるのが精一杯だし、行儀作法の教師にいくら言われても裸足で庭に駆け出したくなる。着飾ればそれなりに見えるかもしれないが、所詮付け焼刃だ。

一方でベガは、八歳にして既に貴婦人としての素養の片鱗《へんりん》を見せていた。

立ち居振る舞いから普段の言動まで、ベガのそれは優雅で気品ある貴婦人そのものだ。お茶を飲む姿一つとっても、アニとは雲泥の差だった。

アニは眉尻を下げて、僅かに唇を噛《か》む。

（……血なのかなぁ）

この頃、普段は意識して考えないようにしている〝血が繋がっていない〟ことが、胸に影を落とすことがある。

（私が本当に母様に生んでもらった子供なら……）

ベガのようにできただろうか。美しく、淑やかで、賢く――……。

（それに……）

チラリと、アニは鏡台を見た。

鏡に映る青い瞳。

（父様と母様の本当の子供なら……）

この目はカストルやベガのように紫だったはずなのだ。

「それで？　何のことで喧嘩していたの？」

カティアの問いかけに、アニは我に返った。

まるで鉛を飲み込んだかのように沈み始めていた気持ちを、無理矢理持ち上げて天真爛漫な仮面をかぶる。

「喧嘩なんかじゃないの！　ただ……」

「お姉様は、アークロッド様のことがお気に召さないのですって」

言葉の続きを受けたベガを、アニは軽く睨《にら》んだ。

「ちょっと」

「だって、本当のことでしょう?」

ベガはどこ吹く風だ。

カティアは、少し驚いたように首を傾げた。

「まあ……そうなの？　アニ」

「えっと……」

告げ口をされた罪人のような気分で、言葉を濁す。

アークロッドはカストルの客人、ひいては王家の客人として、下にも置かない歓待を受けている。

それなのに第一王女であるアニがその客人を気に入らないなど、他言するべきことではない。

だからベガにだけ愚痴を言うようにしていたのに、まさかの裏切りである。

「だって、あの人」

アニはゴニョゴニョと言い訳を口にする。

「失礼なことを言ったわ……ちっとも私と話をしないし。ベガとは普通に話すのに」

「それはお姉様の方がアークロッド様を避けているからでしょ」

「う……」

痛い所を突かれて、アニは口を閉ざす。

カティアはアニの髪を撫でて微笑んだ。

「珍しいわね。初対面の相手とはいえ、アニが人と打ち解けないなんて——年頃ってことかしら？　意識すると話せない？」

「そういうんじゃないの！」

妙な誤解は困る。

アニが慌てて否定した時、カティアが入ってきた扉から父親のロルフィーが顔を覗かせた。

「大きな声を出して、どうかしたのか？」

アニとベガは飛び上がる。

「父様!!」

「お父様!!」

アニとベガの父、国王ロルフィーは賢王と呼ばれている。

椅子に座っているよりも乗馬を好む人で、そのおかげかスラリとしていて見目も良い。

ロルフィーの登場に嬉《うれ》しくなったアニは、例によって抱き付こうとしたが踏みとどまった。

ドレスの裾をつまみ、背筋を伸ばしたまま膝を折る。

その隣で、べガも同じように膝を折った。

娘達の優雅な挨拶を見てカティアは満足そうに目を細めたが、ロルフィーは少しばかり悲しげな顔をする。

「何だ？　いつもの挨拶はしてもらえないのか？」

その様子に、アニはべガと同時に噴き出した。

「そんなわけないじゃない！」

駆け出した二人は、ほぼ同時にロルフィーに飛び付いた。

「ああ、べガは重くなったな。アニは……さすがにもう片手じゃ無理か」

「重いって言わないで！」

「そうよ、父様ったら無神経ね！」

頬を膨らませる娘達に、ロルフィーは相好を崩す。

「はは、そうか。悪かった」

国王であるロルフィーは忙しく、同じテーブルで食事をするのも稀《まれ》である。

それでも子供達のために僅かな時間を作っては顔を見せて遊んでくれる父親を、アニやべガ、そしてカストルは大好きだった。幼い頃はロルフィーの膝を巡って壮絶なきょうだい喧嘩を繰り広げたものである。

「今日の舞踏会はお父様とお母様もいらっしゃるの？」

「もちろん、アニとカストルの初めての舞踏会だからな」

ロルフィーはそう言うと、アニの装いを改めて見分する。

「……ああ、いつの間にかこんなに大きくなって」

感慨深げなロルフィーに、アニは笑った。

「父様ったら本当に無神経なんだから。こういう時は『綺麗《きれい》だ』って褒めてくれなきゃ」

「そ、そうか」

おたおたするロルフィーの背後から、カストルが顔を出す。

「父上は心配で仕方がないんだよ。姉上」

「カストル」

銀糸で縁取られた正装を纏ったカストルは、息をのむほどの美少年だった。

彼と踊りたい令嬢が舞踏会で列をなすことは間違いない。

「まぁ、なかなかいいんじゃない？」

素直に讃《たた》えるのは何だか癪《しゃく》だったので上から目線で褒めてやると、カストルはニッと笑った。

「ありがとう。姉上もなかなかいいよ」

「ありがとう。……それで、心配って？　何を？」

礼儀作法は頭に叩《たた》き込んであるし、ダンスだってちゃんと練習した。

アニとしては心配されるようなことはないつもりだ。

カストルは肩を竦《すく》めて、父親を見上げた。

「姉上があんまり綺麗だから、今日の舞踏会で虫がつかないか気が気じゃないのさ。そうでしょう？　父上」

「アニ。分かっているだろうが、男と二人きりになるんじゃないぞ」

目が血走った父親の真剣な顔を見て、アニは笑いだす。

「父様ったら心配しすぎ」

ロルフィーは優しくて頼りがいがあって、そして娘に関してはかなり過保護な父親だった。

オロオロと頭を抱えるロルフィーは、とても大国の国王には見えない。

「心配しすぎなものか。カストル、アニの傍を離れるんじゃないぞ。近づく男は睨み殺し……いや、やはり私がアニの同伴者に」

「父親が同伴者なんて嫌よ！　今時誰もそんなことしないわ！」

アニは眉尻を吊り上げて抗議した。

今回の舞踏会、実はアニの同伴者を決める際に既に一騒動起こっていた。

第一王女とあって名家の御曹司がこぞって我こそはと手を挙げてくれたのは良いのだが、ロルフィーがごねにごねて、結局アニにはカストルがあてがわれたのだ。

「弟《カストル》が同伴者ってだけでも恥ずかしいのに！　カストル、あなたまさか父様の言うように私にべったりくっついて回る気じゃないでしょうね？」

「まさか。僕だって他の女の子と踊りたい。最初の一曲を踊ったら別行動に決まってるだろう？　ね？　アーク」

そう言ってカストルは背後を振り向く。

扉の近くに所在なげに佇《たたず》んでいたアークロッドは一同の視線を受けて、慌てたように視線を床に落とす。

「あ、いや……俺は別に、何でも……」

ボソボソと話す様子に、アニは眉を寄せた。

そんな娘の様子には気付かず、ロルフィーはアークロッドに歩み寄る。

「ああ、恥ずかしいところを見せてしまったな。君も大いに楽しんでくれ、アークロッド」

「息子がもう一人できたみたいで嬉しいわ」

アークロッドの服を整えながら、カティアも嬉しそうだ。ベガも母に寄り添うようにアークロッドを見上げる。

「衣装がとてもお似合いです。アークロッド様」

「アークは肩幅があるから、正装が似合う」

カストルもアークロッドを囲む群れに加わり、アニだけがポツリと取り残される。

「……」

面白くない。

むくれるアニを、アークロッドが横目で見る。

それに気付いたアニは、顔を逸らした。

二人のこの様子に、カストルは肩を竦めて苦笑いする。

「やれやれ」

そして、舞踏会が始まった。


多くの燭台《しょくだい》に照らされた大天井には、天使に啓示をうける聖人が描かれている。美しく壮大なその天井画の芸術的価値は計り知れないが、大広間に集まった人々の視線は天井画ではなく、並んで歩を進める王子と王女に注がれていた。

今回の舞踏会はカストルの帰省を祝う趣旨の為、主賓であるカストルと、その同伴者であるアニのダンスから始まる。

向かい合って音楽が始まるのを待ちながら、カストルがアニにだけ聞こえる声で囁いた。

「緊張してる？」

アニはこれに余裕の笑みを返す。

「わくわくしてるわ」

カストルはどうなのか知らないが、少なくともアニにとって舞踏会は憧れの舞台だ。

大好きだったお伽話《とぎばなし》の〝星雪姫〟のラストシーンもこんな大々的な舞踏会だった。まだカストルと同じ寝室で休んでいた頃、大広間から洩れ聞こえてくる舞踏会の音楽に居ても立ってもいられず、眠いと目をこする弟を引っ張り起こして無理矢理ダンスに付き合わせたこともある。

　上座に置かれた玉座をアニは盗み見る。

　ロルフィーと並んで座るカティアが、アニの視線に気付いたのか頷くように微笑んだ。

　ロルフィーはというと心配げな様子をまるで隠せていない。

　あの様子では今日の舞踏会はカストル以外の異性とは踊れそうにない。ロルフィーの睨みを恐れて、誰もアニをダンスに誘ってはくれないだろうから。

（もう。心配性なんだから）

　仕方がない。今日はアニと同じく初めての舞踏会に胸をときめかせる友人達と、壁際でお喋《しゃべ》りの花を咲かせることにしよう。

　弦楽器の調べが流れ始め、差し出された手に、アニは手を重ねた。

「あなたこそ、緊張してるんじゃない？　カストル」

「ぜんぜん」

　肩を寄せ、二人でクスクスと笑う。

　幼い頃から、何度も何度も戯れに繰り返してきた三拍子のダンス。

　息は当然ながらピッタリで、アニのドレスの裾が優雅に揺れるたびに、大勢の人々から感嘆の声が漏れた。

　そんな人々の中にアークロッドの姿が見え、アニは少しばかり眉をひそめる。

「姉上、どうかした？」

「べつに……」

ターンをしながらアニの視線の先を探ったカストルは、そこに友人の姿を見つけ小さく噴き出した。

「そんなにアークロッドが気に入らない？」

「だってあの人。酷いこと言ったわ」

アニは口を尖《とが》らせると、カストルは困ったように軽く天を仰いだ。

「確かに、アークも不躾《ぶしつけ》だったね。でも、初めてじゃない？」

「え？」

「姉上が本当は笑ってないって、僕以外で見破ったのはアークが初めてだ」

──確かに。

（どうして見破られたのかしら？）

笑顔は完璧だったはずなのに。

そつない弟のリードで、アニはその場でクルリと回転する。

記念すべき初めての舞踏会の一曲目は、喝采の中で無事幕を閉じた。

「一度、話をしてみたらいいよ」

カストルの勧めに、アニは小さく顔を顰める。

「……嫌よ」

どうであれ、アークロッドの言葉にアニは傷ついたのだ。

それに散々無視を決め込んでいたので、今更どう話しかければいいのか分からない。

一度止まった音楽が、また流れ出した。

アニとカストルが振り向くと、さっきまで二人が踊っていたホールの中央にアークロッドが宰相令嬢をエスコートしていくのが見えた。

王家の客人である彼は、宰相令嬢を同伴者として一曲踊ることになっているのだ。

互いにお辞儀をして、アークロッドと宰相令嬢は流れ始めた音楽に身を任せる。

アークロッドの赤い髪が、揺れる燭台に照らされてキラキラと輝く。

切れ長の目元は涼しげで、アニと同年代の少女達はアークロッドをチラチラと見て頬を染めている。

(確かに、改めて見るとちょっと格好いい……かも)

もしアークロッドがダンスに誘ってきたら、踊ってやってもいいかもしれない。

かなり居丈高ではあるが、アニにとってはこれが最大限の譲歩である。

けれど宰相令嬢との一曲が終わった後も、アークロッドは誰と踊ることもなく壁際でカストルと話すばかりだ。こちらに近づいてくることすらない。

(どうして誘ってこないの⁉)

勝手にアニは苛立った。

せっかくの舞踏会が、アークロッドのせいで台無しになってしまった気分だ。

友人達との楽しいはずのお喋りも、気もそぞろ。神経はアークロッドを追いかけている。

「……それで、アニ様は今年の夏はどんなドレスを仕立てるご予定ですの？」

「え？　あ、そうですね。えっと……」

話を向けられ、慌てて我に返った時。

「やめて下さい。公爵様」

聞いたことがある声が聞こえ、アニと周囲にいた令嬢達はそちらへ目を向ける。

露台につづく硝子扉。

その近くに、アークロッドの同伴者としてダンスを踊っていた宰相令嬢――ユフィールがいた。

黒茶の髪と目が美しくて、見るからに賢そうな顔立ちをしている。

実はアニは、彼女に苦手意識をもっていた。同い年にも関わらずユフィールはあまりにも大人びていて、流行りのドレスやお菓子の話に夢中なアニのことなど『くだらない』と見下されそうだったからだ。だから、今まで顔をあわせても挨拶くらいしかしたことがない。

そのユフィールが、困った顔をしている。

原因は、一緒にいる男のようだった。

「私はただ一緒に踊ろうと誘っているだけではないか」

そう言ってユフィールの腕を掴《つか》んでいるのは、アニの父ロルフィーから見れば又従弟にあたる人物、リクセル公爵だ。年は二十代半ば。直系ではないとはいえ王族で、色は薄いながらも目は紫だ。

公爵は酔っているようで、随分と赤い顔をしていた。酒の匂いが、ここまで漂ってきそうだ。

「一曲お相手をしたではないですか。これ以上は困ります」

ユフィールはリクセルから顔を背け、懸命に逃げようとしている。無理もない。リクセルは酒癖と女癖が悪いことで有名で、貴婦人達から嫌われているのだ。

そのリクセルと何曲も踊っては、妙な噂をたてられないとも限らない。ユフィールがリクセルの誘いを断るのは当然だった。

アニの傍にいた令嬢達が、眉をひそめる。

「リクセル公爵様にも困ったこと」

「先日も国王陛下からお叱りを受けたというのに」

周囲にいた誰もがリクセルに険しい目を向けたが、進んでユフィールを助けようとはしなかった。リクセルがカストルに次ぐ王位継承順位を有しているためだ。

「何が困る？　私は王族だぞ？　ダンスが嫌なら夜の庭を散歩するというのはどうだ？」

「離して下さい……っ」

肩を抱かれるようにされて、ユフィールの綺麗な顔が大きく歪む。

今にも泣き出してしまいそうなその顔は頼りなく、間違いなくアニと同じ十四才の少女のものだった。

それを見た瞬間、アニは考えるより先に足を踏み出した。

「おやめください！　ユフィール嬢が困っています！」

「何だ？」

リクセルは不機嫌そうに振り返る。そして自分を制止したのがアニだと分かるや、馬鹿にしたように鼻で笑った。

「これはこれは。第一王女のアニ姫ではございませんか」

「お酒がすぎるのではありませんか？　少しは自重なさってください！」

アニはリクセルの手を払いのけ、ユフィールの手をとった。

「行きましょう、ユフィール嬢」

「アニ様……」

ユフィールの唇に、微かに笑みが滲む。ホッとしたのだろう。

いつもの大人びた彼女とは違う様子に、アニは申し訳なくなった。

もっと早く助けてあげればよかった。どんなにか心細かっただろう。

「あちらで一緒にお喋りでもいたしましょう？」

ユフィールを連れて立ち去ろうとしたアニの背中に、リクセルが舌打ちしながら暴言を放つ。

「卑しい捨て子が、偉そうに」

この言葉に、アニは凍りついて立ち止まる。

影に潜む卑屈な自分が、ビクリと身を震わせたのがわかった。

ユフィールが振り返り、リクセルを睨んだ。

「王女殿下に何て無礼なことを……っ」

「王女？　王妃様のご慈悲がなければ、道端で野垂れ死ぬか春を売るしかなかった小娘のくせに」

リクセルはアニに近づいてくると肩を突き飛ばし、せせら笑った。

「本来なら王宮に足を踏み入れることすらできない卑しい身分！　よく王族である私に意見などできるものだ！　教えてあげましょう。皆ね、本当はあなたを王女だなんて思っていないのですよ。国王陛下や王妃様の手前、仕方なく礼をとっているんです！」

ぎゅうっと、アニは手を握り締めた。耳から毒を流し込まれている気分だ。悲しさと悔しさがごちゃ混ぜになって、酷く気分が悪い。

（何か言い返さなきゃ……）

エドライドの第一王女として、無礼者に罰を与えなければ。

けれど呼吸を繰り返すのが精一杯で、叱責しようにも声が出ない。

アニがそんな状態であるのをいいことに、リクセルは更に好き放題に言い放った。

「そんなことにも気付かないとは、何と滑稽なことか！　厚かましいことこの上ない！」

リクセルの声が大きかったからか、大広間中の人がこちらを注目し始める。

音楽も止まり、ダンスをしていた人々も戸惑いながら動きを止めた。

「――何事だ？」

舞踏会を眺めていたロルフィーが、玉座から立ち上がるのが見えた。その隣で、カティアも心配そうに瞳を揺らしている。

両親の顔を見た途端に、アニの青い目に涙が込み上げた。

（――わかってるわ）

リクセルに言われるまでもない。

自分が本当は『王女殿下』なんて敬われる立場の人間じゃないことくらい分かっている。

けれどロルフィーとカティア、そしてカストルとベガは、アニを家族として愛してくれているのだ。

それならば、アニが下を向くわけにはいかない。

家族の為にも、この国の王女として堂々としなければ。

（それなのに……っ）

込み上げる涙と嗚咽《おえつ》を、アニは歯を食いしばり必死に耐えた。

（泣いちゃダメよ）

アニが浴びせられた心無い言葉の数々を、両親には知られたくない。彼らは、きっと酷く悲しむだろうから。

会場中の注目を浴びたことで、リクセルは一気に酔いが醒めたようだった。

「こ、これは……その、実は……大したことではなくて」

しどろもどろに弁解する姿の、何と情けないことか。

こんな男に泣かされてたまるものか。

膨れ上がる悔しさを抑え込み、アニは必死に笑顔を絞り出す。

「な、何でもないの！」

だがロルフィーは、誤魔化されてはくれなかった。

「何でもないという顔ではないようだが？　アニ」

「それは……ただ、ちょっと」

どうにか取り繕わなければと、アニは言葉を探した。

だが、声が震えているのが自分でもわかる。

堪えていた涙が目頭から溢れ出しそうで、思わず俯いてしまった。

「……っ」

カツン、と印象的なほど大きな靴音とともに、アニの視界の端に革靴が現れる。

驚いて顔を上げたアニの横にいたのは、アークロッドだった。

国王相手にも臆することなく背筋を伸ばすその精悍《せいかん》な姿に、アニは釘付《くぎづ》けになる。

「私が失礼なことを王女殿下に申し上げました」

朗々とした声で、アークロッドは言った。

(何を言ってるの？)

アークロッドの発言に、アニは戸惑うしかない。

失礼なことなら確かに言われたが、それを今ここで自己申告する意味が分からなかった。

「失礼なこと？　私の娘に何を言ったのか？　息子の大切な客人とはいえ、事と次第によってはただではすませないが？」

ロルフィーの低い声に、アニは慌ててアークロッドの袖を引く。

「ア、アークロッド、様」

彼はこの場をどう収めるつもりなのだろう。

アニには、もはやどう収拾すれば良いのか分からない。

とにかく、このままではマズい。それだけは分かる。

だがアークロッドは慌てる様子も見せず、そしてアニを振り返ることも、アニの手を振り払うこともせず、淡々と言い放った。

「王女殿下の髪が美しいと申し上げました」

「……は？」

アニのみならず、多くの人間が自らの耳を疑うように顔を顰める。

聞き間違いとは思うが、アニの髪が美しいとか何とか言ったように聞こえたが……。

(今、何て？)

周囲の雰囲気を察してか、アークロッドはもう一度繰り返す。

「王女殿下の髪が、とても美しいと申し上げました」

臆面もなく言いきったアークロッドに、アニは目を剝く。

「青い目は澄んだ泉のように輝いて、白い肌は雪のようだとも申し上げました」

「ちょ、ちょっと？」

「雀斑《そばかす》ですら可憐《かれん》に見えるし、笑った時に頬にできる笑窪《えくぼ》も可愛い。唇は艶めいて柔らか
そうだし声も澄んでいて心地よく一日中……いや、一生でも聞いていたいくらいで」

「な、何言ってるの⁉」

リクセルやユフィール、そしてロルフィーをはじめとするその場にいた全員が、アーク
ロッドのある種の暴言の羅列に唖然《あぜん》として固まっている。

アニ一人が、目を白黒させながら慌てふためいていた。

「め、目も耳もおかしいんじゃないの⁉」

「今日のドレスもとてもよくお似合いで聖女と見紛うばかりですが、特に先日見かけた騎
乗姿は光を纏った天使にしか見えませんでした」

「や、やめてぇぇぇえええ‼」

アニは真っ赤な顔でアークロッドの言葉を制止した。

あまりにも居たたまれない。

聖女やら天使やら、そんな柄ではないことは自分が一番分かっている。

ところが、アークロッドは止まらない。

それどころかとどめを刺しにきた。

「ですから、思わず結婚して頂きたいと申し上げました」

まさにとどめ。

心臓を剣で突き刺されたような衝撃に、アニはアークロッドの腕を掴んだままその場にヘナヘナとしゃがみ込んだ。

（け、結婚って……）

アニもアークロッドもまだ十四才で、ようやく舞踏会に出席できるようになったばかりだ。何より出会ったのは数日前で、衝撃的な出会い以降まともに話すらしていないのに。

（それなのに結婚って……）

アニの頭の中は真っ白だ。

けれど体中の血は沸騰していて、顔も手足も真っ赤だった。

何なのだ。このアークロッドという男は。

一体どういうつもりなのだ。

「ふ、ふふ、あは、はは。あはは！」

静寂を破ったのは、王妃カティアの楽しげな笑い声だった。

自らの膝に顔を埋めるようにして笑う妻の姿に、国王ロルフィーは戸惑う様子を見せる。

「カティア？」

「た、確かに」

笑いすぎて目尻に滲んだ涙を拭いながら、カティアは顔を上げた。

「確かに不躾ですこと。娘が恥ずかしくて泣き出してしまうのも仕方がありませんね」

「はい。申し訳ありませんでした」

アークロッドは胸に手をあて、頭を下げる。

「あまりに不躾に過ぎました。リクセル公爵からもそうお叱りを受けたところです。私のような小国の子爵家に過ぎない身分低い者が殿下に求婚など滑稽で厚かましいと」

そこでようやく、アニは話が着地したことを悟った。

誰を悪者にすることなく穏便に……とは言い難いかもしれないが、ともかくアークロッドはこの場を収めてみせたのだ。

（な、何だ……）

アークロッドが本気で求婚したわけではなかったのだと分かり、アニは何故か少しばかり消沈した。

「……まだ早い」

ボソ、とロルフィーが短く呟《つぶや》いたのに、カティアが訊き返す。

「あなた？　何て？」

「結婚など……まだ早いッッッ‼」

常ならば誰もが震え上がる国王の恫喝に、けれど人々は目を丸くして顔を見合わせた。

アニは十四才。確かに結婚するには早いかもしれないが、早すぎるというほどでもない。

しかも正式な求婚をされたわけでも、それに応じたわけでもないのだ。

にもかかわらず親馬鹿丸出しで真剣に結婚に反対するロルフィーの姿に、カティアがまた大きく噴き出した。

「あはは！　もうダメ、あはは!!　ロルフィーったら！」

「笑い事じゃないぞ、カティア！　アニが結婚など……っ」

「あははは！　本当にあなたって、何て可愛らしいんでしょう！」

普段は物静かな王妃の人目を憚《はばか》らない爆笑に、人々は驚き、やがてつられたように笑い出す。

「笑うな！」

ロルフィーは真顔で命令したが、もはやその命令に素直に従う者は誰もいなかった。

その場に集う誰もが曇りない笑顔で、大天井には明るい笑い声が響く。

掴んだまま放せないアークロッドの腕が、細かく震えていることにアニは気が付いた。

まだ少年と呼ばれる年齢の彼が、これだけ大勢の人の前で大国の王と渡り合ったのだ。

当然その緊張は尋常なものではなかっただろう。

それでも、その緊張にこの少年は最後まで耐え抜いた。

（……私のため？）

何故だろう。彼の横顔が、眩《まぶ》しく見える。

「二人で踊ったら？」

いつの間にか隣にカストルが立っていた。

「カストル。あなた、今までどこに……」

近くにいたのなら助けてくれればよかったのに。

そんなアニの言葉には聞く耳を持たず、カストルはアニに手を差し出し立ち上がらせてくれた。

「そんなことより踊りなよ。いい機会だし」

手を上げて合図を送るカストルに気付き、奏者達がにこやかに頷いて演奏を再開する。

「じゃあ、楽しんで」

アークロッドの肩を叩いて、カストルは去って行った。

流れ始めた音楽にあわせて、まるで何もなかったかのように人々が踊り出す。

取り残された二人は、自然と顔を見合わせた。

「……」

「……」

どうしたものか。

逡巡《しゅんじゅん》するうちに、アークロッドがアニの正面に回りこんだ。

真っ直ぐにこちらを見つめてくる、灰緑の瞳。

彼の瞳は、こんなに綺麗な色だっただろうか。

その眼差しの強さに、アニの心臓が大きく高鳴った。

「──一曲踊って頂けませんか?」

差し出された大きな手。

その手を見下ろし、アニは胸を押さえた。

呼吸が、上手くできないのだ。

心臓はまるで庭を走った後のように大きな音をたてていて、そのまま爆ぜてしまうのではないかと心配になるほどだった。

「よ、喜んで」

強張った顔で、アニはアークロッドの手に、自らの手を重ねた。

少し湿っていると感じたのは、緊張で手が汗ばんでいたからかもしれない。


アークロッドと踊ったその一曲は、本当に散々だった。

アニはどうしたことか足の運びを何度も間違えたし、アークロッドまで何もない所で何度も躓《つまず》くのだ。

「ご、ごめんなさい‼」

「すまない‼」

頭を下げた拍子に、お互いの頭が激突する。

「痛……っ」

「っ……」

ぶつかった所をそれぞれ押さえながら、二人は顔を見合わせた。

「……ぷっ」

「……ふっ」

堪えきれず、二人同時に笑い出す。

アークロッドの笑顔を見るのは初めてだった。

大人びていると思っていたアークロッドの笑顔は意外にもあどけない。

その笑顔を見ているうちに、胸の奥で凝り固まっていた彼へのわだかまりが溶けていくのをアニは感じた。

「ねぇ、ちょっと外に出ない？」

曲が終わり、アニはアークロッドを露台に誘った。

誰にも邪魔されずに、アークロッドと話がしたかったのだ。ロルフィーには男と暗い所に行くなと怒られそうだが、少しくらいならいいだろう。

夜空を望める広い露台には何人か先客がいたが、アニに気付くと誰もが遠慮したように去って行った。

少し申し訳ないような気もしたが、露台を占有できるのは素直に嬉しい。

「わあ！　凄い星！」

手摺《てすり》に駆け寄り、アニは空を仰ぎ見た。

満天の星空。

幼い頃にカティアと過ごした修道院からも、見事な星空が見えたことを思い出す。

「――さっきは助けてくれてありがとう」

後ろにいるアークロッドを振り返ることなく、アニはお礼を言った。

面と向かって感謝の言葉を口にするのは、何だか気恥ずかしかったのだ。

「いや、あんな方法しか思いつかなくて……逆に君に恥をかかせてしまったような気もする」

振り返ると、アークロッドは頭の後ろに手をやって、少し顔を顰めていた。

アニはゆるやかに首を振る。

「ううん。本当にありがとう」

確かに顔から火が出るかと思った。けれどあの場が丸く収まったのは、間違いなくアークロッドの機転のおかげだ。

夜風にほつれた髪を耳にかけながら微笑むと、アークロッドの切れ長の目が、僅かに笑んだように見えた。

「……よかった」

「え?」

「今日は、無理して笑っていないね」

「……」

反射的に、アニは頬に手をやった。

(何で⁉　何でわかるの⁉)

一度ならず二度までも。どうして彼はアニが笑顔の奥に隠した本心を、いとも簡単に見破ってしまうのだろう。

アークロッドは背筋を正すと、深く頭を下げた。

「あの時は、すまなかった。あんな言い方して……ずっと謝ろうとは思っていたんだけれど」

アニは慌てた。こんなふうに謝られるとは、思ってもみなかったからだ。

「わ、私こそ酷い態度をとってごめんなさい！」

急いで頭を下げる――と、その下げた頭と、アークロッドが上げようとした頭が、またしても衝突する。

「痛……っ」

「っ……」

ぶつかった所を手で庇《かば》いながら、二人は顔を見合わせる。そして、また同時に笑い出した。同じ日に同じ人と二度も頭をぶつけるなんて。

「ねえ、どうして私が無理して笑っていることが分かったの？」

笑いを懸命にのみ込み、アニは気になっていたことを尋ねてみる。

アークロッドの頬からは既に笑いは消えていた。一見して不機嫌そうにも見えるこの顔が、どうやら彼の基本装備であるらしい。

「ああ、それは……直前に、カストルに向けた君の本当の笑顔を見ていたからかな。君が俺に笑いかけた瞬間、ああ、無理してるな……って分かったんだ。本当は俺のことが嫌いだけれど、カストルの友人だから仕方なく歓迎しているんだろうなって」

「そこまで分かっちゃうの⁉」

アニは悲鳴をあげて自らの頬を手で覆う。

(嘘《うそ》でしょ⁉)

絶え間ない努力で内心を覆い隠す完璧な笑顔を身に付けたつもりだったのに、自己満足に過ぎなかったのだろうか。

打ちひしがれるアニの隣で、アークロッドは目を伏せた。そして手摺に体を預ける。

「いや、もしかしたら他の人は気付かないのかもしれない。俺が気付いたのは……」

「気付いたのは？」

先を促し、アニもアークロッドと同じように手摺に寄りかかった。そうすると彼の精悍な横顔が、暗がりでもよく見える。

少し躊躇いがちに、彼は口を開いた。

「俺も……両親と血が繋がってないんだ」

思いがけないアークロッドの告白に、アニは言葉を失う。

満天の星空を見上げることも夜の庭園を眺めることもせず、アークロッドは暗がりに目を向けながら静かに続けた。

「事情があって生まれてすぐに今の両親に預けられた。養父母は本当に俺に良くしてくれたけれど、親戚連中にとって俺は厄介者でしかなかった。爵位泥棒だ、財産目当てだと散々罵られたし、嫌がらせもしょっちゅうだった。養父母に心配かけたくなくて、俺は泣くのを我慢して……」

「同じだわ」

思わず、アニは口を挟んだ。

「私も両親に心配をかけたくなくて、無理に笑うようになったの」

「そうか。やっぱり、同じだったんだな」

そう小さく頷くと、アークロッドは目元を僅かに細める。けれどそれは、微笑みというより自嘲に見えた。

「俺は表情を殺すので精一杯だった。とにかく感情を表に出さないようにと必死になって、今じゃ『何を考えているか分からない』と、結局親戚連中には気味悪がられている」

アークロッドは顔を上げ、その視界にアニを捉える。

「君は凄いな。俺もせめて君みたいに笑うことができれば、周囲を不快にさせずにすむんだろうけれど」

優しいその眼差しを受けて、不思議なことにアニは逃げ出したくなって、慌てて目を伏せてしまった。

何だかそわそわして落ちつかない。

「す、凄いだなんて……私は」

彼の視線を感じて、頬が熱くなる。両手の指を絡ませたり解いたりと、無意味な動きを繰り返した。

「私はただ、皆に嫌われたくないだけ。嫌われるのが怖いだけ。天真爛漫だってよく言われるけれど、本当は人の顔色を窺うしかできない臆病者なの。――道化みたいで嫌になるわ」

つい言ってしまってから、アニは口を押さえた。こんな弱音や愚痴、普段なら絶対口にしないのに。

「ご、ごめんなさい。こんな……」

「俺は君を道化だとは思わない」

笑って誤魔化そうとしたところへそう言われ、アニは口元を引き攣《つ》らせる。笑おうとしたはずなのに、むしろ泣き出す寸前のような顔になってしまった。

アークロッドは何の感情も窺えない表情だったが、凪《な》いだ目をしている。

「道化というのは、周囲から嘲笑われる者だろう？　でも、君は違う」

抑揚の少ない声は、アニの心にすんなりと溶けた。

夜の風が、アークロッドの髪を揺らす。

「君の周囲《まわり》にいる人が皆笑っているのは、君と一緒にいるのが楽しいからだ。一緒にいると心が穏やかになるからだ。それは、君が人の心に寄り添っているからだと思う。それを、〝人の顔色を窺う〟とは言わないよ」

「……」

目の奥が熱かった。

奥歯を噛み締めて、目を閉じる。

深く呼吸をして、アニは瞼《まぶた》を開けた。

そして、アークロッドに向き直る。

「実はね……あなたにカストルを盗られた気がしていたの」

だから彼を敵視した。アークロッドには何の非もないにも関わらず。

「今はすごく反省してる。失礼な態度をとってごめんなさい。改めて仲良くして欲しいのだけど『アーク』と呼んでもかまわない？」

はにかみながらも提案した和解は、すんなりと受け取ってもらえた。

「もちろん。光栄だ。アニ王女」

「アニでいいわ！　アーク！」

心から、アニは微笑んだ。

その夜をきっかけにして、アニとアークロッドは親しくなった。

カストルや時にベガも交えて一緒に食事をし、馬に乗り、お喋りをしながら夜遅くまで星を眺め、怪談話で盛り上がりすぎた末にベガを泣かせてしまった時は、さすがにカティアに叱られた。

ロルフィーのはからいで、出来上がったばかりの大型帆船で海に乗り出したこともある。

この時、アークロッドは珍しく興奮気味だった。

「風の力だけでこんな速さが出るなんて！」

海岸から海を渡る帆船を眺めたことはあっても、実際に船に乗ったのは初めての経験だったらしい。

「すごい……！」

大海原を眺める彼の横顔がやけに眩しくて、アニは目を細めた。

（ずっと、夏が終わらなければいいのに）

そうしたら、ずっと彼が隣にいてくれるのに。

彼と過ごす毎日は楽しくて、キラキラと輝いていた。

その感情を何と呼ぶのか、アニは薄々気付きつつも、努めて気付かぬふりをした。気恥ずかしさが勝ったのだ。

そして長期休暇が終わりに差し掛かったころの、夕べのこと。

エドライドの美しい街並みと湾港、それからその遙《はる》か向こうで弧を描く地平線を眺めることができる露台に、アニとアークロッドは二人でいた。

二人きりになるのは、舞踏会の夜以来だ。

いつもならカストルやベガがいて、今日もさっきまでカストルが一緒だったのだが、何やら用事があるとかで行ってしまった。

（な、何だか緊張する……）

何を話したらいいか分からず、アニは露台の縁に頬杖をついて黙ったまま海を眺めた。

夕陽が溶け出して、海が赤く染まっていく。

そっと、隣に立つアークロッドを横目で盗み見た。

目が覚めるような鮮やかな彼の赤髪が、夕陽を受けて燃えるように輝く。

その美しさに、アニは瞬きも忘れて見惚《みと》れてしまった。

切れ長の灰緑の瞳が、不意に動いてアニを捉える。

「――ん？」

どうかしたのか、と尋ねるようにアークロッドは小首を傾げる。

その仕草に、アニの胸は急に甘く締め付けられた。

「な、何でもないわ」

エドライドの夏は暑い。

けれど今暑いのは、季節のせいでも気候のせいでもないだろう。

表情に乏しい彼が時折微笑むたびに、ただ瞬くたびに、心臓がとまりそうになって仕方がない。

彼の隣にいられるだけで嬉しくて、そして切なくなった。

（私、やっぱりアークが好きなのかしら）

親しい令嬢達とのおしゃべりで、恋愛に関する話題は一番盛り上がる。もちろん、アニも興味がないわけではないが、どこか自分とは関係ない話のような気がしていた。

（アークは私のことをどう思っているんだろう？）
親友の姉。仲の良い友人……。
彼との関係をあらわす言葉を探すも、どれも正直物足りない。
（……恋人、とか）
思い浮かんだ単語に、アニは一人で顔を赤くした。
（何考えてるの⁉　そりゃなれたらいいなとは思うけれど……って違う違う‼）
あたふたしながら、その単語を頭から追い払う。
「……暑い」
独り言のようなアークロッドの呟きに、アニは彼を見上げた。
首筋にかかる髪を搔《か》き上げるその姿に、また心臓が締め付けられる。
滲む汗が、夕陽に反射して光って見えた。
無意識に、アニはアークロッドへと手を伸ばす。
指先で感じた彼の肌と、汗と、その温度。
眩暈《めまい》がしそうだった。
これは、本当に恋という感情なのだろうか。
もっと深くて、貪欲で、醜くて、それでいて泣きたくなるような渇望。
アークロッドの大きな手が、アニの指を摑んだ。
視線が絡む。

彼の灰緑の瞳の中に自分と同じような感情が見えた気がして、気付くと唇が重なっていた。

それはきっと、瞬くほどの僅かな時間だったのだろう。

けれど彼の唇の温かさと柔らかさを知るには、十分な時間だった。

「——好きだ」

掠れた声で、アークロッドが囁く。

心臓が、トクリと鳴った。

脈動にあわせて押し出される血液と共に、熱が全身に巡っていく。嬉しさと、恥ずかしさと——……。

けれど、それは一瞬だった。

アニは目を見開く。

「俺と結婚して欲しい」

アークロッドが珍しく焦ったように言葉を重ねた。

「すぐには無理だって分かってる。俺はまだ学生だし十四才だし、でも君が好きだ。初めて会った時から好きだった。絶対に幸せにする。大切にする。だから、だから約束が欲しい」

いつもは必要最低限の言葉を整然と話す彼の、こんな様子は珍しい。

もしかしたら彼も、今日このタイミングでこんなことを言うつもりではなかったのかもしれない。

彼の姿を見るに、心の内がつい零れたというのが正しい気がする。

心からの求婚の言葉。恋物語の主人公ならば泣いて喜ぶのだろう。

けれどそれを耳にした途端、アニを襲ったのは喜びではなく重い現実感だった。全身から、血の気が失せた気さえした。

「……ダメよ」

消え入りそうなアニの声に、美しい夕陽に照らされたアークロッドの顔が強張る。

その顔から逃げるように、アニは俯いた。

「だって……身分が」

王家の血は引かないが正式に王族籍に列していて、第一王女の称号を有しているアニ。

片やアークロッドは小国の子爵家の跡取りでしかない。

あまりに身分が違い過ぎる。

(ああ、そうか)

親しい令嬢達が夢中になる恋愛の話題を、どこか冷めた気分で聞いていたのはこのせいだ。

アニにとってそれは他人事でしかなかった。

エドライドの王女として、国の利にならない結婚はアニには許されない。

恋をしても、その先はないのだ。

その現実を、アニはようやく実感した。

「……そうか」

アークロッドの口元に、薄く自嘲が滲む。

「そうだよな。身分が違い過ぎるな」

肩を落とす彼の姿に、アニは強く手を握り締めた。

込み上げる涙を、必死に堪える。

「ごめんなさい……」

「こっちこそ、困らせてごめん」

この期に及んで、アークロッドはアニの心を気遣ってくれた。

夕陽が地平線に沈み、あたりが急激に夜になっていく。

足元に、何処からか飛んできた百日紅《さるすべり》の赤い花弁が舞っていた。

十四才の夏の終わり。

アニの初恋はこうして幕を閉じた。

第二章　思わぬ遭遇

『宰相、宰相、悪宰相！　鬼畜、冷血、大ほら吹き！　悪女に蹴られて牢屋《ろうや》行き！』

それはわらべ歌だった。

かつて王を操り人形にし、国政を欲しいままにした宰相ウィルダーン。

その悪行を揶揄《やゆ》するわらべ歌は、ウィルダーンの処刑後に誰からともなく歌われ始めた。

一過性の流行歌だろうと思われたその歌は王都から地方へと広まり、子供達の間では鬼ごっこの始まりを告げる歌として定番化した。

それほどに、エドライドの民の心には宰相ウィルダーンへの憎悪、侮蔑が深く根付いているということだろう。

『宰相、宰相、悪宰相！』

子供達は、歌詞の意味も、歌われるようになった由縁すら知らない。

それでも、子供達は今日も歌う。歌いながら、大勢で一人の子供を取り囲み、その子を小突いたり蹴ったりして笑っている。

『やめてよ』

痩せっぽっちのその子供は泣きながら頼んだ。

『やめて。お願い蹴らないで』

けれど誰も、消え入りそうな懇願に耳を貸さない。わらべ歌は、尚も続いた。

『鬼畜、冷血、大ほら吹き！』

『やめて……っ』

とうとう、その子はしゃくり上げながら蹲《うずくま》る。

その子を取り囲んだ子供達は、ここぞとばかりに更に歌う声を張り上げた。

『悪女に蹴られて牢屋行き‼』

子供達は、蹲るその子を蹴った。

笑いながら、何度も何度も。そして、また歌う。

『悪女に蹴られて牢屋行き‼』

周囲には大人もいたが、止めようとする者はいない。

何も見えていないかのように通り過ぎる者。眉をひそめて顔を背ける者。

それぞれが様々な反応を見せる中、痩せたその子に手を差しのべる者は一人もいなかった。

『もう行こうぜ！』

『じゃあな、大ほら吹き！　悔しかったら捕まえてみろよ！』

子供達は笑いながら走り去る。傷だらけの、その子を一人置いて。

その子は、子供達を追いかけようとはしなかった。

ただ膝を抱いて、流れる涙を両手で拭い続ける。

『宰相、宰相、悪宰相！　鬼畜、冷血、大ほら吹き！』

風にのって、遠くから子供達の歌声が聞こえた。

『悪女に蹴られて牢屋行き！』


蔦《つた》の模様が織り込まれた銅赤色の絨毯《じゅうたん》が続く廊下。

その廊下の壁に身を寄せて、アニは重厚な造りの扉──国王ロルフィーの執務室ににじり寄る。

王女らしからぬ奇行に、アニの護衛騎士であるハルマンは顔を引き攣《つ》らせた。

「アニ様、やめましょう。もし見つかったらお叱りを受けます」

ハルマンは平民出身ではあるが若手の騎士の中の有望株で、昨年アニの護衛騎士に抜擢《ばってき》された青年だ。栗《くり》色の髪に、青い瞳。年はアニやカストルよりも六つほど上である。

「アニ様ぁ」

「しっ！　いいから、後ろ見張ってて！」

ハラハラと周囲を見回すハルマンに、アニは唇に人差し指をたてる。

そうして扉にぺたりとくっつき、聞き耳をたてた。

アークロッドと過ごした夏から五年がたとうとしている。

十九歳を目前にしたアニは、五年前のすらりとした印象はそのままに、体つきは丸みを帯びて、顔立ちもすっかり大人びた。

ドレスのまま裸馬に跨《またが》ることはさすがにもうないが、活発な性格は健在で、ついつい礼儀作法も忘れがちである。

活発で天真爛漫《てんしんらんまん》、そして気さくな王女様。それが今のアニの姿である。

そして今日も、アニは礼儀作法をかなぐり捨てていた。

足音を立てないように靴を脱ぎ、間諜《スパイ》さながらに父の執務室に聞き耳をたてる。

こんなことをしているのには、それなりの理由があった。

事の起こりは季節が変わる前のこと。

恐縮したふうなハルマンから、こんなことを聞いたのだ。

『実は懇意にしている書記官から聞いたのですが……近頃、カストル殿下がセルト王国と頻繁に書簡のやりとりをしているようなのです』

『セルト王国と？』

開いていた本を閉じて、アニは首を傾げた。

セルト王国とはエドライドから海沿いに大小三つの国を跨いだ場所にある国だ。利己的な王族により国政は荒れており、税も高く、払えない者は厳しい罰を受けるという。そうやって奪うように集めた税は、国民に還元されるどころか王族と貴族の華美な生活の為に使われているのだそうだ。

外交にも問題を抱えていて、自国の海域を通る諸外国の船に法外な通行料を要求するなどして、度々揉《も》め事を起こしている。エドライドに対しては大国と見て足元を見ているらしく、要求される通行料の額は周辺国の倍だった。それも毎年値が上がり、そのせいで通商担当の大臣は頭を痛めているのだ。

『また海域の通行料の値上がりかしら？　カストルが交渉を担当しているんじゃない？』

『それが……』

ハルマンは警戒するようにあたりを見回し、声を低めた。

『どうやらカストル殿下は……アニ様をセルト王国の王太子殿下に嫁がせようと国王陛下に進言したようなのです』

ハルマンのこの言葉に、アニは動揺を隠せなかった。

『何ですって？』

セルト王国の内情は詳しくは分からないが、確か王太子はアニより十歳ばかり年上であるはずだ。

『アニ様をセルトの王太子殿下に嫁がせて、その見返りとして海域の通行権を得るおつもりのようです。通行権を得られれば莫大《ばくだい》な通行料を払わずにすみますから……ですが、セルト王国の王太子は亡くなった正妃が生きていた頃から何人もの女性を傍に侍《はべ》らせて遊興にふけっていると聞いたことがあります』

ハルマンは我が事のように憤り、握り締めた拳を震わせた。

『そんなところにアニ様を嫁がせるおつもりなんて……国益のためとはいえ、王太子殿下は何を考えておられるのか』

『セルト王国……』

アニは呟《つぶや》いた。

意図せず、顔が歪《ゆが》む。

年が離れているだけでも不安なのに、既に多くの側妃がいる夫など、もはや嫌悪感しか抱けない。

（――ああ、ダメダメ）

意識的に、アニは頭を振った。

王女としての結婚に、個人的感情など持ち込んではいけない。

結婚相手がどんな人であろうと、そんなこと関係ないのだ。国と国との懸け橋になるのがアニの役目。

『アニ様……』

心配そうなハルマンに、アニは笑って見せた。

『大丈夫よ。政略結婚は王女としての義務だもの。もし本当にセルト王国に行くことになった時には、立派な王太子妃になってみせるわ』

セルト王国の王太子も、実際に会ってみれば優しい人かもしれないではないか。

もう少しすれば、きっとカストルかロルフィーから話があるだろう。セルト王国に嫁いでくれ、と。

そうしたら、笑って頷《うなず》こう。それが、今までアニを愛してくれた家族への恩返しなのだ。

――――ところが、待てど暮らせど彼らは何も言ってこなかった。

（一体どうなってるのよ⁉）

十代中盤から後半が結婚適齢期とされるというのに、アニはもうすぐ十九歳になってしまう。

親しい令嬢達もこの間に続々と結婚が決まり〝夫人〟と呼ばれる立場になっていた。同年代で結婚していないのはアニと、宰相令嬢のユフィールくらいだ。だがこのユフィールも、秘かに恋人がいるらしい。

〝嫁《い》ぎ遅《き》れ〟の言葉が頭を過る。

焦らずにいられるほど、アニは大人ではなかった。

いてもたってもいられず、セルト王国からまた書簡が来たとハルマンから聞くや、どんな内容なのかを知る為にこうしてロルフィーの執務室に聞き耳をたてているのだ。

「まだ見つからないのか」

「めぼしい所は全て見て回ったようです」

ボソボソと聞こえるのは、ロルフィーとカストルの声だ。

（……何か探し物の話？）

思っていた内容とは違ったが、アニは耳をそばだてるのをやめなかった。

「早く探し出さなくては、万が一アニに接触でもされたら――……」

思わぬところで自分の名前が挙がり、アニは目を瞬かせた。

(何？　私と接触って？)

どういうことだろうかと考え込んでいたところに、背後から声をかけられた。

「アニ？　そこで何をしているの？」

心臓が口から転《まろ》び出そうなほどに驚いたアニが振り返れば、侍女を従えてやって来たカティアが立っている。

「か、母様」

壁際に控えるハルマンを見れば、申し訳なさそうに項垂れている。

(見張っててって言ったのにー!!)

信頼する騎士のまさかの失態に、アニは内心で抗議の声を上げた。もちろん、将来有望な騎士に盗み聞きの見張りをさせた自らの愚行は棚に上げてである。

「カティア？　アニまで……何をしている？」

カティアの声に気付いたのか、執務室の扉からロルフィーが顔を出す。

それに続いて、カストルまで現れた。

その背は既に父親と並ぶほどで、かつては父親似ながらどこか少女のようにも見えた中性的な顔立ちもこの数年で男らしさを増している。

昨年学院を首席で卒業しすぐに正式に王太子になったカストルは、今やエドライド全土の乙女達の憧れの的だった。

「姉上？　どうして裸足なの？」

「あ、あの……」

前後を両親と弟に挟まれ、アニは狼狽《うろた》えた。

「えっと……」

この場を乗り切る方法はただ一つ。

「し、失礼しましたーーっっ!!」

脱兎《だっと》のごとく、アニはその場から逃げ出した。


「アニ様！」

「ハルマン」

急いでアニの後を追おうとする護衛騎士を、カストルが呼び止めた。

ハルマンは緊張した面持ちでカストルに向き直り、背筋を伸ばす。

「は、はい。王太子殿下」

「姉上の周囲に変わった様子は？」

カストルの質問にハルマンは硬い口調で答えた。

「特にございません」

「姉上に近づこうとする不審な人物はいないか?」

「おりません」

「そうか。——もう行っていい。姉上を頼む」

カストルが目線を外すと、ハルマンは喉を鳴らし一礼のもとに慌てて走り出す。

その足音が聞こえなくなってから、カストルは声を潜めて囁《ささや》いた。

「気をつけましょう。姉上は勘が鋭いところがあるから」

「そうだな」

ロルフィーが心得たように頷く。

その隣で、カティアが不安げに胸を押さえた。


「結局、何も分からなかったわ……」

執務室の前から逃げ出したアニは、庭園の木陰に膝を抱えて座り込み、大きな溜息《ためいき》をついた。

カストルとロルフィーは何か探し物の話をしているようだったが、漏れ聞こえてきた内容では詳しいことまでは分からなかった。

見上げる百日紅の木には、無数の蕾《つぼみ》がついている。

夏の訪れを告げるエドライドの国花。

(あれから、もうすぐ五年ね……)

アークロッドが訪れた夏を思い、アニは目を細める。

キラキラと輝く、淡い初恋。

我知らず、呟きが零れ落ちる。

「……アーク。どこにいるの?」

——あの夏。

長期休暇の終わりと共に、アークロッドはカストルと共に学院へと帰って行った。

『元気で』

『……アークも』

それが、アークロッドと交わした最後の言葉だ。

当初、アークロッドからは時折手紙が送られてきていた。近況を記したあたりさわりのない内容の手紙。

求婚を断った手前どう返事をしたものかと思案に暮れているうちに冬になり、手紙はぷっつりと途絶えた。

返事を書かなかったせいだろうか。

気に病んだアニはカストルに宛てて手紙を書き、それとなくアークロッドの様子を尋ねてみた。

するとと、驚くような返事が返ってきた。

『アークは自主退学した』と。

――カストルの話によれば、知人が危篤だという知らせを受け、アークロッドは外泊許可を申請したその日のうちに旅立ったのだという。

本人に変わった様子は見られなかった。危篤だというのも母親の古い友人だとかで特別親しい相手というわけでもなく、アークロッド自身何故自分が呼び戻されるのかと首を傾げていたそうだ。

ともかくアークロッドは学院を出立し、そして二度と戻って来なかった。

アークロッドの名前が学籍から消えていることにカストルが気付いたのは、ひと月も後のことだ。教師に尋ねるも『本人の希望により退学』ということ以外は何も分からず、その後アークロッドからの連絡は一切ない。

どこにいるのか。どうしているのか。生きているのかすら、いまだに分からない。

（こんなことになるなら、せめて気持ちくらい伝えておけばよかった……）

伝えていたところで、身分が釣り合わない二人が結ばれていたとは思えないが、少なくともこれほどまでに後悔せずにすんだのではないか。

「アーク……」

右目から、ぽろりと一滴涙が零れ落ちた。

今でも、アニはアークロッドのことを忘れられないでいた。

赤い髪の男性を見ると、思わず目で追ってしまう。

人込みの中で、彼の姿を探してしまう。

（でも、もうお終いにしなきゃ）

きっともうすぐ、アニはエドライドの為に結婚する。だから彼のことは、もう忘れなければ。

遠慮がちに近づいてくる足音が聞こえ、アニは反射的に顔を上げる。

気遣わしげな顔のハルマンが、そこに立っていた。

「アニ様」

「ハルマン……っ」

慌てて涙を拭く。

「ご、ごめんね、みっともないところ見せて」

「いいえ……あの〝アーク〟というのは」

「気にしないで」

心配をかけたくはなくて、アニは無理矢理明るい笑顔を作った。

「大丈夫よ。忘れられるわ」

初恋は実らないと言うではないか。

とっくの昔に——アークロッドが消息を絶つ以前に、この恋は終わっていたのだ。彼の求婚を、アニは断ったのだから。

アニは青い空を見上げて、大きく息を吸った。

(大丈夫よ。大丈夫)

何度も自分に言い聞かせる。

風に揺れる木々がさざめいた。

それがまるで励ましてくれているように思えて、アニは微笑んだ。

「久しぶりに乗馬でもしようかしら」

こういう時は、好きなことをして気分転換をするのが一番だ。スピカにも、随分と乗っていない。

「それなら、王宮の外へ出かけませんか?」

ハルマンの提案に、アニは曖昧に微笑んだ。

「でも外出許可をもらっていないもの」

王女であるアニが王宮の外に出かけるなら、事前に外出の申請をロルフィーにした上で、警備の計画書を騎士団長に提出して許可を貰《もら》わなければならない。

だが、ハルマンは声を潜めてアニに耳打ちした。

「部屋で本をお読みになっていることにして、こっそりでかけましょう」

「え?」

とんでもない案に、アニは驚き目を剝く。

「こ、こっそりって」

「もちろん、私はお供いたします」

「でも、もし何かあったら間違いなく責任問題になるわ」

責を負うのはハルマンだ。そんなことさせられない。

ハルマンはその場に跪《ひざまず》き、微笑んだ。

「あなたのお心を守るのも私の仕事です。大丈夫、何があってもこの命に代えてお守りします」

「……ハルマン」

アニの心情に寄り添おうとしてくれるハルマンの気遣いに、アニは胸をうたれた。

貴族出身の騎士の中にはアニが王家の血を引かないことから、陰で見下してくる者もいる。けれどハルマンは、配属当初から献身的にアニに仕えてくれた。後から聞いたことだが、王太子であるカストルの護衛騎士になりたがる騎士が多い中、ハルマンは従騎士の頃からアニの護衛騎士になることを希望してくれていたようだ。

そんなハルマンのせっかくの心遣いを無下にするのは気が引けた。

(すぐに帰れば……)

紫の目であれば、街に出たところですぐに王族だと露見して大騒ぎになる。

だが、アニの目はありふれた青い色だし、服装を改めればアニを見て王女と気付く者はいないだろう。

それなら、そうそう危ないこともないのではないか。

迷いながらも、アニはハルマンの提案を受け入れることにした。

「そうね。じゃあ、ちょっとだけ」

「では、早速ご用意を」

二人はいそいそと用意を始めた。

スピカとハルマンの馬を庭園の隅に密かに繋《つな》ぎ、それから本を読むから呼ぶまで来ないようにと侍女達に言い含めて下がらせた。

（ワクワクしてきちゃった）

動きやすい簡素な衣服に着替え、アニは口元を緩ませる。

（……アークとも、こっそり外に出たな）

彼と過ごした夏を、アニはまた思い出す。

無茶だと反対するアークロッドを勢いで黙らせて、アニとアークロッド、そしてカストルは王都に繰り出した。

三人は王宮では見ない素朴な焼き菓子を買って、それを頬張りながら下町の小さな劇場に入った。

娼婦《しょうふ》が男達を次々と堕落させていく内容の劇に閉口して劇場を出たところで、たまたまぶつかった人がカストルの紫の目を見て王族だと騒ぎ立て、三人は慌てて王宮に逃げ帰る羽目になったのだ。

『アニ！　こっちだ！』

アニの手を握って導くように走るアークロッドの背中。

跳ねる赤い髪。

その鮮やかな色を思い出し、また気分が沈みかける。

ちょうどその時、窓を叩《たた》く音がした。

見れば、硝子戸の向こうでハルマンが小さく手を振っている。

(――そうよ、気分転換の為に出かけるんだから!)

昔のことを思い出して浸っている暇はない。

アニは急いで外套《がいとう》のフードを頭にかぶると、廊下にいる騎士達に気付かれないように硝子戸を静かに開けた。

「準備はよろしいですか?」

騎士の制服を脱いで私服に着替えていたハルマンに、アニは大きく頷いた。

「ええ。大丈夫」

「では行きましょう」

先に立って歩き出したハルマンを追いかけ、アニも歩き出した。

繋いでおいた馬を連れ、王宮の裏にある通用門を出入りする下働きの者や食材の納入に来た帰りの農民に紛れ込む。

「そこの」

門番に声をかけられ、アニはビクリと肩を揺らした。

（気付かれた？）

今にも心臓が爆ぜそうだ。

門番は近づいてきて、ハルマンに話しかけた。

「外出なら届けを見せて頂かないと」

どうやらハルマンとアニを、街に遊びに行く侍従と侍女だと思っているらしい。

――気付かれたわけではなかったが、まだ安心はできない。

（外出届なんて持ってないわ）

当たり前だが、門を通るには許可証が必要だ。

表門を使う貴族達は乗っている家紋入りの馬車が許可証代わりだが、不特定多数が出入りする通用門は許可証がない者は通れない。王宮に仕える騎士や侍女は直属の上役から外出届に署名を貰って、それが出入りの許可証になるのだ。

（どうするの？　ハルマン）

顔を見られないように俯《うつむ》きがちに、アニはハルマンを窺《うかが》った。

彼は何食わぬ顔だ。

「ああ、それが実は急用でね」

「急用だろうと何だろうと決まりは守ってもらわなきゃ」

「まぁ、そんなに固いこと言わないでくれ」

ハルマンは衛兵に近づき、その手にそっと金貨を握らせる。

「……ゴホン、そうか。急用なら仕方ないな」

衛兵はわざとらしく咳《せ》き込み、それからあっさりとアニ達を通してくれた。

人込みが落ち着いた場所で、アニは後ろを振り返る。

「呆《あき》れた……。お金に釣られて許可がない者を通すなんて」

衛兵としての自覚が足りないのではないか。

ハルマンは苦笑いをする。

「まぁ、大目に見てやってください」

「でも」

「おかげで出かけられるのですから」

そう言われると、それ以上は何も言えなかった。

自分が世間知らずであるだろうことは、アニも自覚がある。この程度のことは、融通として世間では当然のようにまかり通っているのかもしれない。

二人はしばらく歩くと、連れてきた馬に飛び乗った。

昔はドレスだろうとかまわず跨ったものだが、今では横乗りに甘んじている。それでも馬上で感じる風は、アニの心を慰めた。

賑《にぎ》わいある街並みを通り過ぎ小川にかかる小さな橋を渡ると、王都とは思えぬ閑静な通りに辿《たど》り着く。

小さな家が立ち並び、どこからか子供達の笑い声が聞こえた。

初めて来たが、何だか親しみを感じる場所だ。

鮮やかな花が咲く花壇に目を引かれ、アニは馬を立ち止まらせた。

「綺麗《きれい》ね」

「少し休みましょうか。ちょうどいい木陰があります」

「ええ、そうね」

ハルマンの提案に頷き、アニはスピカから降りる。

ここまで乗せてきてくれた労をねぎらって、その逞しい首筋を撫《な》でた。

「疲れたでしょう？　今日はちょっと暑いものね」

「水を飲ませてやりましょう。近くの家で頼んできます」

言うが早いか、ハルマンはすぐそこにあった小さな家に向かった。

壁に蔦の葉が生い茂った家は古く、何となく暗くて嫌な感じがする。

何もこの家にしなくても家なら他にもあるのにとアニが思っていると、ハルマンが戻ってきた。

「裏庭に井戸があるそうです。好きに使っていいそうですよ」

「でも、ハルマン。この家……」

「さあ、こっちです」

ハルマンは何も気にすることなく、手綱を引いて馬達を裏庭に通じる小道へ誘導する。

この様子に、アニは自分がおかしいのかもしれないと考え直した。

（見ず知らずの私達に井戸を使わせてくれるなんて、いい人じゃない。家が暗い感じがするだなんて失礼だわ）

ハルマンに続いたアニは、腰の高さまでしかない小さな門を開き、裏庭に足を踏み入れる。

庭は雑草が生い茂り、まるで人が住んでいないようだ。

追い払ったはずの疑念が、早くもアニの心に戻ってきた。

「……ねぇ、ハルマン。この家」

おかしくないかと訊《き》くつもりだった言葉は、家主らしい女性が現れたことで中断する。

「ようこそいらっしゃいました。中で休んでいってください」

四十歳前後と見られる、優しげな女性だった。栗色の髪を頭の後ろでまとめていて、くすんだ濃緑色の服は裾が擦り切れている。

ハルマンが、アニを守るように前に出た。

「いや、せっかくだが馬に水さえもらえればそれで十分だ」

「そんなこと言わず中へどうぞ。ね？」

そう言って笑った彼女の顔が、アニを見た瞬時に強張った。

その変化に、アニの方こそが戸惑う。

「……あ、あの？」

「あなた……あなたもしかして」

女性の目にみるみるうちに涙の膜が張り、そしてそれは間を置かずして雫《しずく》になって頬に流れ落ちる。

アニは驚いて、慌てて女性に駆け寄った。

「ど、どうしたんですか？」

何か女性の気に障るようなことでもしてしまったのだろうか。

女性の背を撫でて、アニは声をかける。

「大丈夫ですか？」

「あなたの父親も、泣いている私をそうやってよく慰めてくれたわ。優しい人だった」

「え？」

戸惑うアニの手を、女性は握る。

柔らかな、温かい手だ。

「あの、父をご存じなんですか？」

国王であるロルフィーを知らない人間など、この国にはいないだろう。けれど女性は、まるでロルフィーを個人的に知っているかのような口ぶりだ。

「ええ。よく知っているわ」

女性は涙を流しながらも微笑む。

（……まさか父様！　母様に内緒で⁉）

アニは青ざめる。ロルフィーの不貞を疑ったからだ。

だが、それはいらぬ懸念だとすぐに分かった。

「彼は歌が上手だったわ」

懐かしそうに彼女は語り、アニの心臓は大きく跳ねる。

(ロルフィー《とうさま》のことじゃない)

この女性は、アニの実の父親のことを言っているのだ。

アニの実の父は歌が得意で、宮廷に出入りを許された楽士だったという。けれど彼は例の宰相の陰謀に巻き込まれて、命を落とした。詳しくは知らないが、無実の罪で処刑されたのだとアニはカティアから聞いていた。

(この人、どうして知ってるの?)

アニの実の父親については、信頼がおけるごく少数の人物しか知り得ない。ハルマンにもまだ話していないというのに、何故初めて会ったこの女性が知っているのだろう。

女性はアニの頬に、優しく手を添えた。

「目も、髪も、父親に……ラフォンにそっくりだわ」

〝ラフォン〟

それは、アニの実の父親の名前だ。

全身が震え出す。

逃げ出したい衝動とその場に留まりたい衝動がぶつかって、今にも倒れてしまいそうだった。

まさか、と心臓が早鐘を打つ。

そんなはずはない。

そんなことありえない。

否定する理性とは相反して、アニの心には妙な確信めいたものが生まれる。

「あ、あなたは……」

掠《かす》れる声で尋ねたアニに、彼女は深く微笑んだ。

「私はスティーネ。あなたの実の母親よ」

彼女は手を伸ばし、アニを強く抱き締める。

「会いたかった……っ！　私の愛しい娘！」

生まれて初めて知る実の母の温もり。

けれどアニの心には、ただただ戸惑いが広がるばかりだった。

第三章　母親

十四才の、ある夏の日。

鮮やかな百日紅の下。アニ、アークロッド、カストルは、三人並んで寝転んでいた。昨夜は夜遅くまで星を見ていて、寝不足だったのだ。

寝息をたてるカストルの横で、アークロッドも目を閉じている。

けれど彼が寝てはいないことに気付いていたアニは、小声でアークロッドに話しかけた。

『ねぇ、アーク。本当の父様と母様に会いたいと思ったことはある？』

『ない』

間髪いれない即答に、アニは眉根を寄せて起き上がる。

『ちょっとは考えてよ』

『ないものはないよ』

アークロッドは目を開けて、アニを見た。

『君は？　本当のご両親に会いたい？』

『……私の本当の両親は亡くなってるから』

アニは膝を抱え込む。

『でももし生きているなら、会ってみたかったな』

『会えたとしても、いいことばかりじゃないと思う』

アークロッドは起き上がると、立てた右膝に頬杖《ほおづえ》をついた。

『いい人だとは限らないし、会わない方がいい事情があるのかもしれない。俺は両親が俺の為にそう判断したからこそ、何も言わないんだと思ってる。だから俺は本当の両親に会いたいとは思わない』

きっぱりと彼は言い切った。理知的な彼らしい考えだ。

この夏の間、彼の元には母国にいる両親から幾度となく手紙が届いた。

『失礼のないように』『エドライドの夏は暑いから体に気をつけなさい』『ちゃんと食べて、ちゃんと寝るのよ』。

息子を心配するそれらの手紙に、アークロッドは『勘弁してくれ』と文句を言いながらも返事を書くのを怠らない。

彼の育ての両親に対する信頼は見ていて明らかだった。

(私だって、父様や母様を信頼しているわ)

それなのに、時折無性に心細くなる。

彼らと血が繋《つな》がらないことが、不安で仕方なくなる。

『……血が繋がっていたら、こんなふうに悩むこともなかったのに』

拗《す》ねるように言うアニを慰めるように、アークロッドは小さく微笑んだ。

『血が繋がっていても——いや、だからこそ殺し合うような家族もいるよ？　それを思えば、君の家族の方がよっぽど本当の家族らしいと俺は思うけれど』

『それはそうだけれど……』

それでもやはり、血が繋がっていればと思ってしまう。

カティアに似ているベガを、ロルフィーに似ているカストルを、羨ましいと思ってしまう。

『〝血〟よりも強いものを、俺は知ってる』

『え？』

『それは……』

風に、百日紅の花弁が散る。

そのさまは、まるで夢のように美しかった。


「さぁ、どうぞ入って」

笑顔で促されるままに、アニはスティーネの家に足を踏み入れる。

家の中は、庭と同様に荒れ果てていた。雨漏りのせいで天井や床はところどころ腐り、至る所に蜘蛛《くも》の巣がはっている。

「汚い所でごめんなさいね」

恥ずかしそうに謝るスティーネに、アニは首を振った。

「いえ、そんな」

「そこに座って」

椅子を勧められ、アニとスティーネは古ぼけた円卓を挟んで向かい合った。

ハルマンには外で待っていてもらっている。二人きりで話をしたかったからだ。

目の前に座る実の母を、アニはじっと見つめる。

想像していたより、ずっと若くて綺麗《きれい》な人だ。

「あの……」

緊張のせいか、声が掠《かす》れた。

小さく咳《せき》払いし、アニはもう一度話し始める。

「本当に、あなたは私の……」

「母親よ」

スティーネはきっぱりと答え、アニの手をとった。

「ああ、夢みたいだわ。こうしてあなたに会えるなんて」

本当に嬉《うれ》しそうな彼女の笑顔は、偽りには見えない。

実の母親について、アニがロルフィーやカティアから聞いたのは死んだということだけだ。名前も人柄も死因でさえも、彼らは教えてくれなかった。

詳しく尋ねることはできなかった。もしアニが実の母親について知りたがれば、カティアはアニが実の母を恋しく思っていると考えるだろう。

それは、どんな苦境にあってもアニを必死に愛して育ててくれたカティアへの裏切りであるような気がしたのだ。

実際、実の母であるスティーネを目の前にしても、アニの胸に宿るのは喜びよりも困惑だった。

(会いたいって、思っていたはずだったのに)

いざ母親ですと名乗られたところで、感情が追いつかない。

今の今まで他人でしかなかった女性と突如親しく打ち解けることなど到底できないし、かと言って突き放すこともできなかった。

戸惑うアニに、スティーネが悲しそうに眉尻を下げる。

「もしかして、疑っている？」

「あ、いえ……そんな。疑うだなんて」

アニは口籠りながら、目線を落とす。

「あなたは死んだと聞かされていたので」

「あなたを返してって、何度も国王夫妻には申し上げたのよ」

「え……」

思わず、アニは顔を上げた。

スティーネの顔からは優しい笑みは消え、怖いくらいに真剣な表情が取って代わっていた。

「何度も何度も、お願いしたわ。でも国王夫妻はとりあってくれなかった。せめて会わせて欲しいってお願いしても、遠くから見るだけでもいいって頼んでも、それすらダメだと言われてしまったの」

「じゃあ……」

ロルフィーとカティアは、スティーネが生きていることを知っていたのだ。

（嘘《うそ》をついたの？　私に）

実の母親が生きていたことよりも、ロルフィーとカティアがずっと自分に嘘をついていたという事実に、アニは衝撃を受けた。

「どうして……」

何故、そんな嘘をついたのだろう。実母の生死くらいアニにも知る権利はあるはずなのに。

「きっと、あなたを手放したくなかったのね。あの人たちにとって、あなたは大事な駒だから」

スティーネの言葉に、アニは頬を引き攣《つ》らせた。

「こ、駒って……」

「王族が養子をとるのは、政略結婚に使う為よ」

「そ、そんな言い方はないと思うわ」

思わず、アニは言い返した。

「父様も母様も、私を大切に育ててくれたわ。どうしてあなたが生きていることを教えてくれなかったのかはわからないけれど、でも……」

そこまで言って、アニはギョッとして口を閉ざす。

スティーネの瞳から、ポロポロと涙が零れ出したからだ。

「怒ったの？　私は、あなたを心配して言ったのに」

「あ、あの……」

「血が繋がった本当の家族は私なのに、あなたは偽物の家族の方が大事なのね」

顔を覆って泣き出したスティーネに、アニは慌てた。

「ごめんなさい、泣かないで……」

手を握り、肩をさする。

せっかく巡り会えた実の母親に、酷いことを言ってしまった。

「ごめんなさい……っ」

必死で謝罪を繰り返すと、やがてスティーネはニッコリと笑った。

「いいわ。許してあげる。だって私はあなたの実の母親なんだから」

スティーネはそう言うと、アニを抱き締めた。

「会えて本当に嬉しいわ！　アニ！」

「……」

ぎこちなくも、アニは抱き締め返す。

実の母に抱き締められているというのに、妙な息苦しさを感じながら。


「アニ！　こっちよ！　早く！」

多くの店が立ち並び、行き交う人が溢《あふ》れる街の大通り。

そこをまるで鬼ごっこでもするかのように走り抜けていくスティーネを、アニは必死に追いかけた。

「ま、待って！」

「ほらほら！　遅いわよ！」

呼び止めても、スティーネは笑うだけで足を止めようとはしない。

通りには大きな荷物を持った人や、杖をついた老人もいる。ぶつかって怪我でもさせたら大ごとだ。けれどスティーネは、そんなこと気にも留めていないらしい。

「ねえ！　そんなに走ったら危ないわ！」

アニは声を張り上げたが、スティーネはケラケラと明るく笑って踊るように走っていく。

「もう！　スティーネったら……」

呆《あき》れるアニの後ろで、控えていたハルマンが苦笑した。

「きっと、アニ様と一緒に過ごせるのが楽しいのですよ」

再会して以来、アニはハルマンの協力もあって度々王宮を抜け出しては、こうやってスティーネと会っていた。

一緒に過ごす時間が増えれば、スティーネに対して感じている息苦しさのようなものが消えて、スティーネが母親だという実感が生まれるかも知れないと思ったのだ。

せっかく再会できた実の母親。

アニは彼女と良い関係を築きたいと思ったし、そしてそれはアニの得意分野でもあるはずだった。

一緒にお茶をして散歩をして、きっと仲が良い親子になれる。

そしてその計画は、成功しているかに思われた。表面上は。

正直言って、アニはスティーネが苦手だった。

スティーネは明るくて陽気でお喋《しゃべ》りする分には楽しいのだが、ちょっとしたことで機嫌を損ねて当り散らし、決して自分が悪いとは認めようとしないのだ。

先日も街を一緒に歩いていたのだが、店先に飾ってあった陶器を壊して謝りもせずに通り過ぎようとした上に、それを咎《とが》めた店主に『こんなところに商品を置いておく方が悪いのよ』と言い返したものだから、店主が怒って大変だった。

しかも、騎士団に通報すると騒ぐ店主にアニが何度も頭を下げているというのに、その隣で当のスティーネはそっぽを向いて素知らぬ顔だったのだ。

（何だかスティーネって、気位が高い我儘《わがまま》なお嬢様みたい……）

アニは彼女の機嫌を損ねないようにと常に気を遣わねばならず、何かにつけて好き勝手に振る舞うスティーネに振り回されて王宮に戻る頃には疲れてへとへとになってしまう。

娘というより下女になった気分だ。

そのせいで、アニはいまだにスティーネを〝お母様〟と呼べずにいた。

（もしかして、カティア達《かあさま》が私に『実の母親は死んだ』と嘘をついたのは、スティーネのせいなのかしら？）

一癖も二癖もあるスティーネの性格を思えば、それも頷《うなず》ける気がした。

アニをスティーネに返さなかったのも、スティーネに子育てができるとは思えなかったからかもしれない。

そう考えると、カティア達が嘘をついた理由が説明できる。

だがアニは胸の内がもやもやして、どうにも納得しかねていた。

『きっと、あなたを手放したくなかったのね。あの人たちにとって、あなたは大事な駒だから』

スティーネが言った言葉が、頭から離れてくれない。

（私を養女にしたのは、政略結婚に使う為だったの？　私は政略の為の駒《どうぐ》？）

現に、カストルはアニを政略の為にセルト王国に嫁がせようとしている。やはり、家族《かれら》はアニを政略の道具だと思っているのかもしれない。

(何を考えてるの、私。そんなはずないじゃない！)

溢れるほどの愛情を注がれて、何より大切に育ててもらったではないか。その家族を疑うのか。

(でも、政略に使うために大切にされていたのだとしたら……)

スティーネとの再会から、同じような自問自答をアニは延々と繰り返していた。

いいや、スティーネとの再会は、きっかけに過ぎない。

育ててくれた両親や大好きな家族に対する不信感。それは、アニがずっと密かに抱いていた家族と血が繋がらないことへの不安と表裏一体だった。

血が繋がらないのに、本当の家族といえるのだろうか。

血が繋がらないのに、本当に愛されているのだろうか。

その不安が、スティーネとの再会と彼女に言われた言葉で膨張し、表面化したのだ。

「アニ様？　大丈夫ですか？」

俯《うつむ》くアニを、ハルマンが心配げに覗《のぞ》き込む。

「だ、大丈夫」

アニは、無理に笑った。

「それより、ごめんね。いつも付き合わせて」

ハルマンは、アニがスティーネと会うために王宮を抜け出すのをいつも手伝ってくれている。

もし誰かに知られれば騎士の資格を剥奪されてしまうだろうに、それでもアニの気持ちを尊重してくれているハルマンに、アニは心から感謝していた。

「いいんですよ。母親に会いたいと思うのは当たり前のことです。言ったでしょう？　あなたの心を守るのも、私の仕事だと」

明るく笑うハルマンに、アニも今度は心からの笑みを返す。

「ありがとう、ハルマン」

家族に対して疑念を抱いている今、信頼できるのは彼だけだ。護衛騎士が彼のような優しい人で、本当に良かった。

ハルマンにはスティーネと再会したその場に居合わせたこともあり、スティーネが実の母親であることは既に打ち明けてある。

『王妃様方には、スティーネ様のことは黙っていた方がいいかもしれません』

難しい顔でそう言ったのは彼だ。

アニは『どうして？』と尋ねた。家族に隠し事なんてできない。しかも、こんな大事なことを。

それに、その時はまだスティーネの人柄をそれほど知っていたわけではなかったので、何故スティーネが死んだなんて嘘をついたのか、カティアに問いただしたい思いが強かった。

『もしスティーネ様とアニ様が会っていると知ったら、王妃様達はスティーネ様をどこか遠くへ追いやってしまうかもしれません。スティーネ様が生きていることを黙っていたくらいですから』

そんな横暴を両親がするとは思いたくなかったが、実際彼らはアニに嘘をついていた。

そういった事情から、アニはスティーネのことをカティアはもちろんのこと、カストルにすら話していない。

そもそも最近は公務や政務で忙しい家族と顔をあわせる機会自体が少なく、結果として後ろめたさに蓋をして口を噤《つぐ》んでいるのが現状だ。

「ところで、スティーネ様はどこです？」

ハルマンに問われて、アニはげんなりとした。

「やだ。見失っちゃった。急いで探さなくちゃ……」

「まったく、困ったものですね」

ハルマンも呆れ顔だ。

二人は手分けして、スティーネを探すことにした。

（本当に、スティーネには困ったものだわ）

彼女を見つけたら、人が多い所では無闇に走り回ってはいけないと諭して聞かせねばならない。

（でも、そうしたらまた機嫌が悪くなるんだろうな）

それを思うと、気分が重くなる。

風が吹き、街路樹の百日紅の枝が大きく揺れた。

髪を押さえながらそれを見上げ、アニはかつての夏の日を思い出す。

実の親に会いたくないかと尋ねたアニに、彼はこう返したのだ。

『会えたとしても、いいことばかりじゃないと思う』

単調で、抑揚のない話し方。

頬杖をついた彼の横顔までが鮮明に思い出された。

『いい人だとは限らないし、会わない方がいい事情があるのかもしれない』

――ええ、そうね。

今なら、彼が言いたかったことが分かる気がする。

スティーネは我儘で、自分勝手で、一緒にいるとこちらが疲れてしまう。

けれど、この世にただ一人の実の母親だ。

（私が理解してあげなきゃ……）

一人、重い溜息《ためいき》をついたアニは、けたたましい子供の泣き声で我に返った。

見れば、人ごみの向こうで小さな女の子が尻餅をついて泣いている。

そして子供を助け起こすこともせず、腰に手をあてて喚いているのは、探していたスティーネだ。

「何よ‼　あんたの方がぶつかって来たんじゃない‼」

「ちょ、ちょっと！」

アニは急いで駆け寄り、子供を助け起こす。

「ごめんね。痛いところはない？」

「うん……」

しゃくり上げながら頷く女の子に怪我はないようだ。

そのことに安堵《あんど》して、アニはスティーネを見上げた。

「この子に謝って！」

すると、スティーネの表情がみるみる曇っていく。

「どうして？　その子が悪いのよ」

いつもは美しく微笑むスティーネが目を吊《つ》り上げた顔は魔物のように恐ろしく、アニは僅かに身を竦《すく》ませた。

「で、でも、あなたも走っていたし……」

そもそも、子供相手にその居丈高な態度はどうなのだ。

するとスティーネは、肩にかかる髪を払いながら大仰に溜息をついた。

「あんた、そういうとこあの女にそっくりね。善人ぶっちゃって気分が悪いわ」

あの女とは、カティアのことだろう。

あまりの言葉に二の句が継げないアニを置き去りにして、スティーネは行ってしまった。

（いいのかな……）

その時初めて、アニはそう思った。

（このまま、スティーネと会っていていいのかな）
実の親子だからといって、こんな心無い言葉を浴びせられていいはずがない。
実の母だからと我慢して、彼女の顔色を窺《うかが》って、表面上だけ仲良く振る舞う。
そんなこととして何になるのだろうか。
血さえ繋がっていれば、愛情が生まれるのだと思っていた。
血さえ繋がっていれば、不安など抱かずにいられるのだと思っていた。
血さえ繋がっていれば……。
それはアニにとって、羨望だった。絶対的だった。
けれど、そうではないのかもしれないと、アニは気付き始めていた。
ざわりと、百日紅が風に揺れる。
『〝血〟よりも強いものを、俺は知ってる』
彼の声が、聞こえた気がした。
（あの時、彼は何て言ったんだっけ……）
〝血〟よりも強いもの。
それは……。
「あれはあなたの母親ですか？」
かけられた言葉に、自失していたアニは慌てて振り向いた。
そこにいたのは、老齢の女性だった。

髪には白いものが交ざっていたが背筋は伸びていて、質素な身なりでも名家の貴婦人であろうことが見てとれた。

怒っているのか無表情で冷たい目をしているその老婦人に、スティーネとぶつかった女の子が抱きついた。

「お祖母様！」

どうやら、女の子の家族のようだ。

「あ、あの、母が申し訳ありませんでした」

急いで頭を下げると、返ってきたのは意外にも優しい言葉だった。

「いいえ、こちらこそ孫がご迷惑をかけたようで申し訳ありません。さぁ、あなたも謝りなさい」

老婦人は女の子を抱き寄せると、アニに自ら頭を下げる。祖母のこの様子を見て、女の子もぺこりと頭を下げた。

「ごめんなさい……」

可愛い子だ。アニは思わず微笑んだ。

「いいえ。こちらこそごめんなさいね」

「あなたのお母様——」

老婦人はスティーネが行ってしまった方を見て、目を眇《すが》める。

アニは首を傾げた。

「母が何か？」

「……そんなはずありませんね。彼女は修道院にいるはずだもの」

老婦人はアニに向き直ると、「それでは」と、女の子を連れて行ってしまった。

（スティーネと知り合いの誰かを見間違えたのかしら？）

老婦人と女の子の後ろ姿を見送っていると、ハルマンが走り寄って来た。

「アニ様！　大丈夫ですか？　何か問題が？」

「ううん、大丈夫。ハルマン、あの方が誰だか知っている？　何だか身分がありそうな人だったけれど」

遠ざかる老婦人の後ろ姿を見て、ハルマンは言った。

「あの方は、司法長官のルフレア様です」

答えを聞いて、アニは驚いて声を上げる。

「あの人が⁉」

数年前、ロルフィーは自らが持っていた統治権を三つに分けて、そのうちの一つである司法権をある女性に任せた。それがルフレアだ。

王が自ら権力を手放すなど前代未聞。人々は驚き、中には反対する者もいたようだ。けれどロルフィーは『権力を一点に集中させる体制は独裁者を生む温床になる。またウィルダーンのような輩が現れないとも限らない』として三権の分立を強行。この決断によりロルフィーは賢王と讃《たた》えられるようになった。

〝ウィルダーン〟とは、宰相でありながら国王であるロルフィーから統治権を奪い国政を欲しいままにし、王妃であるカティアをも陥れた大罪人である。

例の歌劇にも私利私欲を貪る悪役として登場し、エドライドでは彼を憎まない者はいないほどだ。

ウィルダーンが宰相であった間に、彼によって陥れられ、無実の罪で処刑された者も多い。先程のルフレアの夫もその一人だ。

夫の刑死後、ルフレアはせめて夫の名誉を取り戻そうと司法について学び、その知識は国一番と讃えられるまでになった。それがウィルダーンの失脚後にロルフィーの耳にはいり、やがて彼女がエドライド史上初の司法長官になるきっかけとなったのだ。

ちなみに、女性が宮廷において重要な役職を得るのもエドライドでは初のことである。

一時話題の人になったこのルフレアは、社交が苦手という理由で仕事以外に屋敷から出てくることは滅多になく、王女であるアニも会ったのはこれが初めてだ。

「まさかこんな街中で会うなんて……」

きちんと挨拶することができなかったのが悔やまれる。

ルフレアの後ろ姿は、すでに人ごみの中に見えなくなっていた。

弟のカストルは立太子して以来、ロルフィーの政務の手伝いや公務で忙しい。そんな彼が珍しくアニの部屋を訪ねてきた。

「何か僕に隠してない？」

開口一番にそう言われ、アニは内心ギクリとする。

「な、何のこと？」

「最近、本を読むって部屋に籠っていることが多いそうだけど、もしかして王宮を抜け出したりなんてしていないよね？」

腕組みをしてアニを見据えるカストルの顔には、いつもの食えない笑みがない。

こういう時のカストルは下手につつかない方が得策だ。

アニは素直に謝ることにした。

「ご、ごめんなさい。ちょっと知り合いに会いに行っていて」

「知り合いって？」

「それは……」

「言えないの？」

口籠るアニに、カストルが詰め寄る。真剣な顔が恐ろしい。

アニは後退りしながらも、もう一度謝った。

「黙って抜け出したことは謝るわ、ごめんなさい。でも心配しなくてもハルマンも一緒だし……」

「何かあってからじゃ遅いんだ!!」

突然の大声に、アニは身体を縮める。

久しぶりに聞いた弟の怒鳴り声は、父のロルフィーによく似て、低く、そして恐ろしかった。

弟と怒鳴り合いの喧嘩《けんか》を最後にしたのは、まだ十歳かそこらの頃だ。お互いに成長し譲歩を学び、ずっとそんなことはなかったのに……。

「ハルマンを、姉上の護衛騎士から外す」

剣呑《けんのん》な声で言ったカストルに、アニは反論した。

「そんなのダメよ！」

「後任はもっと規律に忠実な騎士にする」

「ちょっと‼」

いつになく専横的な弟に、アニは腹が立って声を荒げる。

「そんなの酷いじゃない！　ハルマンを解任するなんて許さないわ！」

「無断外出を諫《いさ》めるどころか手伝っていたなんて、護衛騎士として失格だ」

「あなただって私に黙ってることがあるくせに‼」

カストルが、顔を強張らせた。

「……僕が、何を黙ってるって？」

妙に緊張感を孕《はら》んだカストルの様子に、アニは少しばかり臆して声を落とした。

「セルト王国の王太子に私を嫁がせたいんでしょう？　海の通行権が欲しいから」

「……それだけ？」

この返答に、今度はアニが顔を強張らせる。

「どういうこと？　他にもあるの？」

「あ、いや……」

気まずそうに、カストルは視線を外す。

無性に苛立って、アニは唇を噛《か》んだ。

（どうして黙ってるの？）

国の為にセルト王国に嫁いでくれ。相手は女癖が悪い王太子だけれど我慢してくれ。

そう言えばいい。それだけで、アニは頷くのに。国の為に、家族の為に、何処へだって行くのに。

何も言わないのも、行動を監視するような真似も、アニを侮っているからなのだろうか。

〝駒〟が勝手なことをするなと、そういうことなのだろうか。

扉を叩く音がして、侍女が顔を覗かせた。

「あの、よろしいでしょうか？」

「……どうした？」

泣きそうなアニの代わりに、カストルが答える。

いつもは温和なカストルの冷たい表情に、侍女は怯《おび》えながらも頭を下げた。

「王妃様がアニ様をお呼びですが……どういたしましょう？」

口論は、どうやら廊下にまで聞こえていたらしい。

カストルはアニに目線だけを寄越した。

「行っていいよ。僕もそろそろ仕事に戻らなきゃ。父上がいないから書類が山積みなんだ」

ロルフィーは昨日から山間地方に視察に行っている。帰りは十日ほど後の予定だ。

「外出するならちゃんと行き先と会う相手を教えてくれ。ハルマンは外す。いいね？」

「ダメと言っても、聞いてくれないんでしょう？」

涙をためた目で睨《にら》みつけると、カストルは気が咎めたのか逃げるように目を伏せた。

「姉上の為なんだ」

部屋から出ていくカストルの背が寂しそうだったが、アニは呼び止めたりはしなかった。

(何が私の為よ!!)

全部、自分の為ではないか。

エドライドの為ではないか。

アニの気持ちなんて、何も考えてくれていない。

もしかしたらカストルは、アニが外で恋人に会っていると思ったのかもしれない。そうでなければ、ハルマンとの仲を疑ったのだろう。

セルト王国との政略結婚を前にアニが駆け落ちでもしないか、彼はきっとそれが心配だったのだ。

「あの……アニ様。王妃様には後で伺うと申し上げておきましょうか？」

気遣わしげな侍女に、アニは首を振った。

「大丈夫……今行くわ」

本当は一人で寝台に突っ伏して泣き喚きたい気分だったが、忙しいカティアを待たせるのは申し訳なかった。

目元を拭い、深呼吸する。

大丈夫だ。このくらいなら、何事もなかったかのように笑ってみせる。

（見てなさい、カストル。母様に言いつけてやるんだから）

カティアに愚痴を聞いてもらえば、きっと落ち着けるはずだ。

（そうしたらカストルと仲直りをしよう）

『ちゃんとセルト王国に嫁ぐから、安心して』と伝えよう。

エドライドの王太子としてカストルがそういう決断をしたのなら、アニは王女として従うしかない。

カストルだって、好きでそんな決断をするはずがないのだから。

（せめて、そう思いたい……）

カティアが待つ部屋に行くと、中では色とりどりの生地や糸が山のように円卓に積み上げられ、それらを見比べてカティアと侍女達が真剣な顔で悩んでいた。

「母様」

「ああ、アニ。ごめんなさいね、呼び出したりなんかして」

「それはかまわないけれど……何の騒ぎ？」

何処の生地が美しいとか、いいや品質に劣るとか、話し合う侍女達は殺気だっていて今にも戦争が始まりそうである。

彼女らを横目にビクビクしながら尋ねたアニに、カティアは嬉しそうに微笑んだ。

「ベガの婚約式の衣装を作るの。だから皆張り切っちゃって」

驚いたアニは、思わずカティアに訊《き》き返す。

「婚約式？　ベガが婚約したの？」

「ええ、そうなの。急な話なんだけれど――」

「申し訳ありません、王妃様。こちらはどういたしましょう？」

「ああ、それは……ごめんなさいね、アニ。少し待っていてね」

侍女に声をかけられ、カティアはそちらに行ってしまった。

（婚約って……）

あまりに急な話だ。

（まさか、セルト王国の？）

てっきりその結婚はアニとの話だと思っていたが、まさかまだ幼い妹のベガとのことだったとは。

呆然としていたところに袖を引かれて振り向くと、そこにはベガが俯いていた。

「お姉様……」

十三歳になる妹のベガは、カティアに似た面差しや美しい立ち居振る舞いにも磨きがかかり、まさに貴婦人と呼ばれるに相応しい。

けれどアニにとっては、いつまでも小さな可愛い妹だ。

この小さな妹が自分よりも先に国の為に嫁ぐ。しかも相手は側室が何人もいるセルト王国の王太子。ベガとの年の差は、親子のそれに近いのではないか。

（そんな……）

アニの胸は痛まずにはいられなかった。

けれど、それを顔に出すわけにはいかない。妹を不安にさせたくはなかった。

笑顔を装い、アニは妹に向き直る。

「ベガ、婚約おめでとう。あの……」

何と声をかければいいのだろう。『おめでとう』とは言ったものの、本当にこれは祝っていいことなのだろうか。

だが、ベガは心から嬉しそうに微笑んだ。

「ありがとう、お姉様」

その微笑みに、アニは違和感を抱く。

どうしてこんな顔ができるのだろう。まるで婚約が嬉しくて仕方ないと言わんばかりだ。

もしかしたら、ベガは婚約した相手のことを、何も聞いていないかもしれない。

何も知らないなら教えてあげた方が良いのではないか。期待と憧れを胸に嫁いで、それが無残に打ち砕かれることを思うと哀れでならない。

(でも……)

この可愛い妹が、政略結婚の現実に顔を引き攣らせるのも見たくない。

どうするべきかとアニが迷っているところに、侍女との話に区切りをつけてカティアが戻ってきた。

「隣国に、ベガより一つ年下の王子殿下がいらしたでしょう?」

カティアはアニとベガを並んで長椅子に座らせると、自らも同じ長椅子に腰かけた。

「昨年保養地で会って以来ベガによくお手紙やお花を贈ってきてくれていたの。ねえ?ベガ」

「う、うん……」

俯きがちだったベガの頬が、淡く染まる。

恥ずかしそうでいて嬉しそうなその姿に、アニは妹が恋をしているのだと察した。

(私が十三歳の頃は、まだ馬に跨って庭を駆けずり回っていたのに……)

それなのに、ベガはもう恋という感情を知っているのだ。

カティアは愛おしそうに、ベガの髪を撫でる。

「その様子を見たあちらの国王陛下が、国同士の結びつきを強めるためにも二人を婚約させたいと仰られたの。ベガはまだ十三歳だから本当に結婚するのはもっと先のことになるけれど、でもよかったわね。ベガ」

「はい、お母様」

微笑み合うカティアとベガの姿は、まるで一幅の絵画のようだ。

その美しい光景に、アニは胸を撫で下ろす。

「そうなの……」

ベガが婚約するのは、セルト王国の王太子ではなかった。

（ああ、よかった……）

安堵する一方で、黒い靄《もや》が胸の中にたちこめ始める。

つまり、セルト王国の王太子と結婚するのは、やはりアニなのだ。

ベガが婚約する王子のことは、アニも知っている。物静かで賢そうな少年だったことを覚えている。

隣国は内政も経済も安定している平和な国だ。エドライドとの交流も盛んで、長く同盟を結んできたこともあり摩擦も少ない。国同士の結びつきを強めようなどともっともらしい理由はつけられているが、仲のよいベガと王子の様子を見た両国の国王が利益度外視で婚約をまとめたのは明白である。

喜ばしいことだ。大切な妹の、幸せな婚約。心から祝福したい――それなのに、胸がつかえる。

（そんなことが許されるの？）

政略結婚は王女としての義務。

そのはずなのに、ベガの婚約には何の政治的要素もない。ただただ、当人同士の幸せを願った純粋な婚約だ。

(私は、見ず知らずの人に嫁がされるのに)

アニは手を握り締める。

五年前、アークロッドの公開求婚の際、ロルフィーは『早すぎる』とアニの結婚に真っ向から反対した。

当時は皆で大笑いしたものだ。だが、今のアニはちらりとも笑う気にはなれない。

もしかしたらあの頃には既に、ロルフィーはアニを政略結婚に使うつもりだったのかもしれない。だからアークロッドの求婚を『まだ早い』と拒絶したのではないか。

胸の中に充満した黒い靄が、思考すら黒く染めていく。

(やっぱり私を養女にしたのも、政略結婚の〝駒〟としてだったんだ)

すべては、スティーネが言った通りだった。

「アニ？　どうかしたの？」

肩にカティアの手の温もりを感じ、アニは慌てて笑顔を取り繕った。

「あ……ううん。何でもないの」

だが、カティアもベガも心配そうだ。

「顔色が悪いわ。体調が悪いんじゃない？」

「お姉様、大丈夫？」

「……」

この二人はどうなのだろう。

アニを心配しているように見えるが、本当は安堵しているのではないか。

つらい政略結婚を押し付ける相手がいることに。

「ごめんなさい。私ちょっと……」

「アニ⁉」

「お姉様⁉」

カティアとベガを残し、アニは部屋を飛び出した。

後を追いかけてきた護衛騎士は、既にハルマンではない。

「アニ様？　どうなさいました？」

真面目そうな騎士の顔から、アニは目を逸らす。

(そうだったわ。カストルも……)

無二の親友だと思っていた弟でさえ、アニを政略に使おうとしているのだ。

もはや家族の誰一人として信じられない。

庭園の池では、水鳥が気持ちよさそうに泳いでいる。その可愛らしい姿を見ても、アニは落ち着きを取り戻すことはできなかった。

誰かに話を聞いて欲しい。

けれど侍女や友人達に話し、万が一それが口外されて噂《うわさ》にでもなれば困る。

安心して、すべてを話せる相手……。

「部屋で本を読みたいの」

アニはそう言うと、自室に閉じこもって騎士も侍女も遠ざけた。

ハルマンはいないが、どうすれば王宮から抜け出せるかはもう分かる。

アニは手早く着替えると、庭に面した硝子扉から部屋を抜け出した。

（ハルマンは門番に金貨を渡していたけれど……）

アニは金貨を持っていない。

「あの、これでもいい？」

人であふれる裏門で、アニは宝石箱から持ち出した小さな耳飾りを恐る恐る門番に差し出した。

耳飾りは金細工で、小ぶりではあるが宝石が付いている。

（金貨の代わりにならないかしら？）

門番は一瞬驚いた顔をしたが、周囲をチラチラと警戒しながら耳飾りを懐に入れ「早く行きな」と囁いてアニを通してくれた。

アニは胸を撫で下ろし、門を走り出た。

スティーネと会うのは、ルフレア司法長官と街で会って以来だ。気まずいまま会っていなかったが、庭先にいたスティーネはアニの姿を見るなり明るく笑ってくれた。

「あら、いらっしゃい。アニ」

その笑顔に、アニは泣き出してしまった。

そして胸のうちをぶちまける。

アークロッドのこと。セルト王国の王太子のこと。妹の婚約のこと。

それらを聞いたスティーネは顔を赤くして憤慨した。

「何て酷い話なの!!　実の娘には幸せな結婚を用意して、あなたにはつらい政略結婚を押し付けるなんて!!」

そう叫ぶと、スティーネはアニを抱き締めてくれた。

「可哀想に！　アニ！　つらかったでしょう？　何て可哀想なの」

強く抱き締められ、アニの傷ついた心は少しだけ落ち着きを取り戻す。

「ありがとう……私の為に怒ってくれて」

「娘が蔑ろにされて怒らない母親がいるものですか!!　ああ、本当に可哀想に……」

「……」

スティーネの肩を、アニは抱き締め返す。

そうしていると、何だかとても安心した。

やはりスティーネはアニの母親なのだ。

「ねえ！　いい考えがあるわ！」

スティーネは身を離すと、アニの顔を覗き込む。

「ここで私と一緒に暮らすのよ！」

「……え？」

あまりに突然の話に、アニは大きく目を見開いた。

「ここで、暮らす？」

「このままじゃ十歳も年上の好色な王太子のところに嫁がされてしまうんでしょう⁉」

「でも……」

「ねえ、アニ。こんなこと言いたくないけれど、国王夫妻が可愛いのは、血が繋がった子供の方なのよ」

その言葉は、鋭利な刃物のようにアニの心を切り裂いた。

（血が繋がった子供の方が……）

本当にそこから血が噴き出しているかのような気がして、胸を押さえる。

スティーネは先程までの勢いとは一転し、言い聞かせるように静かにゆっくりと話を続けた。

「あなただって、もう分かったでしょう？　あの人達があなたを育てていたのは政略結婚に使う為だって。あの人達はまやかしの愛情であなたを手懐けて、あなたの人生を自分達の都合がいいように使おうと思っているの」

「……っ」

少し前であったなら『そんなことない』と言い返していただろう。けれど、アニにはそれがもうできなくなっていた。

ステイーネの言うことが、すべて真実であるような気がする。

結局アニは、あの家族の中では血が繋がらない異端の存在だったのだ。

どんなに望んだとしても、実の親子になれるわけではない。実の姉弟になれるわけではない。

すぐ傍にいるのに彼らとの間には高く厚い壁があって、アニにはその壁を超えるすべがなかった。

「ねぇ、アニ。私を王宮に連れて行って」

アニの耳元で囁くステイーネは、明らかにいつもと様子が違った。

唇は弧を描いていたが、その目は血走っている。

けれど家族に裏切られたショックで呆然自失のアニは、それに気付けない。

ステイーネは優しくアニの手を握った。

「いいでしょう？　あなたは私の娘よって、あの酷い女に言ってやりたいの。まやかしの家族から、あなたを取り戻してあげるわ」

その手を振り払うことができず、アニは呆然としたまま頷いてしまった。

第四章　血の繋がりより強いもの

　スティーネを連れて王宮に戻ったアニは、今度は隠し持っていた髪飾りを門番に渡して中に入れてもらった。

　衛兵の目を盗んで庭園を抜け、庭に面した硝子扉ごしに自室を窺《うかが》うと、そこは静まりかえっていて誰もおらず、抜け出した時に脱いだドレスがそのまま長椅子にかけてある。

　外出を気付かれた様子がないことに安堵《あんど》しながら、アニは硝子扉を開きスティーネを部屋に招き入れた。

「入って」

「いい部屋ね。さすが王女様」

　スティーネは部屋を見渡すと、布張りの長椅子に腰を下ろした。

「それで？　あの女《カティア》とはいつ会えるの？」

「今呼んでくるからここで……」

　その時、扉が叩《たた》かれた。

「アニ？　少し話があるのだけれど」

カティアの声だ。

「ちょ、ちょっと待って！」

アニは長椅子にふんぞり返っていたスティーネを急いで引き起こすと、続き部屋に押し込んだ。

スティーネは不満げに顔を顰《しか》める。

「どうして私を追いやるのよ？　あの女が来たならちょうどいいじゃない」

「ま、まずは私が母様と話をするから！　お願いだから隠れてて！」

どうにか言いくるめて扉を閉めたところに、またカティアの声がした。

「アニ？　どうしたの？」

「今開けるわ！」

慌てて部屋を横切り、今度はカティアを招き入れた。

「待たせてごめんなさい」

「……アニ、あなた」

目を丸くするカティアの顔を見て、アニは自分がどんな格好をしているのかようやく思い出した。

「あ……」

アニが今着ているのは、平民の娘が着るような動きやすいものだ。街を出歩いても目立たないようにと思って着替えたもので、丈が短く足首が見え、おまけに前掛けまでつけている。

（しまった）

これでは王宮を抜け出していましたと、白状しているようなものではないか。

「あ、えっと」

「誰に会いに行っていたの？」

怖いほど真剣なカティアの表情に、アニは肩を竦《すく》めた。

「だ、誰って……」

「カストルから話を聞いて来たの。あなたが王宮を抜け出して誰かと会っているって」

「それは……」

「どうしてそんなことをしたの？　自分がどんなに危ないことをしたか、あなた分かっているの？」

いつも穏やかな物言いをするカティアにしては珍しい、厳しい言い方だった。

カストルにも同じように責められたことを思い出す。

（私は……私は〝駒〟じゃない!!）

言いなりになってたまるものかと、アニはカティアを睨《にら》みつけた。

「私が誰と会おうと勝手でしょ!?」

「アニ!!」

「私、王宮を出て行くわ!!」

驚くほどすんなりと、その言葉は口から滑り出た。

「ここを出て、街で暮らすの!!　スティーネと……本当の母様と一緒に!!」

カティアは目を見開き、青ざめた。

「やっぱり、スティーネと会っていたのね……」

「そうよ！　母様と父様が死んだって嘘《うそ》をついた、私の血が繋《つな》がった本当の家族よ！」

一度勢いがつくと、今まで胸の内で燻《くすぶ》っていたものが次々と口をついて出る。

「どうして死んだなんて嘘をついたの⁉　どうして何も教えてくれないの⁉　私を都合よく操る為⁉　ベガの代わりに私を政略結婚に使おうと思ってるんでしょう⁉」

半ば悲鳴のように叫ぶアニに、カティアの顔はますます青ざめる。

「アニ、アニ落ち着きなさい」

「セルト王国になんて嫁ぎたくない!!　アーク以外の人の妻になんてなりたくない!!」

それは、ずっと押し殺してきた本音だった。

アークロッドからの求婚を断ったことを、アニは痛切に後悔していた。

彼の求婚に頷《うなず》きたかった。彼以外の誰かと、結婚なんてしたくない。

スティーネと暮らしたいと、心から思っているわけではないのだ。

今でもアニはカティアが大好きでロルフィーが大好きで、カストルとベガが大好きだ。

大好きな家族。血が繋がっていなくても、それは変わらない。

「……アニ。あなた、アークロッド様のことを？」

「……っ」

歯を噛《か》み締めて涙を堪えるアニを、カティアはそっと抱き寄せてくれた。

優しい匂いと温もりに包まれて、ささくれ立った気持ちが徐々に凪《な》いでいく。

涙が、静かに頬を流れ落ちた。

「じゃあ、探しましょう。アークロッド様を」

「……え？」

驚いて、アニはカティアから身を離す。

「探すって……」

「ロルフィーに頼んで、探してもらいましょう。あれでも国王だから、本気になればできないことはそうそうないのよ？」

おどけた顔で言うカティアに、アニは気が抜けてしまった。まさかカティアがこんなことを言い出すなんて、思ってもみなかったのだ。

カティアは王女として生まれ、政略結婚でロルフィーと結ばれた。そんな彼女に政略結婚に対する不安を口にしたところで『でもそれが王女としての義務だから』とやんわり諭されて終わりだろうと、アニはそう決めつけていた。

「でも、父様は……探してくれないかも。私がアークと結婚したいって言っても反対するかもしれないわ」

戸惑いながら言うアニに、カティアは微笑みながら小首を傾げる。

「どうしてそう思うの？」

「だって……」

ロルフィーもカストルも、アニを政略結婚に使うつもりなのだ。

少し困ったように、カティアは笑った。

「そうね。きっと反対はするわね。ベガの婚約の話が出た時も大変だったの。『早すぎる』って頭ごなしに反対して、私が何とか宥《なだ》めたのよ。あなたやベガが二十才だろうと三十才だろうと、あの人は『早すぎる』って結婚に反対するのでしょうね。困ったものだわ」

そう言うと、カティアはアニの乱れた髪を優しく撫《な》で上げた。

「アニ。あなたが本当にアークロッド様のことが好きで彼と一緒に生きていきたいと思っているなら、ロルフィーが反対しようが彼の身分が低かろうが関係ないわ。好きにしていいのよ」

「でも……でも」

アニは口籠る。言いたいことを上手く言葉にできない。

けれどカティアは、アニが言いたいことが分かっているようだった。

「大丈夫。あなた達に政略結婚させなければ国力が保てないほど、エドライドは脆《もろ》くはないわ」

その優しい微笑みに、アニの心のわだかまりがあっけなく溶けていく。

「……母様」

カティアに謝らなければ。酷いことを言ってしまった。

『都合よく操る為』だの『ベガの代わりに私を政略結婚に使おうと思ってる』だの、そんなことあるはずないのに。

あるはずないと分かっていたはずだったのに、不安だった。怖かった。持て余したそれらの感情を、問答無用でカティアにぶつけてしまった。

「ご、ごめんなさい。私……」

「アニ。いいのよ」

謝罪は必要ない、とカティアは首を振る。

「それより、アニ。あなたスティーネとはいつから会っていたの？」

「春の終わりくらいに、たまたま街で会って……」

涙と一緒に鼻をすすり、アニは答えた。

「そう……」

カティアは一度目を伏せ、そして意を決したようにアニの手を握る。

「アニ。スティーネが死んだと、あなたに嘘をついていたことだけれど……」

その時、カティアの背後にあった扉が軋《きし》みながらゆっくり開き、スティーネの姿が現れた。

彼女は軽い足取りで走り出し、その足音に気付いたカティアが背後を振り向く。

ドン、と二人はぶつかった。

その拍子に、カティアの髪を留め上げていた髪飾りが外れて床に転がり、その亜麻色の髪が肩に広がる。

「本当のことなんて、言えるわけないわよねぇ。実の母親は大罪人で修道院に幽閉されているなんて知ったら、可愛い可愛い娘がどんなに傷つくことか。そう考えたら実の母親は死んだと嘘をつくしかないわよねぇ」

スティーネに突き飛ばされたカティアは、円卓にぶつかり、そのままズルズルと座り込む。その腹部には、短剣が突き立てられていた。

「か、母様!!」

悲鳴をあげ、アニはカティアに駆け寄った。

力なく倒れ込む細い身体に縋《すが》りつく。

「母様、母様しっかり……っ」

「一応お礼を言っておくわね。私の娘を育ててくれてありがとう。助かったわ。子供なんて煩いし汚いし、どこが可愛いのか私にはさっぱり分からないけど」

見上げれば、スティーネは嗤《わら》っていた。

嫣然《えんぜん》としたその微笑みは底冷えがするほどに恐ろしく、その瞳はまるで蛇のように無機質だ。

（これが、私の母親？）

禍々しく、邪悪で、まさに〝悪女〟と呼ばれるそれである。

エドライドにおける〝誇り高い女性〟を示す〝悪女〟ではなく、正真正銘の正しい意味での〝悪女〟。

（私は本当に……〝悪女の娘〟だったんだ）

呆然《ぼうぜん》とするアニに、スティーネはニタリと笑った。

「じゃあね、アニ。やっとあんたとのおままごとが終わってせいせいしたわ」

「待っ……」

止める間もなく、スティーネは身を翻し硝子扉から庭へと走り出す。残されたアニは、スティーネを追いかけることも人を呼ぶこともできずにただただ狼狽《うろた》えた。

「か、母様」

震える手で、カティアを揺する。

「母様……母様」

カティアは瞼《まぶた》を閉じたまま、ピクリとも動かない。

真っ白なその顔――……。

「母様……っ。やだ、母様！」

それは、これまで味わったことがない壮絶な恐怖だった。

真夜中の荒波に放り込まれたように、上手く呼吸ができない。体が冷えていく。

（私のせいだ!!）

スティーネは初めから、こうすることが目的だったのだ。その為にアニに近づいた。

そうとも知らずに、アニはスティーネの言葉に踊らされて家族を疑い、あまつさえスティーネを王宮に連れてきてしまった。

「母様……っしっかりして、母様!!」

アニの叫び声に、部屋の外で控えていた侍女が遠慮がちに扉を開ける。

「あの、王妃様？　アニ様？　どうかされ……」

彼女は血まみれで倒れたカティアを見るなり、あたりに響き渡るほど大きな悲鳴をあげた。


カティアが刺された後。

アニの部屋には医師や騎士、それからカストルが駆け付けた。意識がないまま血まみれで医師の治療を受けるカティアの姿に、カストルの顔から一瞬で血の気が失せる。

「どういうこと？　一体何が……」

「ご、ごめんなさい、カストル。私のせいなの」

アニは泣きながら謝った。

「私のせいで、母様がスティーネに……っ！」

それからアニは、カストルに全てを話した。

実の母であるスティーネと隠れて会っていたこと。スティーネを王宮に引き入れてしまったこと。

混乱した頭で事を順序立てて話すのは難しく、まともな説明はできなかったが、頭が良いカストルはそれですべてを理解したようだった。

「今すぐ王宮の門を閉じて、スティーネを探せ。それから父上に急使を。この事については箝口令《かんこうれい》を敷くこととする」

「で、ですがカストル殿下……っ」

事態の大きさに動揺する騎士達を、カストルは叱り飛ばした。

「聞こえなかったか!? 今すぐだ!!」

「は、はい!!」

走り出す騎士達を見送ってからカストルはアニに向き直る。

「別室を用意させるから、姉上はそこで休んで」

その顔は怒っているように見えた。当然だ。それだけのことを、アニはしでかしたのだから。

「で、でも私、母様の傍に……」

アニは震えながらカストルに頼み込む。

カティアの傍にいたかった。まだきちんと謝れていない。

だが、カストルはそれを許してはくれなかった。

「今の姉上じゃ治療の邪魔になるよ。とにかく、横になって休んで。何かあったらすぐに知らせるから」

そうして、カストルは慌ただしく部屋から出て行った。

ロルフィーが不在の中、この緊急事態に対応しなければならないのは王太子のカストルなのだ。

我儘《わがまま》を言ってはいけないと、アニは大人しくカストルの指示に従うことにした。

(神様、母様を助けて下さい!!)

用意された部屋で、ひたすらカティアの無事を祈った。

一度は横になったものの、眠気はちらりとも訪れない。

そして夜半過ぎ。

アニがいる部屋を訪れたのは、カストルではなくハルマンだった。

「ハルマン……っ」

「アニ様、今すぐここから逃げましょう！　このままでは投獄されてしまいます！」

出し抜けにそんなことを言われ、アニは仰天して後退る。

「に、逃げるってどういうこと？　投獄って……」

「実は……」

それからハルマンは、アニが祈りを捧《ささ》げている間に王宮で起こったことを一つ一つ話してくれた。

まず、スティーネは今も見つかっていないらしい。

カストルの命令を受けた近衛騎士は直ちに門を閉めて王宮内の至る所を探したが、スティーネは見つからなかったのだという。

これを聞き、アニはハルマンに尋ねた。

「じゃあ、あの家は？」

王都のはずれにある、あの古びた家のことだ。

ハルマンは苦い顔で首を振った。

「もちろん、衛兵を送りました。けれど誰もいなかったそうです」

これを受けて、ある人物が口を開いた。そもそも犯人が逃げたという証言はアニ王女の、自らの罪を隠すための偽装工作だったのではないか、と。

つまり、アニがカティアを刺したのだと指摘したのだ。

「誰がそんなことを？」

「リクセル公爵様です」

ロルフィーの又従弟であり、カストルに次ぐ王位継承権の持ち主。

いつも酒気をただよわせている彼にしては珍しく、今日は素面だったらしい。

その場にいた廷臣達は、リクセルの意見には懐疑的だった。アニがカティアを刺すなんて有り得ない。そもそも動機がない、と。

けれどリクセルが次に発した言葉で、その場の旗色は一瞬にして変わった。

『ある者から聞いたところによると、アニ様は悪名高き宰相ウィルダーンの血を引いておられるとか。――おや、顔色が変わりましたね。カストル殿下』

その時のカストルの顔は、青ざめるどころか真っ白だったそうだ。

これを見て、廷臣達は騒ぎ始めた。

『本当なのですか⁉　カストル殿下‼』

『では国王陛下と王妃様もご存じの上でアニ様を養女に⁉』

『あの大罪人の血族を神聖な王家に迎えたなんて、王家を敬う我々への裏切りです！』

咄嗟《とっさ》に言葉が出ないカストルを、廷臣達は責め立てた。

そんな彼らを煽《あお》るように、リクセル公爵は高らかに言ったという。

『これはアニ王女による、ウィルダーン一族を廃した王家への復讐《ふくしゅう》に違いない‼』

これに、多くの者が賛同した。そうに違いない。あのウィルダーンの血を引いているならやりかねない、と。

『あれだけ王妃様に可愛がってもらっておいて、恩知らずな』

『無邪気そうな顔をしておいて、裏では復讐の機会を窺っていたということですな』

もはや彼らの中では、アニがカティアを刺したということが事実であるかのようになっていたのだ。

アニを悪しざまに言う廷臣達を満足げに見渡しながら、リクセルはある人物に声をかけた。

『あなたはどう思われますか？　ルフレア司法長官』

それまで部屋の隅の椅子に座っていたルフレアに、人々が注目する。

リクセル公爵は黙ったままのルフレアに、更に発言を促した。

『あなたは御夫君をウィルダーンに殺されている。その血を継ぐアニ様が憎くはありませんか？　曾《そう》祖父の罪を恥じるどころか、逆恨みで更に罪をかさねたアニ様をどう思われます？』

ルフレアは一度静かに瞬くと、音もなく立ち上がったらしい。

『国王陛下から神聖な司法権を託された身として進言いたします。逃亡、証拠隠滅の可能性がある観点から即刻アニ王女を投獄すべきです』

――それが、ハルマンが話してくれた全てだ。

とても立ってはいられず、アニはその場に座り込んだ。

（どういうこと……？）

カティア殺害の嫌疑がかけられていることもだが、この身にあの大罪人ウィルダーンの血が流れているとは、どういうことだろう。

頭の中は完全に混乱していて、アニは髪を掻《か》き毟《むし》った。

そんなアニの前に、ハルマンが跪《ひざまず》く。

「聞くところによれば、スティーネは宰相ウィルダーンの孫娘だそうです。一時はロルフィー陛下の側室に上がる話もあったとか」

「ウィルダーンの孫娘……」

力なく、アニは呟《つぶや》いた。

「じゃあ、私はウィルダーンの……」

「……曾孫《ひまご》ということになります」

「……」

王と王妃をはじめ、多くの人々を苦しめた大罪人。

けれどアニにとってその人は、昔話の登場人物に過ぎなかった。今までは。

実を言えば、ロルフィーの死んだ母親はウィルダーンの娘である。そういう意味では、アニはロルフィーやカストル、ベガと血が繋がっていたのだ。

（私が、その曾孫……）

だが、それを喜ぶ気にはなれなかった。

自ら祖父であるウィルダーンを断罪したロルフィーや、その実子であるカストル、ベガとは立場が違う。

自分がおぞましい化け物の眷属《けんぞく》であったのだと知り、アニは自らの身体が汚らわしいものだとすら感じた。

ハルマンは話を続けた。

「スティーネは祖父の悪事に加担した罪で十五年前、宰相ウィルダーンと共に断罪されて修道院に幽閉されていたようなのですが、先頃脱走したとかで国王陛下やカストル殿下は密かに行方を探させていたようなのです」

カストルとロルフィーが、何かを探していた様子を思い出す。

(あれはスティーネを探していたんだわ)

先程、アニのつたない説明にも拘らずカストルは事件の全容をすぐさま把握することができた。それはきっと、元々彼がこんな事態になる事を予想し、警戒していたからなのかもしれない。

『姉上の為なんだ』

弟の声が耳の奥に蘇《よみがえ》る。

(カストルは知っていたんだ。きっと、ずっと昔から私の出自を)

そしてその秘密ごと、アニを守ろうとしてくれていた。

アニの行動を監視するような言動も、きっとそのせいだったのだ。

それなのに、アニは何も知らずに自分勝手な事ばかり。

家族を疑い、政略結婚を嫌がり、挙句の果てにスティーネを王宮に招き入れてこんな事態を引き起こしてしまった。

「これは私の憶測ですが、スティーネが修道院から脱走するのを手引きしたのはおそらくリクセル公爵です」

アニは顔を上げ、ハルマンを見た。

「リクセル公爵が?」

「今回王宮からスティーネを逃がしたのも、きっとあの男です。あの男はアニ様を王妃様殺害犯に仕立て上げ、その混乱に乗じて王位を掠《かす》め取る算段なのかもしれません」

ハルマンの言うことを理解するのは、混乱しているアニにはあまりに難しかった。いや、おそらく冷静だったとしても困難だっただろう。

「どういうこと?」

アニがカティアを刺し殺すことと王位に、何の関係があるというのか。

そんなアニの為に、ハルマンは分かりやすく話してくれた。

「つまり、アニ様がウィルダーン一族の復讐の為にカティア様を殺害したとなれば――」

「私は母様を刺してないし、母様は死んでないわ!」

滅多な事を言って欲しくなくて、思わずアニは口を挟んだ。

ハルマンはそれに気を悪くすることもなく、鷹揚《おうよう》に頷いた。

「ええ、もちろん分かっています。あなたは無実で、王妃様もきっと元気になられます。けれど万が一の場合――それはあなたがウィルダーンの曾孫であると知りながら養女に迎えたロルフィー陛下の責任になります。知っていて黙っていたカストル殿下も同罪です」

「そんな……っ」

アニは息をのんだ。

目の前が真っ暗になった気がした。

自分が投獄されて、それで事がすむのなら簡単だ。けれど話はそれでは終わらない。

（私を養女にしたことで、父様やカストルの立場が危うくなるだなんて）

アニのせいでカストルやロルフィーに迷惑をかけている。

それが申し訳なくて堪らない。

ベガも、きっと心細い思いをしているだろう。父親の不在中に母親が刺され、その犯人が姉だと言われてどんなに混乱しているか。

そしてカティア――……。

（母様……!!）

自分のせいで、大好きな家族が窮地に立たされている。

どうしてこんなことになったのだろう。後悔したところで何をやり直せるわけでもないが、それでもアニは自らの行いを悔いずにはいられなかった。

「とにかく、今のうちに逃げましょう。今なら見張りも少ない。急げば夜のうちに王都を脱出できます」

急かすように立ち上がるハルマンに、アニは力なく首を振る。

「ダメよ。そんなことしたらカストルの迷惑になる」

「そのカストル殿下のご指示です」

「カストルの？」

アニが顔を上げると、ハルマンは神妙な顔で頷いてみせた。

「もしもの時、自分の力では庇《かば》い切れないからと」

庇い切れない——投獄ではすまないということか。

「私、どうなるの？」

怯《おび》えるアニに、ハルマンは言葉を濁さなかった。

「最悪、断頭台かと」

「……っ」

思わず、首に手をあてる。この首が斬られるかもしれない。

（そんな……）

心優しい育ての親を殺した人でなし。曽祖父《ウィルダーン》の血を引く大罪人。やはり血は争えないのだと、誰もがアニを蔑み、石を投げつける未来が見えた気がした。

そうされるべきなのかもしれない。そうされても仕方がないだけのことを、アニはしでかした。

「……母様の容態は？」

「意識はまだ戻られてないそうです。詳しいことは何も」

「そう……」

アニは手を握り締めた。

（——……このままじゃ死ねない）

スティーネを探し出して、無実の罪を晴らすのだ。今度はアニが、家族を守ってみせる。アニは挑むように、前を見据えた。

「分かったわ。ハルマン、連れて行って」

「かしこまりました」

それから二人は見張りの目を盗んで何とか王宮を抜け出すと、一路国境を目指した。

馬の背に揺られながら、アニは夜空を見上げる。

金剛石を散りばめた空からは、いつかのアークロッドの言葉が降ってきた。

『血の繋がりよりも強いものを知ってる』

彼は何と続けたのだったか。

（ああ、そうよ――）

『君も知っているはずだよ』と、彼はそう言ったのだ。

そうだ。知っていた。

思いやる心。一緒に過ごした時間。繋いだ手の温もり。

カティアが、ロルフィーが、そしてカストルやベガが、時間をかけて丁寧に優しくアニに教えてくれた、血の繋がりなんかより強いもの。大切なもの。

（知っていたはずだったのに）

零れるように流れた一筋の星の光は、涙に滲《にじ》んでよく見えなかった。

第五章　娼館

夏の風は、潮の香りを纏《まと》っていた。

『宰相、宰相、悪宰相！　鬼畜、冷血、大ほら吹き！　悪女に蹴られて牢屋《ろうや》行き！』

わらべ歌を歌いながら、大勢の子供達が笑って路地裏を走り抜けていく。

十四歳の夏。その日アニとカストル、そしてアークロッドの三人は、こっそり王宮を抜け出して王都を見て歩いていた。

『あの歌は？』

『ただのわらべ歌だよ』

遠ざかる子供達の背中を眺めながら尋ねたアークロッドに、カストルが短い答えを返した。

『気にするほどの歌じゃないさ。さぁ、行こう。折角だし何か食べよう。劇場とかにも入ってみたいな』

『カストルったら、ちゃんと説明してあげなきゃ！』

まるで話を逸らすように先を急ごうとするカストルを押しのけて、アニは訳知り顔でアークロッドに向き直る。

『あの歌は鬼ごっこの始まりの合図なの。〝悪女〟っていうのは母様のことで〝宰相〟は……』

『ウィルダーン、だっけ？』

あっさりと正答されて、アニは頬を膨らませた。

『知ってたの？』

アークロッドに講釈できる、またとない機会だと思ったのに。

横から、カストルが口を挟んだ。

『腐ってもアークは学院生だからね。大国エドライドの歴史くらい頭に入ってるさ』

『腐っても、は余計だ。腐っても、は』

アークロッドが軽く睨《にら》みつけると、カストルは口笛を吹きながら目を逸らす。

『それにしても』と、咳《せき》払いしながらアークロッドが言った。

『処刑されて何年もたつのに、よっぽど宰相ウィルダーンは恨まれているんだね』

『それはそうよ。ウィルダーンは、それは悪い奴だったんだから……って、どうせアークはこのことも知ってるんでしょう？』

『うん。ごめん』

『学院生って、物知りすぎてつまらないわ』

弾むような足取りで歩き出すと、アニはわらべ歌を口ずさんだ。

『宰相、宰相、悪宰相！　鬼畜、冷血、大ほら吹き！　悪女に蹴られて牢屋行き！　……アークが鬼ね！』

『え？』

『鬼ごっこの始まりの合図だって言ったでしょ！』

示し合わせたように走り出したアニとカストルに置いてけぼりをくらい、アークロッドは目をぱちくりさせる。

『え……え？』

その顔が面白くて、アニは大声で笑った。


身体が急激に傾ぐのを感じて、アニは慌てて我に返った。

「やだ、私ったら……」

馬上だというのに、いつの間にか居眠りをしていたらしい。ゆっくりと歩く馬の規則的な揺れと、昨日からの疲労が、強烈な眠気を呼び込んだのだろう。

夜が明ける前に王都を出ることができたアニとハルマンは、人目に付かないようにと森の中を進んでいた。

（危うく落馬するところだったわ）

ふと気付くと、森には濃い霧が立ち込めハルマンの姿が見えない。

「ハルマン？　ハルマン、どこ？」

返事はなく、あたりを見回すもハルマンはどこにもいなかった。

（どうしよう……）

下手に動き回るよりはと、アニはそこに留まることにした。霧が消えればハルマンが探しに来てくれるかもしれない。

だが日が高く昇り霧が消えた後も、ハルマンが姿を現すことはなかった。完全にはぐれてしまったのだ。

（でも、これでよかったのかも）

アニの逃亡を手助けしたところで、ハルマンの得になることなどなにもない。むしろ、反逆者の烙印《らくいん》を押されかねないのだ。それなら、別行動をした方が彼の為になる。

その日の夜を、アニは森の中で明かした。

空腹に耐えかねて木の実を口に入れてみるが、あまりに渋くて飲み込めない。仕方なく湧水を飲んで空腹は凌《しの》いだが、問題は寒さだった。日中の暑さが嘘《うそ》のように、夜は寒くていられないのだ。焚火《たきび》をしようにも火のつけ方など分かるわけもなく、愛馬のスピカに身を寄せるより他に暖の取りようがなかった。

おまけに夜半過ぎ。どこからか獣の遠吠《とおぼ》えがして、アニは震え上がった。獣に食い殺されてはたまらないと警戒し続けた結果、ろくに眠ることもできず、夜が明けるころには寝不足でフラフラになってしまった。

（これからどうしよう……）

こんな状態では森で隠れ暮らすなど、到底無理だ。

それにここにいては、スティーネを見つけることができない。

迷った末に、アニは森から出て近くの街を目指すことにした。大きな街で仕事を探し、スティーネを探すための旅費を稼ごうと考えたのだ。針仕事は苦手だけれど文字は読めるし体力にも自信がある。何かしら仕事は見つかるはずだ。

そして空腹を抱えて街道沿いに進むこと数刻。

街道の脇の木立から、アニは顔を覗《のぞ》かせた。

道の先には堅牢な石の壁がそびえ立ち、大きなアーチ状の入り口の向こうには賑《にぎ》やかな街並みが遠くからでも見て取れる。

人口が多い大きな都市は、周囲を城壁でぐるりと囲っていることが多い。有事に砦《とりで》の役割を果たすためだ。街にいくつかある門は駐在する騎士団が守りを固めているが、平時であれば特に制限されることもなく、誰でも自由に出入りができた。

この街は王都ほど大きくはないが、地方の一角を担う都市のようだ。休息や仕事、物資、情報、享楽を求める多くの人々が訪れていた――が、彼らは城門の手前で足止めをくって列をなしていた。

「これはいったい何の列だい？」

旅姿の男が、同じく旅姿の女に話しかける。

「騎士団が門を出入りする人間を検分してるのさ。どうも誰か探してるみたいでね」
「探してるって、誰を？」
「さあ？　とにかく、通行許可証か身分証がなきゃ門を出入りできないってさ」
迷惑な話だ、と二人は揃《そろ》って溜息《ためいき》をつく。
アニは外套《がいとう》を深くかぶることで、自らの顔をそっと隠した。
(私を探しているんだわ)
街に入れないとなると、仕事を探すのは絶望的だ。
(食料だけなら、そこらへんの村でも手に入るとは思うけれど)
だがお金がない。
大金は必要ないが、お金がまったく手元にないのは不安だった。
アニは横目で、暢気《のんき》に道端の草を食んでいるスピカを見る。
いい馬は、時に家を建てられるほどの高値がつくと聞く。
(ううん、ダメ。スピカは友達だもの)
それに、何かあった時に逃げるための足は必要だ。だから馬は手放せない。
ではどうしたものか……。
(私も草でお腹を満たせたらいいのに)
溜息をついて視線を巡らせたアニは、こちらをじっと見ている女に気が付いた。
五十代半ばくらいで恰幅《かっぷく》がよく、派手な服装をしている。目つきが妙に鋭くて、アニは慌てて顔を伏せた。

（まさか、気付かれた？）

大きな街の聖堂などには国王一家の姿を描いた絵画が飾られていることがある。もちろん、そこにはアニの姿も描かれているので、直接会ったことはなくてもアニの顔を見知っている平民はそれなりにいる。

スピカを連れてその場を立ち去ろうとしたアニを、女は小走りで追いかけてきた。

「ねえ、ちょっと。あんた」

「すいません。先を急ぎますので」

「急ぐってどこに？　街に入りたいんだろう？」

女はアニの腕を優しく摑《つか》み、ニコリと笑った。

そうすると鋭い目つきが和らいで、一転して優しげな印象になる。

「困ってるんだろう？　街に入りたいけれど、身分証も通行証もないいんじゃないのかい？」

どうやら、アニが王女だと気付いたわけではないようだ。

「私の従者ってことで連れて行ってあげてもかまわないよ」

女の申し出に、アニは目を輝かせた。

「本当に？」

「あんた一人増えたくらいどうってことないさ。それで、あんた名前は？　私はジモーネ」

「ア……」

言いかけて、アニは口を噤《つぐ》む。本当の名前を言うのはまずいかもしれない。

「ミ、ミランダ」

咄嗟《とっさ》に出たのは、以前アニとカティアに仕えてくれていた侍女の名前だった。

彼女はロルフィーの護衛騎士だったルイスの妻となり、今では五人の子供の母親になっている。

ルイスが体が不自由な妹の為に騎士を辞して地方で暮らすことになった為、随分と会ってはいないが、今でも時折手紙と季節の果物を送ってくれる。アニにとっては叔母のような存在だ。

「じゃあ、ミランダ。こっちにおいで」

「はい！」

手招きするジモーネに続きながら、アニは心の中で謝った。

（騙《だま》してごめんなさい……）

ジモーネは他にも多くの従者を連れていた。傭兵《ようへい》らしい男が数人と、それからアニと同じ年頃の娘が十人近くいる大所帯で、確かにアニが一人紛れ込んだところで大した問題ではないようだ。

実際に門を通過する際も、検問をしていた騎士はジモーネを見て「ああ、あんたか」とジモーネが差し出した通行証をろくに見ずに通してくれた。

どうやら、ジモーネと騎士は顔見知りだったらしい。

「あんた仕事探してるんだろう？」

賑わう街の人込みの中、あまりに簡単に検問を通過できたことに拍子抜けしていたアニは、ジモーネにそう尋ねられた。

「ど、どうして分かったんですか？」

目を丸くするアニに、ジモーネは肩を揺らして笑う。

「そりゃ分かるさ。見たところ、いいところのお嬢様のようだけど、事情があって家を飛び出してきたって感じだね」

あたらずといえども遠からず、だ。

アニは苦笑しながら肩を竦《すく》める。

「でも旅費がなくて」

「じゃあ、うちの店を手伝っておくれよ」

ジモーネはアニの肩を、軽く叩《たた》くようにして言った。

「あんたみたいな美人なら、すごく助かるよ」

お世辞だとしても、美人と言われて悪い気はしなかった。

他にあてもないし、ジモーネは良さそうな人だ。

「あの、どんなお店なんですか？」

賑わいの中を、アニはジモーネと歩き始めた。

雑踏の中。一人の青年が、アニと擦れ違う。

外套を目深《まぶか》にかぶったその青年は、数歩先で足を止めてゆっくり背後を振り向いた。

「どうなさいましたか?」

先を歩いていた青年の従者が立ち止まる。

だが、青年は答えない。

何かを探すように人込みに視線を彷徨《さまよ》わせる青年に、他の従者も首を傾げる。

「お知り合いでもいましたか?」

「……いや」

彼は首を振り、唇だけで自嘲した。

「こんなところにいるはずがないな」

燃えるような赤い髪が一束、青年の肩から流れ落ちた。


ジモーネが経営するのは、美しく着飾った娘が男性客に飲食を提供する店だった。

「客と一緒に食べて飲んで、笑ってりゃいいからね」

久しぶりのまともな食事と水浴びの後、肩が大きく露出したドレスを着せられ派手な化粧を施されたアニは、大した説明もなく客の前に押し出される。

「おや、新しい娘《こ》かい？」

「名前は？」

席に着いていた初老の男達が優しく迎えてくれたので、アニは緊張しながらも笑うことができた。

「ア……ミランダです」

「可愛いねえ」

「こっちで一緒に飲もう」

彼らに挟まれるようにして座り、差し出された飲み物を口にする。

「……っこれ、お酒⁉」

驚いて、アニは噴き出しかける。

硝子の杯に満たされた飲み物は甘く、苦みは感じなかったが酒気が鼻をつく。

この様子に、男達は顔を見合わせた。

「そりゃそうさ」

「初めてかい？　じゃあ、無理しちゃいけないよ」

「あ、ありがとうございます」

元々、あまり人見知りしないアニが男達と打ち解けるのは早かった。

お酒が入っているせいか話も笑いも絶えず、仕事だということを忘れてしまいそうな楽しい時間の後。

「ミランダ。ちょっと」

ジモーネに呼ばれて、アニは席を立った。

「何か？」

「大丈夫かい？　随分飲んだろう？」

客からは見えない場所でジモーネは心配そうに眉尻を下げると、水がはいった硝子の杯を差し出した。アニはそれを受け取り一気に飲み干すと、ニッコリと笑った。

「大丈夫です。皆さん、良い人ですし」

無理に酒を飲むように強要されることもなく、身体を触られることもない。こういう店だからと少し不安だったが、無用の心配だったようだ。

ジモーネが安心したように相好を崩す。

「そうかい？　じゃあ、今度は向こうのお客さんのところに行ってもらおうかね」

「分かりました」

「こっちだよ」

ジモーネに案内されるままに、アニは暗い廊下を先へと進んだ。

だが、おかしい。

廊下を歩くうちに、足元がおぼつかなくなってきたのだ。

（あれ……？）

酔ったのだろうか。だが、お酒は殆《ほとん》ど飲んでいないはずなのに。

そのうちに体が火照り始め、肌に汗がじっとりと滲《にじ》んでくる。

持っていた硝子の杯が手から滑り落ち、床で粉々になった。

「あ……」

ふらつくアニを、ジモーネが支えてくれた。

「大丈夫かい？　ミランダ」

「あの……すいません。ちょっと休ませてもらってもいいですか？」

こんな状態で客の相手などしたら失礼になる。

だがジモーネは困った顔をしながらも、首を振った。

「悪いけど、お客様をお待たせするわけにはいかないんだよ」

「でも、これじゃ……」

お酒を注ぐこともできない。

鼓動が妙に速く、呼吸も気だるい。

（おか、しい……）

鈍くなる思考を必死に巡らせる。

お酒のせいではないなら、この状態は一体何が原因なのだ。

ふと、先程ジモーネに渡された水を思い出した。

「……な、にを飲ませ、たんですか？」

「あんた、初めてだろう？」

優しげなジモーネの微笑みが、逆光のせいかゾッとするほど恐ろしかった。

「中には酷い男もいるからね。慣れるまではそういう薬を飲んだ方が幸せってもんさ」

「そういう、薬？」

荒い呼吸を繰り返しながら、アニはジモーネが何を言わんとしているかを悟った。

この店は、男が女を買う店なのだ。そして今、アニは売られようとしている。

「騙した、のね」

「騙される方が悪いんだよ。世間知らずのお嬢様」

「……っ」

アニは力なくジモーネを突き飛ばし、壁を支えに逃げようとする。

だが、足が言うことをきかない。

その場に蹲《うずくま》ったアニの腕を、ジモーネは強く摑んで立ち上がらせた。

「ほら、お客様がお待ちだよ。心配しなくても薬が効いてるうちは何をされても気持ちいいからね。たくさんおねだりして可愛がってもらうといい」

意地悪く笑ったジモーネは、スティーネによく似ていた。

「い、や……!!」

ジモーネの腕を振り払い、ふらつく足を叱咤《しった》して走り出す。

「お待ち!!」

追いかけてくるジモーネに、壁にかけてあった客の外套を投げつけた。

薬のせいで目が回る。それでもアニは、必死に走った。誰とも知らない男に身体を弄ばれるなんて、絶対にごめんだ。

転ぶようにして逃げ込んだのは、先程までアニが客の相手をして笑っていた広間だ。

立ち上がろうとして縋《すが》った円卓はアニを支えきれずに傾ぎ、卓上にあった飲み物や食べ物が床に散乱する。

客の男性と隣あって座っていた美しい娘達――中にはアニと同じように何も知らずに酒の相手をしている娘もいるだろう――が、悲鳴を上げて立ち上がった。

「早く捕まえるんだよ‼」

ジモーネが怒鳴り、奥にいた傭兵《ようへい》達が走り出してくる。

アニは言うことをきかない体を必死に動かし、店の出入り口へと走った。

ぶつかるようにして扉を開き何とか外に出たが、安堵《あんど》する間もなくすぐに傭兵に髪を掴まれた。

「や……っ誰か助けて‼」

「大人しくしろ‼」

アニは叫んだ。

だが、その声に応えてくれる人はいない。

既にあたりは暗くなっていた。

湿り気がある生ぬるい風が、道を通り抜ける。

通りにそって並ぶ店の前には灯りが吊《つ》るされており、婀娜《あだ》めいた空気が漂うせいで昼間と同じ街とは思えなかった。

背中が大きく開いたドレスを着た女が、真っ赤な唇を男性の耳元に寄せる。

酔って肩を組んだ二人連れの男達が、着飾った女に呼ばれるままに店に入って行く。

誰もが、アニと傭兵の姿など見えないかのように素通りして行ってしまう。

「ほら！　早く立て!!」

「いや!!」

傭兵に髪を引っ張られ、アニは悲鳴を上げた。

(まだ……なの？)

実の母親に陥れられ、無実の罪を着せられ、やっとの思いで王宮を逃げ出せたと思えば、ハルマンとはぐれて森で獣に怯《おび》えて夜を明かした。空腹を抱えてようやく親切な人に出会えたと思ったのに、結局その人にも騙されて媚薬《びやく》を飲まされ、身を売られようとしている。

(これでも、まだ足りないの？)

これだけ罰を与えても、天は満足しないのだろうか。

まだ、アニを許してはくれないのだろうか。

この身に流れるウィルダーンの血は、それほど罪深いのだろうか。

あとどれくらい苦しめばいい。どれほど苦しめば、許されるのだ。

（――もう、いい）
手から、力が抜けた。
涙は止まらなかったが、泣き叫ぶ気力もない。
もうどうでもよかった。どうにでもなればいい。
思考が、混濁する。
甘い熱が、急激に理性を溶かしていく。
「……アーク……」
吐息と共に、無意識にアニはその名を呟《つぶや》いた。
その瞬間。
腕を摑まれる。
朦朧《もうろう》と見上げた視界に、見覚えがある人がこちらを覗き込んでいた。
燃えるような赤い髪。相変わらず綺麗《きれい》な灰緑の瞳。
少年時代の面影を切れ長な目の縁に残したまま、彼は精悍《せいかん》な大人の男性になっていた。
「どうして、君がこんなところにいる!?　アニ!!」
昔よりも数段低くなった声で、アークロッドが怒鳴った。

第六章　再会

「うちの店の娘だよ！　返しとくれ！」

詰め寄るジモーネに、アークロッドは胸元から取り出した革袋を投げつける。

ジモーネの肩にあたって地に落ちた革袋からは、黄金色の硬貨が何枚も転げ落ちた。

「なら俺が買う。文句はないな？」

鋭い眼光に、ジモーネも傭兵《ようへい》達も竦《すく》み上がって動かない。

アークロッドはアニを抱き上げ、早足で歩き始めた。

背中まで伸びた赤い髪が、通りの店の灯りに照らされて松明のように見える。

「アー……ク」

「もう大丈夫だ」

低い声の囁《ささや》きに、身体が熱くなる。

（どうしてここにアークが……？）

今までどこにいたのか。どうして連絡をくれなかったのか。

聞きたいことは山のようにあったが、言葉にならない。

身体の中に溜《た》まった熱が出口を求めて、今にも暴れ出しそうだ。

情けなさで、目尻に涙が滲《にじ》む。

（どうして、よりによってこんな……）

せっかく再会できたというのに、こんな醜態を彼に晒《さら》さねばならない自分が情けなかった。騙《だま》されて媚薬《びやく》を飲まされた上、娼婦《しょうふ》まがいのことをさせられそうになっていたなんて。

「安心して休むといい」

アニが横たえられたのは、大きな寝台の上だった。

そこは宿の一室で、壁にかけられた装飾品や豪華な調度品からすると、かなりの上宿だ。石鹸《せっけん》の香りがする敷布を握り締め、アニは身を縮めるように丸くした。

「アニ？　寒いのか？」

心配そうに覗《のぞ》き込んでくるアークロッドから、顔を背ける。

「どうして……」

「アニ？」

「どうして……助けたの？」

アークロッドが、怪訝《けげん》な顔をした。

「アニ？　どうしたんだ？」

アニは寝台に手をついて体を支え、ふらつきながらも身を起こす。

乱れた髪が顔にかかる。

その髪の隙間からアークロッドを眺め、アニは唇を歪《ゆが》めるようにして嗤《わら》った。

「放っておけば……よかったのに」

アークロッドは戸惑っている様子だったが、相変わらず表情の変化は乏しかった。

「自分がどんな状況だったか分からないのか？」

「分かってるわ……。あのまま連れ戻されていたら、見ず知らずの人に身体を弄ばれて……いたんでしょう？　でも……大丈夫。ジモーネは……薬を飲ませてくれたもの。何をされても……気持ちいいんですって」

クスクスと、アニは笑った。

何も楽しいことなどないのに、笑いが止まらない。

「宰相、宰相、悪宰相。鬼畜、冷血、大ほら吹き。悪女に蹴られて牢屋《ろうや》行き！」

酩酊《めいてい》したように笑いながら歌うアニを、アークロットはしばらく無言で見ていたが、やがて踵《きびす》を返した。

「待ってろ。医者を呼ぶ」

「わたしの曾《ひい》お祖父様は、あの大罪人のウィルダーンなんですって」

部屋を出て行こうとしていたアークロッドが、立ち止まる。

そして振り返った。

「何だって？」

彼にしては珍しく、その頬には驚愕《きょうがく》が滲《にじ》んでいた。それだけ驚いたのだろう。

それが何だか面白くて、アニは肩を揺らして笑った。

「だからね、私は償わなきゃいけないの……曾お祖父様が犯した罪の分だけ……たくさんの人が……苦しんだ、から」

涙が、目から零れ落ちる。

笑いながら、アニは泣いた。

敷布の上にパタパタと涙が落ちて、染みを作った。

「そうじゃなきゃ、許してもらえないの。私、が苦しまなきゃ……神様はきっともっと酷い罰を……与えるんだわ」

笑顔が歪む。

子供のようにしゃくり上げながら、アニは言葉を連ねた。

「母様が……父様が、カストルが……ベガが……私のせいで苦しむなんて……」

それなら、自分が苦しんだ方がマシだ。

どんな罰でも受けるから、家族を巻き込むことだけはしたくない。

「だから、放っておいて……私に、か、かまわないで」

それが、限界だった。

呼吸が苦しい。

身体が熱い。

アニは再び、寝台に倒れ込んだ。

なったのだろう。

目を閉じると、カティアの姿が浮かんだ。今頃どうしているのだろう。傷の具合はどう
（母様……）

最悪の事態を思うと、怖くて堪らない。

ギシリと寝台が軋《きし》んで、アニは瞼《まぶた》を押し上げる。

アークロッドが寝台の上に膝立ちになって、アニを見下ろしていた。

「……アーク？」

彼は黒い上着を後ろ手で脱ぎ捨てると、首元を緩めた。

それから目を伏せて、袖口の釦《ボタン》もはずし始める。

「何、を……」

「罰が欲しいんだろう？」

袖を肘まで捲《めく》り上げると、アークロッドは目線を上げた。

逆光の中、灰緑の瞳には冷たい光が宿っている。

「俺が与えてやる」

「……っ」

腰の奥が、ずくりと疼《うず》いた。

心臓が爆ぜそうになり、息苦しさは一層増す。

アニは肘をついて後退った。だがすぐに白い枕と背もたれに阻まれ、それ以上は逃げら

れない。

「どうして逃げるんだ？　身体を弄ばれてもかまわないんだろう？」

アニの足首を大きな手で鷲掴《わしづか》むと、アークロッドはアニの足の甲に口づけた。

そして見せつけるように足の指を口に含み、舌の先で指の間をなぞる。

ゾクゾクとした快感が押し寄せてきて、アニは息を詰めた。

「っ……ァんっ」

「それとも、弄ばれるということがどういうことか分かっていないのか？」

アークロッドはアニの足首から、脛《すね》、膝、そして太腿《ふともも》と順に舌を這《は》わせ、時に肌を優しく食んだ。

「あ、ああ……っ」

肌が粟立《あわだ》ち、身体が細かく痙攣《けいれん》する。

腰の奥が、じわりと溶けるように濡《ぬ》れていることにアニは気付いていた。

それがどういう意味なのか、教えてくれたのは親しくしていた令嬢だ。

『男性を受け入れたがっているのです』

仲間内で一番早く結婚したその令嬢の話に、友人達は皆固唾をのんで聞き入った。

『で、でも初めては痛いのでしょう？』

『最初はもちろん……でも私は旦那様が丁寧に解して下さったから』

既婚者の赤裸々な体験談にその場にいた令嬢達は顔を赤らめ、きゃあきゃあと大騒ぎしたものだ。

身を屈ませたアークロッドに太腿の内側を唇で吸われ、アニの腰が跳ねる。

「や、ァ……っ」

「君の肌は柔らかいから、痕がよくつく」

アークロッドは独り言のように呟《つぶや》くと、アニのドロワーズの紐《ひも》に手をかけた。

「あ……っ」

抵抗する間もなくそれは剝ぎ取られ、秘処が空気に晒される。

「い、いや……っ」

羞恥心から身を捩《よじ》ろうとするも、アークロッドがアニの両膝の裏を押さえてしまったため、容易に動けない。

大きな枕に背を預けて大きく足を広げた体勢に、アニは恥ずかしさで涙ぐんだ。

「や、いや……ぁっ」

「いや？　体を弄ばれるということは、こういうことだ」

アークロッドは冷たく言うと、アニの秘められた場所に指を差し入れる。

くぷりと音がした。

「ァ……っや」

「君の柔らかな身体は極上の供物に等しい。男達は夢中でしゃぶりつくだろう」

アークロッドの指がアニの濡れた隘路《あいろ》を、押し広げるように侵食していく。

指の腹で膣壁を擦られて、そこがどんどん溶けるように柔らかくなっていくのが分かる。

(『解す』って……っ)

友人の言葉の意味を、ようやく具体的に理解する。

「ひ、ァあっ……っア、んん」

甘すぎる快感に、喘《あえ》ぎが止まらない。

こんなことをされるのはアニにとって初めての経験だ。それなのに身体は嫌がるどころか悦んで、ギュウギュウと彼の指を締め付けた。

「あ、ああ……っアーク……っん」

「この指の何倍もの太さの凶暴な欲望が、君のこの狭い場所に無理矢理突き立てられる」

責めるような眼差しで、アニは彼が怒っているらしいことにようやく気が付いた。

差し抜きされる指の本数が増え、そこに体中の熱が集まっていく。

「アー、ク……っあ、アーク!」

「君が泣こうが気を失おうがおかまいなしに、奴らは嘲笑いながら君の胎に何度も精を放つだろう」

そう言うと彼は、蜜を纏《まと》った指の腹でアニの肉粒を押し回した。

「やっ！　あァあっああーーっ!!」

悲鳴を上げて、アニは達した。

強張る身体の奥から、大量の蜜が溢《あふ》れ出る。

初めて知った恍惚《こうこつ》の頂は、あまりに強烈だった。

「は……っぁはぁ……っァ」

目を見開いたまま、アニは余韻に呆然《ぼうぜん》とした。

腰の奥はまだひくついているが、あれほど悩まされた熱は綺麗《きれい》に消えている。

胸を大きく上下させて呼吸を繰り返すアニから、アークロッドは指を引き抜いた。

「弄ぶというのは、こういうことだ」

彼はアニを見つめると、つらそうに目を細めた。

「分かったら、もう二度と投槍《なげやり》なことは言わないでくれ。君の家族がどんな不幸に見舞われようと、それは君の責任じゃない。ウィルダーンの血が流れているせいで、君が甘んじて受けなければいけない罰なんて一つもないんだ」

「……っ」

目尻から、涙が流れ落ちた。

（いいの……？）

本当に、いいのだろうか。

罰を受けなくても、苦しまなくてもいいのだろうか。

「……許して……っもらえるかしら」

アニの呟きに、アークロッドは頷《うなず》いた。

「君が家族に対して許しを求めているのなら、もちろんだ。君の家族は君を愛していて、君が自らを痛めつけることなんて望まない」

「……っアーク」

手を伸ばし、彼にしがみつく。

「アーク……っアーク」

「アニ……」

抱き締められて、胸がいっぱいになった。

いつの間にか見失っていたものを、取り戻した気がする。

二人は、どちらからともなく僅かに身を離した。

お互いの顔を見合わせ、ぎこちなくも微笑む。

「久しぶりだな、アニ」

あまりに久しぶりに見た彼の笑顔は、眩《まぶ》しすぎる。

頬を染めて、アニは頷いた。

「久しぶり……。背、伸びたのね。髪も」

「君は綺麗になった」

臆面もなくそう言うと、アークロッドはアニの顔にかかる髪を撫《な》で上げてくれた。

「昔よりもずっと、綺麗になった」

「――っ」

心臓が痛い。

一度は冷めた身体の熱が、急激にまたアニを苛み始めた。

「アニ？」

「くる、し」

アニは喘いだ。

首元を掻《か》き毟《むし》るが、呼吸は楽にならない。

身体が燃えてしまう。

できることなら、この身を氷の海に投じてしまいたかった。

「あついの。すごく……」

はあ、と悩ましい息を吐き出した。

アークロッドの喉が、ゴクリと動く。

彼は無言で、アニの身体を枕にもたれさせた。

何をするのかと、アニは幼げな仕草で小首を傾げる。

「アーク？」

「今、楽にしてやる」

そう低く囁《ささや》くと、アークロッドはアニの足の付け根に顔を伏せた。

「アーク⁉」

仰天して腰を引こうとするも、太ももに腕を回され動けないように押さえ込まれている。

先程まで彼の指を咥《くわ》えこんでいた場所にヌルついた感触を覚え、アニは目を見開いた。

「あ、アーク……っ!!」

「怖がらなくていい」

淡い茂みに口づけながら、アークロッドが囁いた
「ぁ……っ」

「ここに溜《た》まった熱を逃がすだけだ。そうしたら楽になる。いいね？」

幼子に言い聞かせるような柔らかな物言いに、アニの記憶の蓋から初恋の思い出が溢れ出す。

ずっと、ずっと、忘れられなかった人。会いたかった人。

彼にならば、何をされてもいい。

「う……ん」

小さく、アニは頷いた。

「いい子だ」

薄く微笑むと、彼はアニの右膝を自らの肩に担いで、また顔を伏せた。

「ぁ……ぁあ……っ」

怯《おび》えながらも、アニはもう抵抗しようとはしなかった。

アークロッドが楽にしてくれる。この苦しみから解放してくれる。もう少しの辛抱だ——

——……。

尖《とが》らせた舌の先を、アークロッドはアニの蜜口に忍び込ませ、唇で肉粒をやわやわと刺

激した。

甘美な悦びで身体はたちまち弛緩《しかん》し、アニは喘ぐことしかできなくなる。

「や、ぁあ、アーク……っあ」

「甘い……」

熱い溜息交じりに、アークロッドが呟く。

「舐《な》めても舐めても、どんどん湧いてくる」

「アーク…ぁあっ、アーク……っ」

「媚薬というのは恐ろしいな……」

そう言ったアークロッドは、少し悔しげに見えた。

「ひっ……っあっ、はぁ……ん」

赤く腫れた肉芽を舐め上げられ、アニは咄嗟にアークロッドの赤い髪に手をやる。

（きもち、い……）

性的な経験が今までまったくなかったアニがこれほどに乱れているのは、媚薬の効果によるものが大きいだろう。

けれど、もしアニを組み敷いているのが彼でなければ、これほどの快感を味わえなかっただろうとも、アニは思った。

「アーク……っアーク！　だめ、もう……っァ！」

切羽詰まったアニの様子を観察しながらも、アークロッドは舌を休めない。

「あっ、いや……っま、た……!! ああ!!」

熱っぽい視線に犯されながら、アニは二度目の絶頂を迎えた。

「あ……あ……っ」

強い快感で震えが止まらない。

身体は疲れていて、もう瞼を開けているのもやっとだった。

それなのに、足りないのだ。

まだ媚薬の効果は残酷にも続いていて、アニの身体は新たな熱を求め始める。

「……アーク……ッ」

懇願を込めて名を呼ぶと、彼は身を起こしてアニの目元に口づけた。

「何度でも達けばいい。君が望むだけ達かせてやる」

そう言って彼は余韻にひくつくアニの隘路にまた指を差し込んだ。

「アーク……っ」

逞《たくま》しい首筋に腕を回してその肩に顔を埋めたアニは、太い指の感触に酔いしれる。

この時アニは、アークロッドの脚衣の前が引き攣《つ》れてきつそうなことに気が付いた。彼自身が大きく膨らんでいるのだ。

この欲望に貫かれて、今夜自分は純潔を失うのだろう。

怖いとは思わなかった。

むしろその熱が待ち遠しいと、淫らなことを考えてしまうのはやはり媚薬のせいなのだ

ろうか。

「アーク……っ！」

その夜アニは、アークロッドの執拗《しつよう》なまでに濃い愛撫に高い嬌声《きょうせい》を上げ、幾度も果てた。

けれど結局、二人は体を繋《つな》げないまま、朝を迎えた。

細かな模様が刻まれた天蓋とそこから垂れ下がる白い絹の天幕を見上げ、アニはぼんやり瞬いた。

（……ここ、どこ？）

外は明るく、既に太陽は空高く昇っているようだ。

まとわりつく眠気に顔を顰《しか》めながら、考え込む。

（王宮から逃げ出して、獣に怯えながら森で夜を明かして……それで街に入ろうとして、でも検問が……）

順を追ううちに、記憶が鮮明に蘇《よみがえ》ってくる。

妙な薬を飲まされたこと。そこにアークロッドが現れたこと。そして薬の効果に苦しむアニを助けるためにアークロッドが……。

その時、窓の外から馬の嘶《いなな》きが聞こえた。

「――スピカ!!」

大切な友達を、ジモーネのところに置いてきてしまった。

アニは文字通り跳ね起きると、寝台から飛び降りて急いで窓硝子を押し開ける。

そこは二階で、宿の裏庭が見下ろせた。やはり上宿だったようで、庭も小奇麗に整備されている。

「どうどう！」

「大人しくしろって！」

数人の男達が、言うことをきかない馬に手こずっていた。

馬は栗毛《くりげ》で、白い長靴《ブーツ》を履いたような模様がある。

「スピカ‼」

愛馬の元気な姿を見て、アニは胸を撫で下ろす。

「やっぱり君の馬か」

振り返ると、円卓を前にした長椅子にアークロッドが座っていた。

長い髪は頭の後ろで一つにくくり、鈍色の上着を着込み、既に身なりはきちんと整えている。

どうやらずっとそこにいたらしい。手にしていた本をパタンと閉じると、アークロッドは立ち上がった。

「少し前に宿の表門を飛び越えて入ってきたんだ。君を追いかけてきたんだろう。賢い馬だ。――これを」

アークロッドは着ていた上着を脱ぐと、アニに羽織らせてくれた。

自分が薄い寝間着しか着ていないことに気付き、アニは頰を赤くして俯《うつむ》く。

「あ、ありがとう……」

「女中を呼ぶから着替えを手伝ってもらうといい。そしたらスピカに声をかけてやってくれ。素直に厩舎《きゅうしゃ》に入ってくれなくて、うちの従者が困ってる」

「あ、待って。アーク」

部屋から出て行こうとするアークロッドを、アニは急いで呼び止めた。

お礼を、まだ一言も言っていない。

（ジモーネの所から助け出してくれたこともだけど……）

それ以上に、半ば自暴自棄になっていたアニを叱咤《しった》してくれたことに感謝したい。

彼のおかげで、ずっと重かった心が何だか軽くなれた。

「どうした?」

アークロッドが立ち止まり、振り返る。

改めて見るその姿に、アニは言葉を失った。

少年の頃は背だけが高くてひょろりとした印象だったのに、腕も首筋もしなやかな筋肉を纏って頼もしくなり、ボンヤリとしていた面差しも男らしい鋭利なものへと変わっている。

大人になった彼を思い描いたことは何度もあったが、想像以上の成長ぶりだ。

（どうしよう……すごい好み）

感謝の言葉を失念して呆《ほう》けるアニを怪訝に思ってか、アークロッドが僅かに首を傾げる。

「アニ？」

「……あ！　ええっと……その」

自失から脱したものの、咄嗟に言葉が出てこない。

そんなアニの様子を見て、アークロッドはゆっくりとアニの前に戻ってきた。

「昨日のことなら、大丈夫だ」

「――え？」

目を丸くして見上げると、アークロッドは微かに口角を引き上げた。

「昨日の夜、君は妙な薬のせいで悪夢を見て魘《うな》されて、そして俺はその介抱をした。ただそれだけだ。君は何も失っていないし、心配するようなことは何もない」

つまり昨日のことはなかったことにしようと、彼は言っているのだ。

それはきっと、未婚の身であるアニの立場を慮った言葉だったのだろう。

血統を重んじる王族貴族の婚姻において、花嫁には当然のように処女であることが求められる。

実際はどうであれ、建前上、花嫁は皆清い身で嫁ぐのだ。もし妙な噂《うわさ》でも流れようものなら、本人だけではなく、親や家の名誉にまで傷がついてしまう。

（でも、そんなことを心配していたわけじゃなくて――……）

軽くなったはずの心が、萎んでいく。

昨夜はアニにとって人生史に残る重大局面だったけれど、アークロッドにとってはそうではなかったらしい。

彼にとってあの行為は〝介抱〟であって、それ以上でもそれ以下でもなかったのだ。だから本能的に反応はしても、彼はアニを最後まで抱きはしなかった。

（それか、私がそこまで魅力的じゃなかったのかも……）

あれほど淫らに乱れたというのに、それでも男性をその気にさせることができなかったのかと思うと情けない。

悄然《しょうぜん》と肩を落とすアニに、アークロッドが心配そうに瞳を揺らした。

「アニ？　気分が悪いのか？　それとも、どこか痛いか？」

「ち、違うの」

アニは慌てて首を振り、笑顔を作ろうとする。

けれどすぐに、それは無意味だと思い出した。アークロッドに、笑顔の誤魔化しはきかないのだ。

「……お腹、すいちゃった」

そう言うと、アークロッドは納得してくれたようだった。

「すぐに食事の用意をさせる。じゃあ、また後で」

「うん……」

扉が閉まって部屋に一人になると、アニは盛大に溜息をついた。

第七章　束の間の平穏

地の底に落ちそうだった気分を、アニは何とか自力で持ち直した。

（ああ言うより他に、彼が言えることはないじゃない）

彼としては厚意からアニを介抱してくれたのだ。それを捕まえて『私を弄んだのね』『責任とって』なんて類の文句を言うのは間違ってもしてはならない。

世の中には格上の家の令嬢を強引に手籠めにして、それを口実として脅すような形で婿入りする男もいるのだ。それを思えば、アークロッドの言動は誠実以外の何物でもないではないか。

「おかしいな」

アークロッドの低い呟《つぶや》きに、アニは手元の紅茶から目を上げた。

円卓を挟んで正面に座る彼は、拳を口元にあてて考え込んでいる。

「ごめんなさい。わかりにくかった？」

身支度を整えてからスピカを宥《なだ》めて厩舎《きゅうしゃ》に入れた後、アークロッドと食事の席についたアニは、実の母スティーネとの再会に始まった一連の騒動について、アークロッドに全て話して聞かせた。

だが、どうやらアークロッドは事態を上手く理解できなかったらしい。

順を追って話したつもりだが、事は複雑だ。アニの説明では足りなかったのかもしれない。

アークロッドは首を振る。

「いや、そうではなくて……」

しばらく黙り込んだ後、アークロッドは口を開いた。

「どうしてスティーネである必要があったんだろう、と思って」

「え？」

「君をカティア様を害した罪人に仕立て上げる為だけなら、実際にカティア様を刺すのはスティーネじゃなくてもよかったはずだ。むしろスティーネじゃない方が事は簡単だ。リクセル公爵はスティーネを修道院から連れ出すまでしたんだろう？　わざわざそうするまでの理由は何だろう」

アークロッドは口元にあてていた拳を円卓の上に置いて、指先でトントン、と滑らかな天板の表面を叩《たた》いた。

「そうか、保険か。カティア様に意識があれば、当然誰に刺されたか証言する。そうすれば君を罪人に仕立て上げることは難しい。でも実行したのがスティーネなら……」

「スティーネなら？」

アニが恐る恐る尋ねると、それまで俯《うつむ》きがちだったアークロッドは顔を上げ、アニを見た。

「君とスティーネの親子関係を明らかにして共犯に違いないと糾弾すれば、カティア様の証言の有無に関わらず君を罪人にすることができる」

実際、アニはスティーネを王宮に引き入れている。スティーネの共犯だと言われて、それは違うと言ったところで誰も信じてはくれないだろう。

親子二人によるウィルダーン一族を排斥した王族への復讐《ふくしゅう》だと、声高に叫ぶリクセルの姿が目に見えるようだった。

震える手を、アニは慌てて紅茶の杯《カップ》から離した。紅茶をこぼしては大変だ。

「……どうあっても、私は罪人にされていたのね」

胸の前で、両手を握り締める。

(そうまでして王位が欲しいの?)

あんな男にこのエドライドを渡したくはない。ロルフィーとカティアが守ってきたこの国を。

「王宮から逃げて来たのはまずかったかもしれないな。後ろ暗いことがあるから逃げたのだと、君を追う理由をリクセル公爵に与えてしまった」

「でも」

肩を落としながらも、アニは言い訳した。

「カストルがそうしろと言ったの。庇《かば》い切れないかもしれないから今のうちにって」

「カストルが？」

「直接聞いたわけじゃないけれどハルマンが――私の護衛騎士がそう言っていたわ。彼ともはぐれちゃって……今頃どうしているかしら」

「……その護衛騎士」

何か言いたげな顔のアークロッドに、アニは首を傾げた。

「ハルマンが何？」

「いや。そうか、カストルが…………だが、やっぱり妙だな。リクセル公爵というのは、あのリクセル公爵だろう？」

「ええ、そうよ。五年前に酔って私を侮辱したリクセル公爵」

彼の言動がきっかけで、アークロッドは公衆の面前でアニに求婚するに至ってしまった。忘れようにも忘れられない出来事だ。

珍しいことに、アークロッドは盛大に顔を顰《しか》めた。

「あの男に、こんな綿密な計画がたてられるとは思えない」

「……それは、確かに」

それについては、アニも完全に同意見だった。

そもそも、あの男が王位についたとしても、間違いなく手に余るだろう。

（けれど、人は見かけによらないと言うし）

ああ見えて、策謀の才を隠し持っていたのかもしれない。

アークロッドは気を取り直すように「とにかく」と表情を改めた。

「君の無実を証明する為にもそのスティーネという女を探し出そう」

「で、でもアーク」

遠慮がちに、アニは声を上げる。

「あなたの迷惑になるんじゃ……」

これはエドライド国内における権力争いの一端だ。

外国人であるアークを、その争いに巻き込んでいいわけがない。

相手は王位継承権を持つ公爵。もし身辺を嗅ぎまわっていると勘付かれたら、難癖をつけられて投獄される可能性も大いにある。そんなことになったら目も当てられない。

アニが項垂れるように俯くと、アークロッドは緩やかに首を振った。

「そんなこと気にしなくていい」

「でも……」

「アニ」

彼は立ち上がり、円卓を回り込んでアニの前に跪《ひざまず》いた。

赤い髪が、彼の肩を流れて揺れる。

眩《まぶ》しいものを見るかのように、アークロッドはアニを見上げた。

「君は僕にとって特別な女性だ」

灰緑の目が宿す光に、アニは瞠目《どうもく》する。

五年前。夕陽を浴びて輝いていた彼の瞳を思い出した。

まるで時が遡ったかのような既視感。

けれどアークロッドが口にした『特別』は、アニが思った『特別』ではなかったらしい。

「君は——親友《カストル》の大切な姉で、俺にとっても大切な友人だ。その友人が困っているなら、助けるのは当然のことだ」

そういう意味の特別かとアニは安堵《あんど》し、そして同時に落胆する。

（そんなわけないものね）

五年前、彼の求婚を断ったのはアニ自身だ。

それなのに、彼が今もまだアニを想っていてくれるなんて、そんな都合がいいことがあるはずない。

もしそうだったとしたら、昨日の夜、彼はアニを抱いていただろう。そうしなかったということは、そういうことなのだ。

（やだ、私……）

一瞬でも期待した自分が恥ずかしい。第一、今は恋とか結婚とか、そんなことに現《うつつ》を抜かしている場合ではないではないか。

「迷惑なんて思うものか。君の手助けができるのなら、こんな光栄なことはない」

真摯な眼差しを、アニは見返す。

（どうであれ、彼に頼る他にはないのだわ）

アニ一人ではスティーネを捕まえるどころか、自分の身を守ることすら危ういのだ。

アニは思い切って、アークロッドの厚意に甘えることにした。

「せめて約束して。危ないことはしないって」

アニの頼みに、アークロッドは不意に微笑む。

「分かった」

その笑みに、心臓が焼けつくように熱くなった。

（なかったことにしようと言われたのに……）

けれどアニは、昨夜のことを忘れられそうにない。

どんなに記憶に蓋をしても、身体があの熱を覚えている。

「それで、そのスティーネという女は、カティア様が刺された後に姿を消したという話だが？」

気を紛らわせようと自らの髪を指先に巻きつけながら、アニは頷《うなず》いた。

「そ、そうなの。門はカストルがすぐに閉ざしたのだけれどリクセル公爵が手引きして王宮から脱出させたみたいで」

アニの答えを聞いたアークロッドは、扉近くに控えていた従者に声をかけた。

「ダン」

それまでまるで銅像のように身動きもせずにそこにいたダンは、ようやく息を吹き込まれたかのように瞬きする。

「はい。アークロッド様」

ダンはアニやアークロッドより少しばかり年上の男性だ。

灰色の髪と目で、従者であるはずなのに所作が貴族めいていて顔立ちも整っている。ただアークロッド以上に表情が貧しく、近寄りがたさを感じさせる人物だ。

すぐ横に立ったダンを、アークロッドは目だけで見上げた。

「リクセル公爵の身辺を調べられるか？　特に領地の屋敷周辺について、最近変わった動きがなかったか知りたい」

「少しお時間がかかりますが」

「かまわない。情報は逐一知らせてくれ。それから――……」

彼らのやりとりを、アニはぼんやりと眺めた。

（アークって……こんな感じだったかしら？）

頭がいい人だな、とは思っていた。

カストルもそうだが、アークロッドは一を説明されたら十を理解できるような人で、彼らの会話にアニはしばしば置いてけぼりをくったものだ。

何故スティーネが実行犯だったのかという点に着眼しての考察も、彼だからこそだろう。アニなら、逆立ちしたって同じ答えには辿《たど》りつくまい。

学院での成績は最下位だと聞いたことがあるが、そもそも入学できた時点でアークロッドは確実に人並み以上に優秀なのだ。

ただ、彼自身はそれにまったくの無自覚だった。

記憶にある彼は、人見知りというわけではないが人と話すことをあまり好まず、視線も伏せがちなことが多かった。

『うちは貧乏で召使いも料理人と馬丁と侍女が一人ずつしかいないから』という理由で、召使いにものを頼む習慣も身についておらず、彼がこんなふうに部下と話し込んでいるのを見たのも初めてだ。

はっきり言って、人の先頭に立って指示を出すタイプではなかったように思う。口煩い親戚連中の手前、なるべく目立つまいとしていた癖が、無意識に出ていたのかもしれない。

ダンが慇懃《いんぎん》に頭を下げて部屋から出て行くと、アークロッドはアニに向き直った。

「公爵にとってスティーネはカティア様が意識を取り戻した場合の大事な保険だ。王家や近衛騎士団に見つからない場所に――おそらく領地のどこかに匿っているだろう。ダンからの情報を待って、俺達もリクセル公爵の領地に向けて出発しよう――アニ？」

「……あ！　うん」

上の空だったアニは、急いで応えた。

「大丈夫、ちゃんと聞いてたわ。公爵領に行くのよね」

「どうした？」

取り繕うようなアニに、アークロッドは軽く首を傾げる。

「何か気になることでも？」

「えっと……」

躊躇《ためら》いがちに、アニは心の内を言葉にした。

「……アークが、ちょっと変わったなぁと思って」

人を使い慣れている、というと何だか人聞きが悪い。

上に立つことが板に付いた、だろうか。あるいは統率力がついた、ともいえるかもしれない。

(何だかちょっと……父様みたい)

側近達に囲まれて議論を交わすロルフィーの姿は、思慮深く明哲で、幼いアニは憧憬を抱いたものだ。

アークロッドは虚を突かれたような顔をしたが、アニが言葉に詰まると、すぐに目線を落とす。その目元に、影が差したように見えた。

「そうだな……自分でも、随分と変わったと思う」

彼の暗い様子に、アニは慌てて自らの発言を補足しようと試みる。

「わ、悪い意味じゃないのよ!?　堂々としてるというか……」

「無理しなくていい」

「む、無理じゃなくて……」

懸命に言葉を探すも、相応しいものが見つからない。自らの語彙力のなさに情けなくなりながら、アニは項垂れた。

部屋の中を、静けさが包んだ。

先程まで湯気を漂わせていたお茶も、もうすっかり冷めてしまったようだ。

「……五年前、何があったの？」

遠慮がちに尋ねたアニに、アークロッドは目を合わせてくれない。

アニは、少しだけ身を乗り出した。

「心配したのよ、私もカストルも。あなたったら突然いなくなってしまうんだもの。

ねぇ、一体何があったの？」

「そのうちに」

アークロッドはアニの言葉を遮るようにして言った。

「追々話す。……長くなるから」

訊《き》いてくれるなと言われているように感じて、アニはまた口を閉ざす。

気まずい空気が漂う中、二人は冷たくなったお茶を口に運んだ。


それから数日を、アニは宿で過ごした。

安全な部屋で温かい食事を食べ、夜になれば清潔な寝台に横になる。今まで当たり前だと思っていたそれらのことが、どんなに恵まれたことであるのかをアニは痛感した。

アークロッドと再会してから、何もかもが良い方に転じ始めている。

ただ、一人になると不安に襲われた。

カティアが力尽き、ロルフィーやカストル、そしてベガが苦しむ夢を見て、飛び起きたこともある。

そんな時、慰めてくれるのはアークロッドだった。

彼はアニが眠る部屋の続き部屋で休んでいて、アニが魘《うな》されると飛んできて起こしてくれた。

「大丈夫だ。ただの夢だよ、アニ」

背中を撫《な》でてアニを宥めてくれる声は驚くほど優しくて、アニはすぐ安心することができる。

「ありがとう、アーク」

アニが落ち着いてまた横になると、彼は上掛けをかけ直しくれた。

「何かあったらすぐに呼んでくれていいから」

「うん……」

立ち上がり、行ってしまうその背中を何度呼び止めようと思っただろう。

彼に傍にいて欲しい。

彼に背中を撫でられると、あの夜と同じ熱を身体の奥に感じてもどかしくてたまらない。

（もしそんなことを考えているとアークに知られたら……）

ふしだらな女だと呆《あき》れられてしまうだろうか。

「そんなの、思うわけないじゃないですか！　可愛い恋人に朝まで傍にいてと言われて、嬉《うれ》しくない男なんていやしません！」

「それにしても、一緒の寝台で休んでらっしゃらないんですか？　恋人なのに？」

宿の女中達に口々に詰め寄られ、アニは顔を真っ赤にしてたじろいだ。

「一緒の寝台なんてとんでもない！　それに、私とアークは恋人なんかじゃ……」

「えええ⁉」

「違うんですか⁉」

場所は宿の裏口。本来なら客は立ち入らない場所であるのだが、この数日ですっかり女中達と打ち解けたアニは、彼女達の井戸端会議にもこうやって参加するようになっていた。

女中たちは各々が椅子代わりの樽《たる》や木箱に腰を下ろして、ナイフを片手に芋の皮を剥いている。アニも同じように空瓶が入っている木箱に座り、豆の莢《さや》剥き——本当は皮剥きをしてみたかったのだが、ナイフを持つ手が危なっかしくて見てられないと、女中達から取り上げられてしまった——をしていた。

「私達、お二人は恋人なのかと……」

「誰よー？　お嬢様と子爵様を駆け落ちした恋人同士に違いないって言ったのはー！」

『お嬢様』というのはアニのことだ。アークロッドはダンをはじめとして護衛を兼ねた十数人の従者を連れており、彼らがアニを『お嬢様』と呼ぶため、女中達もそれに倣っている。

どうやら彼女達は、アニとアークロッドを劇的な過去を持つ恋人同士だと勘違いしていたらしい。

火照る顔を手で仰ぎながら、アニは隣にいる若い女中に尋ねた。

「子爵様って、アークのこと？」

アークロッドは小国の小さな子爵家の跡取り息子だったはずだ。

この五年どこで何をしていたのか彼はいまだに教えてくれないが、子爵様と呼ばれているところを見ると家を継いだのだろうか。

若い女中は人懐こい笑顔で頷いた。

「そうですよ。〝アークロッド・セイ・メレディス〟って宿帳に書いてありましたもの。セルト王国では子爵の位を持っていると名前に〝セイ〟がつくんだって、うちのお祖母ちゃんが教えてくれました。うちのお祖母ちゃん、お祖父ちゃんと結婚してエドライドに来たけれど、元はセルト人なんです」

「セルト王国？」

アニは、僅かに目を見張る。

「それ、間違いないの？　本当にアークはセルト王国の子爵なの？」

アークロッドの母国は、セルト王国ではなかったはずだ。

若い女中の勘違いではないのか。けれど彼女は自信満々だった。

「偽名で貴族を名乗る勇気がある人なんていないでしょうし、間違いないはずですよ」

「従者の方達も仲間内ではセルト語で会話しているみたいだしねぇ」

「……」

アニは一人、首を傾げた。

(セルト王国のメレディス家……？)

何故アークロッドが、そんな家の爵位を継いでいるのだろう。

この五年、彼に何があったのだろうか。

「ところで、恋人じゃないならお嬢様と子爵様はどんな関係なんです？」

「——え？」

気付けば、ワクワクした顔の女中達に囲まれていた。

「相手がどの国の誰かも分からずに恋に落ちたんですか？」

「仮面舞踏会とか？」

「それとも行き倒れていた子爵様をお嬢様が介抱して……」

「その正体が異国の子爵様だったってこと⁉」

盛り上がる話に面食らい、アニはつい訂正してしまった。

「そんな劇的な出会いじゃないわ。私の弟とアークが親友で、昔うちに遊びに来たことがあって……」

「それで恋に落ちたんですね⁉」

容赦ない追及に、アニはまた顔を真っ赤にさせる。

「た、確かに私は彼を好きになったし、彼にも求婚されたけれど……」

口を滑らせたと思った時にはもう遅かった。その場にいた女中達全員が歓声を上げる。

「やっぱり恋人なんじゃないですかー!!」

「馬鹿ね！　求婚されたんだから恋人じゃなくて婚約者よ!!」

アニは慌てて否定した。

「違うの!!　違うのよ!!　恋人でも婚約者でもないの!!　わ、私……っ断っちゃったの!!」

途端に場が静まり、アニは余計に焦った。

「だ、だからあの……恋人じゃないの。アークは親切にしてくれるけど、そういうんじゃなくて。あの……」

「お嬢様は、まだお好きなんでしょう？」

一番奥に座っていた一番年かさの女中が、静かに言った。

アニを含め、その場にいた全員が彼女に注目する。

綺麗に皮を剝いた小芋を籠に放り込んで、彼女はアニを見た。

「私らとは違って、偉い人は色々ありますからねぇ。好きだというだけでは、結婚を決められないこともあるんでしょう。――でも、まだ子爵様のことがお好きなんでしょう？」

「……っ」

アニはこくりと頷いた。

(アークが好き)

そう、好きなのだ。

昔からずっと、彼が好きだ。再会した彼も、やっぱり好きで仕方がない。

「それなら、勇気を出してそうおっしゃいなさい」

年かさの女中は、そう言って優しく笑った。

「あなたが好きだから、傍にいて欲しい。妻にして欲しい。女から言うなんてはしたないとか、そんなこと考えなくていいんです。女が司法長官になるような時代ですもの。欲しいものは欲しいと口にしなくちゃ」

「そうですよ!! 頑張ってください!! お嬢様!!」

「応援してますからね!! ほら、豆なんて剝いてる場合じゃないですよ!!」

「――って、えええ!? 今!?」

目元を潤ませた女中達に背中を突き飛ば……背中を押されて、アニはアークロッドの元に向かった。

(どどどどどうしよう)

部屋の前で立ち止まり、胸を押さえる。

心臓がすさまじい速さで跳ねていて、卒中を起こしそうな気分だ。

(で、でも確かにいい機会よ。そうね。そうよ。言ってやるわ)

気持ちを伝えて、すっきりしようではないか。

扉を叩こうと、手を胸の前まで上げる。

（でも、でもでも……もしフラれたら？）

気まずいことこの上ないではないか。

手が、扉を叩く寸前で止まる。

「……」

思考が、真っ白になる。

どうしよう。どうすればいいのだろう。

その時、部屋の中でダンと何やら相談していたアークロッドの声が聞こえた。

「船？　船に乗るのか？」

その不満げな声に、アニは耳をすます。

「他に方法はないのか？」

「お気持ちは分かりますが、もうあの方々が何かしてくることはないでしょうし、我慢なさってください。半刻もかかりませんから」

そっと、アニは扉を開けた。

腕組みをしてダンと向かい合うアークロッドは、声と同様に顔も不満げだ。

彼はアニと目があうと、気まずそうに顔を逸らした。

「あの……どうかしたの？　船って？」

おずおずと尋ねると、ダンが振り返る。

彼は相変わらずの無表情だったが、アニの姿を見て丁寧に頭を下げてくれた。

「ここからリクセル公爵の領地近くの街まで行くには、途中に大きな川があるのです。川幅が広すぎて橋が渡っていないので、対岸に行くには船に乗るしかありません」

川のことはアニも知っている。エドライドの国土を横切るその川は川幅が広く、穏やかな見た目に反して流れも速い。

なるほど、とアニは頷いた。

「じゃあスピカは？」

この期に及んで心配するのは馬のことかと呆れられそうだったが、追いかけてきてくれた愛馬を手放すのはあまりに惜しい。

ダンは頓着ない様子で、質問に答えてくれた。

「ご心配なく。大きな船ですし、乗る時間もそう長くはありませんから、賃金さえ払えば家畜や馬車も乗せることができるようです。もっとも、従者も含め全員一度に船に乗るのは無理ですから、何度かに分けることにはなりますが」

「そう。分かったわ」

安堵したアニの隣で、アークロッドが再び不満を口にする。

「船を使わなくても、上流に回れば橋があるだろう？」

眉間に皺《しわ》を寄せ、彼は酷く不機嫌そうだった。

どうあっても、アークロッドは船に乗りたくないらしい。彼がこんなふうに頑ななのは珍しい気がした。

よくよく考えれば、セルトからエドライドの間には少ないながらも定期的に船便が通っており、そちらの方が陸路よりも遥《はる》かに短時間でエドライドの王都に着くことができる。にもかかわらずこの街にアークロッドがいるということは、船を使わずわざわざ陸路を選んだということだ。

（そんなに船が嫌いなの？）

以前の彼はそんなことは言っていなかったと思うのだが。むしろ大きな帆船の速さに、目を輝かせていたのではなかったか。

ダンが小さく溜息《ためいき》をこぼす。

「上流の橋はかなりの遠回りになります。これ以上ご帰国の予定を先延ばしされては、お父君が心配なさいます。ただでさえこの時期に国をあけることで……」

「分かった。分かったから、もうそれ以上言うな」

アークロッドは彼らしくない威圧的な声でダンを制止し、そして逃げるように背を向けた。

「アーク？」

足早に立ち去ろうとする背を、アニは急いで追いかける。

「アーク！　アーク、待って」

薄暗い廊下の途中で、アニはアークロッドを捕まえた。

逃げられないように腕を摑《つか》み、彼を見上げる。

「アーク、ごめんなさい」

すると、彼は怪訝《けげん》そうに目を細めた。

「どうして君が謝るんだ?」

「私、あなたがそんなに船が嫌いだなんて知らなくて、五年前にあなたを帆船に誘ったりして……」

もしかしたら彼は、誘ってくれたアニに悪いと思って我慢していたのかもしれない。そんなことにはちっとも気付かず、アニは彼を振り回してしまった。

アニは改めて頭を下げて謝った。

「本当にごめんなさい……」

「……あの帆船」

ぽつりと、アークロッドが呟く。

「白い帆が力強くたなびいて……風が気持ち良かったな」

船が嫌いな人の言葉とは思えない。

アニは顔を上げ、アークロッドを見た。

「アーク?」

「あの頃は……あの夏は良かったな。君が毎朝、俺を叩き起こしに来るんだ。今日はあそこに行こう、明日はあれをしようって……。毎日が楽しかった。輝いてた」

薄く、彼の唇が弧を描く。

噛《か》みしめるように、彼は五年前の夏を懐かしんでいた。

「夏が終わらなければいいと、本気で思った。永遠に、終わらなければいいと」

アークロッドの表情が、揺れるように歪《ゆが》む。

今にも泣き出しそうなその儚《はかな》い表情に、アニは瞠目する。

「アーク？」

「……大丈夫だ。すまない、ダンに謝ってくる」

彼はそう言うと、アークロッドの腕を摑んでいたアニの手をやんわりと解いた。

そして、来た道を戻っていく。

アニは、もう彼の背を追いかけられなかった。

（この五年……）

アークロッドに、何があったのだろう。

第八章　帆船と過去

王都の巨大な湾港に出入りする帆船を見慣れているアニの目には、その船はそう大きいものには見えなかった。

けれど地域にとっては暮しに欠かせないものであるようで、着岸するや多くの人がどっと押し寄せる。

「ほら、下がれ下がれ！　切符を持ってる予約客が優先だ！」

船員が声を荒げるも、待ちくたびれた客達は殺気だち一歩も譲ろうとしない。

「アークロッド様とお嬢様は先にお乗りください。私は次の船で参ります」

酷い混みように、さすがのダンの顔にも辟易《へきえき》した表情がありありと浮かんでいる。

もみくちゃにされながらも、アニとアークロッド、それから数人の従者は何とか船に乗り込んだ。

甲板に出て、ようやく一息つく。

下の甲板には荷物や馬車などが詰め込まれ、家畜がひしめき合っている。

その光景に、アニは少しだけ心配になった。

「沈まないかしら……」

「心配しなくていい。君一人連れて岸まで泳ぐくらいはできる」

あっさりと言うアークロッドに、アニは目を瞬かせた。

（……水が怖いんじゃないの？）

船が嫌いなのではないなら、水が怖いのかと考えていたのに、彼は泳げるらしい。

何とも言えない顔のアニに、今度はアークロッドが目を瞬かせる。

「どうした？」

「ううん……何でもない」

そう言って、アニは手摺《てすり》に手を乗せる。

汽笛が鳴り、船が出港した。

乗れなかった者達が、落胆しながらまたその場に列を作るのが見えた。次の船が来るまで、彼らはまた長いこと待たなければならない。

こちらを見上げるダンの姿が見えて、アニは手を振る。いつもの仏頂面に戻ったダンは応えてくれなかったが、代わりに周囲の従者達が大きく手を振り返してくれた。

「ダンって、いつもああなの？」

船が進み、小さくなっていくダン達の姿を見ながら、アニはアークロッドに尋ねた。

「もしかして、私のことが気に入らないとか」

気に入られるようなことをした覚えもないので、そうだとしても何の文句も言えないが。

「俺も初めて会った時は同じように思ったよ。でもあいつは、誰に対してもああなんだ。ちなみに愛妻と愛娘の前では人が変わる」

「結婚してるの⁉」

まさかの事実である。

船は、思っていたよりゆっくり進んだ。

川の流れに沿いながら風を利用して対岸に進むのは、海を進む帆船とは違う技術が必要らしい。

照りつける日差しを、アニは仰いだ。

空の端に、大きな白い雲が見える。

(雨が降るわ)

すぐにではない。夕方か夜か。

夕方の雨は空気や大地を冷ましてくれるので、今夜は涼しく過ごすことができそうだ。

「狭いが船室があるから、そこで休もう」

歩き始めたアークロッドをアニは呼び止めた。

「ねぇ、アーク。どうして船をあんなに嫌がったの？」

アークロッドが、立ち止まる。

「五年前は特に苦手だったわけじゃないんでしょう？　何があったの？　この五年、連絡がなかったことと関係あるの？」

「……」

振り返らない彼を、アニは辛抱強く待った。

以前訊《き》いた時ははぐらかされてしまったが、今日はどうだろう。

やがてゆっくりと振り返ったアークロッドは、無言でアニの隣に戻ってくると、手摺に手をかける。

彼はしばらく考え込んでいたが、観念したのか小さく息を吐いた。

「五年前……学院に母から使いが来た。知人が危篤だから、すぐにセルト王国に会いに行くように、と」

それはカストルがアニに話してくれた当時の事情と、大きな差異はない話だった。

けれど、今までアニが知らなかった点が一つある。

「セルト王国に？」

てっきり生まれ育った国に向かったのだとばかり思っていたのに。

アークロッドは頷《うなず》いた。

「母はセルト王国の出身なんだ。けれど、俺は一度も行ったことがなかった。どうして俺がその死にかかっている母の知人に会いに行く必要があるのか不思議だったよ。でもセルト王国で母と合流して、その知人の顔を見た瞬間。意味が分かった」

アークロッドはアニを見て、静かに言った。

「寝台に横たわってかろうじて息をしていたその人は、俺にそっくりだった。――俺の実の母親だったんだ」

アニは驚き、息をのむ。

何も言えないでいるうちに、アークロッドはまたアニから川へと視線を戻した。

「俺の実の母はセルト王国の子爵家の娘だったそうだ。格上の家の男に見初められて妾《めかけ》になったものの、嫉妬した正妻に酷い仕打ちをされて悩んでいるところに俺を身籠ったらしい。もし生まれた赤ん坊が相続権を持つ男の子だったら、正妻から何をされるか分からない——実母は恐れて、周囲には死産だったと偽り生まれたばかりの俺を密かに母に託したそうだ。母は実母の無二の親友で、既に嫁いでセルト王国から離れていたから、そこなら安全だと思ったんだろうな」

「……」

アニはアークロッドと同じように、穏やかな水面を眺めた。

「実のお母様とは話せたの？」

「少し」

川面から目を離すことなく、彼は答える。

「泣いて謝られて、それだけだ。すぐに呼吸が止まって……」

きっと、アークロッドに一目会いたいという思いだけが、彼女の命をかろうじて繋《つな》ぎとめていたのだろう。

実の娘であるアニを利用したスティーネとは大違いだ。少しだけ、アニはそれが羨ましかった。

下の甲板にいる羊が鳴いているのが聞こえて、アニもアークロッドもそちらに目を移す。

羊の一団の中を無理に割って通ろうとする男達がいた。

外套《がいとう》のフードを目深にかぶっていて、顔が見えない。あんな恰好《かっこう》をしていたら、暑くて仕方がないだろうに。

「問題は実の母親の埋葬に立ち会ったその後だった。学院に戻ろうとしたけれど、実父がそれを許してくれなかった。お前だけが頼りなんだと縋《すが》られて……。悪い人ではないけれど気弱過ぎて、気が強い正妻に蔑ろにされて立場を失っているような人なんだ。気付いたら実父が勝手に学院に退学届を出していて、戻るに戻れなくなっていた」

アークロッドは口元を微かに歪《ゆが》める。どうやら、彼は実父のことはあまり尊敬していないらしい。彼の話を聞けば、それも無理はないように感じた。

「父の正妻は俺にあからさまに敵対心をぶつけてきた。彼女には息子がいて――俺のことを後継者の地位を息子から奪う盗人だと思ったんだろうな。罵られて、嫌がらせもされた。毒を盛られたことも何度もあったし、刺客を送られたこともあった。否応なく、俺は後継者争いに引っ張り込まれたんだ」

アークロッドは話し疲れたとでもいうように、一度口を閉ざした。

耳元で、風が鳴った。

空の端にあった積乱雲が、いつの間にか随分とせり出してきている。

思ったより早く雨が降るかもしれない。

「——手紙を書かなければとは思っていたんだ。カストルにも、君にも」

アークロッドは、アニを見た。

その唇には、先程とは違う優しい笑みが滲《にじ》んでいる。

「何も言わずにいなくなって、きっと心配しているだろうとは思っていた。でも……」

彼の唇が震える。

溢《あふ》れ出す感情を堪えるように、彼は瞼《まぶた》を伏せ、そして顔を逸らした。

「君に、知られたくなかった。正妻や異母兄を出し抜こう追い落とそうと、人を見ればまず疑い、言葉巧みに欺いて、時には利用して……そんな俺を、知られたくなかった」

「でもそれは」

アニはアークロッドの手をとった。

「生き残る為でしょう？　そうしなければ、生き残れなかったのでしょう？」

視線を合わせてくれない彼の目を、それでもアニは懸命に追いかけた。

貴族達の後継者争いが如何に熾烈《しれつ》で醜いものか、アニも知っている。

その争いの中で、彼がどんなふうに戦ってきたのかを思うと、胸が痛んだ。

「誰もあなたを責められやしないわ。少なくとも、私はあなたが悪いとは思わない。だって、こうしてあなたに会えたんだもの。会えたことが嬉《うれ》しいんだもの」

背後に妙な気配を感じ、アニは振り向く。

先程羊達の中を割って進んでいた男達が、そこには立っていた。

「――何者だ？」

近くに控えていたアークロッドの従者達が、アークロッドとアニを庇《かば》うように男達の前に立ち塞がる。

従者は四人。対する男達は七人。

外套で顔を隠した男達は、ジリジリと間合いを詰めてくる。従者達は彼らから目を離すことなく、腰に提げていた長剣の柄に手をかけた。

周囲にいた他の乗客達が、この異様な空気に気付いて狼狽《うろた》えはじめる。

「……だから船は嫌いだと言ったのに」

アークロッドが小さく毒づくのが聞こえた。

「ア、アーク」

「下がって」

腕を引かれ、アークロッドの背中に庇われる。

彼は男達を切れ長な目で睨《にら》みながら、低い声で言った。

「船が嫌いなのは、船で襲われたことがあるからだ。水の上は――――逃げ場がない」

男達の一人が、剣を抜いて高く掲げた。

それを合図に、男達は咆哮《ほうこう》しながら剣を手に走り出す。

従者達は剣を抜いて応戦しながら、アークロッドに向けて叫んだ。

「アークロッド様！　お逃げください！」

「どこに⁉」

アークロッドは大声でそう返すと、襲ってきた男の剣をかわし逆に腕をとって捻り上げた。痛みに怯《ひる》んだ男が、手から長剣を取りこぼす。柄頭に斜め十字があしらわれたその剣は、甲板の上に音をたてて落ちた。

巻き込まれるのを恐れた乗客達が、階下に逃げようと狭い階段に殺到する。

けれど、ここは船の上だ。アークロッドが言うように逃げ場はない。

剣と剣がぶつかり、火花が散る。

恐ろしい戦いの中、アニは身が竦《すく》んで動けない。

アークロッドの従者に蹴られて転がっていた男が、よろめきながら立ち上がる。男が衣服の中から小さな短剣を取り出したのを、アニは見逃さなかった。

「アーク‼」

危険を知らせようと叫ぶも、アークロッドは別の男と対峙《たいじ》している。

従者達にも余裕はない。

短剣を手に走り出そうとする男の腕に、アニは無我夢中でしがみついた。

「ダメ‼」

「くそ……っ邪魔だ‼」

男がアニを振り払い、突き飛ばす。

手摺に背を打ち付けたアニの身体が、はずみで船外へと大きく傾いだ。
（手摺を――……）
摑《つか》まなければと伸ばした手は、虚しく空を切った。
もはや抗うすべもない。
叫ぶことすらできずに落下していくアニの代わりに、アークロッドが叫ぶ。
「アニーーーーっっ!!」
ドブン、と水の音がしたかと思えば、そこは既に川の中だった。
大量の白い気泡で、周囲が見えない。
どちらが上で、どちらが下なのか、それすらもアニには分からなかった。
（――ドレスが）
生地が水を吸って、まるで鉛のようにアニの手足に纏《まと》わりつく。
（苦し……っ）
息が続かない。
死が、そこまで迫っている。
逃れようと必死に足掻《あが》いてはみるものの、信じられないほどに身体が重い。
（もう、ダメ……）
指先から、力が抜けていく。
足掻くのを止めると、あれほど視界を邪魔していた気泡が小さくなって消えていった。

(アーク……)

結局、何も伝えられないまま終わるのか――……。

薄れゆく意識の中で、腕を摑まれる感触がした。


雨の音がして、アニは瞼を押し上げる。

暗い視界の中、ぼんやりと火が見えた。崩れかけた暖炉の中で、小さな火がパチパチと音をたてて燃えている。

「アニ？」

呼ばれて視線を巡らせると、すぐそこにアークロッドの灰緑の目を見つけることができた。

「……アー……ク」

「良かった……っ」

強く抱き締められて、アニはまた目を閉じる。

温かくて、心地よい。そのまま眠気に身を任せてしまいたい。

(――待って。私、川に落ちたはずよね)

微睡んでいた意識が、突如覚醒する。

目をしっかりと開けたアニは、この時ようやく、自分がアークロッドの両膝の間で背中から抱え込まれていることに気が付いた。

しかも身に付けているのはコルセットとドロワーズのみ。着ていた衣服は暖炉の前に並べられ、乾かされていた。

見ればアークロッドも、かろうじて脚衣を穿《は》いているだけだ。

（温かいと思ったのは――――）

直に彼の肌に温められていたのだ。

アニは顔を真っ赤にさせた。

「あ、いや……これは」

アニの紅潮が伝染したかのように、アークロッドの頬も目に見えて赤らんだ。

彼は後退ってアニから体を離し、顔を背ける。

「か、川に長いこと浸かっていたし、その上雨にうたれて体が冷えていて、それにこの小屋には体を拭うものも羽織るものもなかったから……その」

「そ、そうよね！　体がひ、冷えたままだとかかかか風邪をひくものね‼」

「そ、そうだ。冷えたままは……良くない」

互いに赤い顔で頷《うなず》き合う。

暖炉の前に背中合わせに座ることで、二人はやっと落ち着くことができた。

両膝を抱えて、アニはあたりを見回した。

そこは粗末な小屋のようだった。

暖炉は崩れかけていて、雨漏りをしているのか部屋の隅が濡《ぬ》れていた。壊れた椅子が一脚隅に転がっているだけで、他には何もない。

窓は鎧戸《よろいど》が閉まっていて外を窺《うかが》うことはできないが、どうやら既に日は暮れているらしい。

「……ここは?」

掠れた声で尋ねると、アークロッドはこちらを見ることなく答えた。

「捨て置かれた納屋らしい。随分と流されてきたから、場所はわからない。本当はどこか村を探せればよかったんだが、雨が降って来て……」

どうやら川に落ちたアニを、アークロッドが助けてくれたようだ。

「助けてくれてありがとう」

「いや、間にあって良かった」

雨音が激しくなり、アニは暗い天井を見上げた。

「……皆とはぐれちゃったわね」

「心配ない。夜が明けて雨が上がったら探しに行こう」

そうね、と頷いたところでアニはブルリと震えて、自らを抱き締めた。

火を焚《た》いてはいたが、雨のせいか妙に寒い。

「……寒いのか?」

「だ、大丈夫」

そうは答えたものの、鳥肌がたって仕方がない。

髪からも、まだ水滴が滴っていた。

「……アニ」

呼ばれて肩ごしに振り向けば、アークロッドが軽く腕を広げていた。

「おいで」

「で、でも」

頬を赤らめて躊躇《ちゅうちょ》するアニに、アークロッドが目を逸らして言った。

「俺のことは毛布だと思えばいい」

その横顔は、やはり赤い。

アニは思わず噴き出した。

「笑うな」

「ごめんなさい」

謝りながら、アニは彼の腕の中に潜り込む。

背中から彼に包まれ、感じる温もりはやはり心地良かった。

「上等の毛布ね」

そう言って微笑むと、アニの肩に回されていたアークロッドの腕に僅かに力が籠る。

彼が顔を伏せたので、赤い髪が肩をくすぐった。

「アーク？」

どうしたのだろう。

彼の顔を覗《のぞ》こうとしたアニの腰のあたりに、硬いものがあたる。

(何?)

確かめようとしたアニの動きを、アークロッドが止めた。

「ダメだ」

「え?」

「頼むから、気にしないでくれ」

髪の間から見えた彼の横顔は、先程とは比べようもないほどに赤かった。

(――あ)

瞬時に、アニはアークロッドの身に起きた変事を察する。

「あ、ああ、うん。ごめんね! し、仕方ないわよね! 状況が状況だし! 男の人はそういうものだって友達が言ってたわ! 大丈夫! 知ってるから! 本当、男の人って大変よね!」

「すまない。あまり動かないでもらえるか」

「ごめんなさい!!」

アニは大声で叫ぶと、不自然なほど背筋を伸ばして正面を向く。

「――っは、ぁ」

アークロッドが吐き出した息が、首の後ろにかかった。

驚くほど熱い息で、アニはびくりと肩を竦ませる。

気を紛らわせるような話ができればいいのだが、それもできず、アニとアークロッドはお互い押し黙った。

雨音が、小屋の中を支配する。

まるでこの小屋を残して、世界が水没してしまったかのような気分がした。

（アークが……）

すぐ後ろで、自分に対して欲情している。そしてそれを、必死に押し殺している。

この状況に、アニの心臓は痛いくらいに暴れていた。

彼がたとえアニ個人ではなく女の身体に対して欲情しているのだとしても、関係ない。

今彼の目の前にいる女は自分一人で、彼が欲しているのは自分なのだ。

そう思うと、身体が熱くなる。

数日前の夜、他でもないアークロッドによって解された場所が、ジワリと潤むのを感じた。媚薬《びやく》の効果はとっくになくなったはずなのに。

（……こんな機会、二度とないかもしれない）

スティーネを見つけて捕えたとしても、無実を証明できるとは限らないのだ。

罪が晴れない限り、アニは王妃殺害の大罪人として追われ続ける生活を送らなければならないし、そうなればいつまでも彼の傍に留まるわけにはいかない。

（傍にいられるのは、今だけかもしれない……）

パチン、と暖炉の薪が爆ぜる。それを合図に、アニは大きく息を吸った。

「……アーク、あの」

声が掠《かす》れる。

口の中に溜《た》まった唾液を飲み込み、それから再び口を開く。

「あなたさえよかったらだけど…………い、いいわよ」

「……」

背後で、アークロッドが硬直する気配を感じた。

『何がいいのか？』と訊き返されないということは、こちらの意図は察してくれたらしい。

恥ずかしさに、アニの顔は熱くなる。顔が上げられない。とんでもないことを言ってしまった。

「……君は」

低い声は呆《あき》れているようにも、怒っているようにも聞こえた。

「どうしてそういうことを軽々しく言うんだ……」

叱責が始まりそうな予感に、アニは慌てて声を上げた。

「軽い考えでこんなこと言ってるわけじゃないわ！　私ずっと……」

緊張で、声が震えた。

（……言わなきゃ）

今言わなければ、絶対後悔する。

（言うのよ！）

必死に勇気を振り絞る。

「ず、ずっと、あなたの求婚を断ったことを後悔していたの。本当は嬉《うれ》しかったのに、でも……。せ、せめて気持ちだけでも伝えていればって、ずっと……だ、だから思いつきとかで言ったわけじゃなくて、わ、私は……」

それ以上は、どう頑張っても声にできなかった。

アークロッドは、何も言わない。

再び、小屋の中は雨音に包まれる。

アニは身体を縮めるようにして、胸の前で両手を握り締めた。

言えた、という安堵《あんど》感。言ってしまった、という羞恥心。

それらがぐるぐると胸の中でせめぎ合い、爆発する。

「ちょっと!!　何とか言ってよ――……っ」

勢いよく振り返ったアニは、気付けば口を塞がれていた。

驚いて身を引こうとするが、腰に腕を回されていてそれができない。

頭の後ろも押さえられて、顔を逸らすことすら難しかった。

歯列が割られ、その隙間から生温かい舌が割り入ってくる。

それはアニの小さな口内を余すことなく蹂躙《じゅうりん》し、それでも満足できないようだった。

「ア、アー……クっ……ん」

言葉も意識も、呼吸さえも奪われる。

その猛烈な勢いに耐えられず、アニは背中から床に倒れ込んだ。

それでも、勢いは止まらない。

唇を噛《か》み、舌を交え、角度を変えて、口づけは続いた。

「……っ君が、悪い」

アニを床に押しつけながら、アークロッドはアニが身に纏《まと》っていた僅かな衣服を剝ぎ取っていく。

「俺が、どんな思いであの夜を耐えたと思ってる？　理性なんてとっくに焼き切れていたのに、君を傷つけたくない一心で……っそれなのに」

飢えた獣のように、彼はアニの首筋を貪った。

熱い舌が肌の上を這《は》う感触に息を乱し、アニはアークロッドの肩を掻《か》き抱く。

「い、いい。私が悪くていいから、だから」

一度だけでいい。この夜だけでいい。

赤い髪を抱き寄せるようにして、その耳に懇願を吹き込む。

「や、優しくして……」

「――――君は、俺の心臓を爆ぜさせる気か？」

アークロッドは呻《うめ》くように言うと、剝き出しになったアニの肩に吸い付いた。

期待と不安で震える胸が、大きな手に包まれる。

「ん……っ」

思わず、アニは目を瞑《つぶ》った。

ただ触れられただけなのに、痺《しび》れるように甘い感覚がしたのだ。

柔らかな膨らみにアークロッドの指が沈む。

陶然とした眼差しで、彼はアニを見下ろした。

「あの夜から——想像してた。君のここは、どんなに柔らかいんだろうと」

「あ、あの夜？」

「君が媚薬で苦しんだ、あの夜から。考えないようにすればするほど、考えずにはいられなかった」

赤くなるアニに、アークロッドは薄く自嘲しながら言い訳を口にした。

「知っているんだろう？　男はそういうものなんだ——ここがどんな色をしているか」

親指の腹で、彼はアニの胸の尖端《せんたん》を優しく撫《な》でた。

「んん……っ」

「どんなふうに触れれば君が悦くなるか」

囁《ささや》きながら、アークロッドはアニの胸に顔を伏せる。

彼は淡く色づく尖端を口に含み、それを舌で転がした。

「どんな、味がするのか」

「ア……っあ、アーク……っん」

彼の手が、アニの下肢に伸ばされる。

太い指は下生えを撫でて、その奥にある秘芽を強く押し潰した。

強い刺激に、アニは背を仰け反らせる。

「あっ、んあぁ」

指が膣壁の中に入ってくる感覚がした。

彼の指なのだと思うと、それだけで中は悦び、ひくついてしまう。

「あ、アー……ク……っはァ」

「どんな声で」

「ああっ！」

濡れた場所を指で突かれ、アニは嬌声《きょうせい》を上げる。

「ひ、あぁ、……あっん」

「どんな顔で達くのか」

彼は舌と手でアニの胸の膨らみを愛撫《あいぶ》すると同時に、指でアニの蜜筒を掻き混ぜた。

暗い小屋の中には雨音の代わりに、グチョグチョと卑猥《ひわい》な水音が満ちていく。

奥に熱がどんどん溜まっていくのを止められない。

「は、ァや、だめ……んん‼　あ」

膨れ上がった熱が爆ぜて、アニはビクビクと腰を震わせた。

「は……っはぁ……っ」

全身が甘い余韻に包まれている。

乱れた髪を整えることすら出来ない。

「男の頭の中なんて、そんなことばっかりだ」

アニの愛蜜で濡れた指を、アークロッドは舐《な》め上げる。その表情は肉食獣を思わせて、アニはごくりと嚥下《えんげ》する。

「アーク……」

「隣の部屋で君が眠っていると思うと、いてもたってもいられなかった。魘《うな》された君を慰める時も、よく我慢できたものだと自分でも不思議なくらいだ」

彼はアニから目を離すことなく、脚衣を脱ぎ捨てた。露わになった欲望は今にも弾けそうなほどに勃ち上がっていて、尖端から先走りの白濁をこぼしている。

(これが、私の中に……)

身体の奥から、潤いがジワリと染み出していく。

きっと今、自分は酷く淫らな顔をしているに違いない。

「わ、たし……あなたがこないだ最後までしなかったのは……」

アークロッドはアニの両膝を押し広げると、濡れそぼった中心に自らの雄芯を擦りつけた。

その淫らな光景から、アニは目が離せない。

「わ、私に、んん……っ魅力がたり……足りなかったのかなって」

アークロッドが腰を緩やかに上下させるたびに、アニの秘処は熱く蕩《とろ》けていく。

鮮烈でいて緩やかな快感に、呼吸が大きく乱れる。

（ああ、もっと……）

もっとこの熱が欲しい。

もっとずっと奥に、もっと強い熱が欲しい。

淫らに蕩ける恥丘を辱めながら、アークロッドは「まさか」と言った。

「五年ぶりに君を見て、心臓が止まるかと思ったよ。同じ人間に二度も一目惚れするなんて思わなかった」

「二、度？」

くぷ、とアークロッドの尖端が、蜜道の浅い場所に潜り込む。

けれど彼はその奥に進もうとはせずに、赤く腫れた肉芽を擦り上げる。

「ふ、あ……っ！」

「そう、二度だ。五年前は君の笑顔に。それから、媚薬を飲まされて蕩けるような顔をした君に」

「んん……っ」

熱棒はアニの浅い場所を弄《まさぐ》るばかりだ。

焦らされている、とアニは唇を噛み締めた。

「い、いじわる」

「その言葉はそっくりそのまま君に返そう。君こそ断腸の思いで堪えている俺の気も知らず、甘い声でよがって、俺の指を締め付けて」

「そ、そんなの知らな……っあ」

屹立《きつりつ》が、奥まで入り込んできた。

「あ……っ」

「あの時も」

ゆっくりと、けれど確実に犯されていく感触に、アニの目から涙がこぼれる。

「本当はこうしたかった」

「ァ……ぁああ」

「貫いて、揺さぶって」

押し広げられる鈍い痛み。

アニは無意識に、アークロッドの肩に爪をたてた。

「……っ、ん」

「こんなふうに君を貪りたくて堪らなかった」

ぴったりと肌を重ねあわせ、二人は抱き合う。

室内には雨音と、荒い呼吸の音だけが響いている。

「ア……っアーク、はっ……」

「は……ぁっ、さすがに狭いな」

アークロッドは呻くように言うと、額をアニの額に押し付けた。

そうすると、視界が彼でいっぱいになる。

「大丈夫か？　アニ」

「……ん」

大丈夫、と笑顔では返せなかった。

思っていた以上に痛みは酷い。

けれど想像していた以上に、その充足感はアニを満足させてくれた。

「だい、じょぶだから……して」

「……アニ？」

アークロッドが、僅かに目を見張る。

その目を見て、アニは微かに口角を上げてみせた。

「貫いて、ゆ、さぶって……貪るんでしょう？」

「……優しくしてと言うから加減していたのに」

飢餓に狂った狼《おおかみ》のように、灰緑の瞳が底光りする。

火傷するかのような眼差しの熱さに、アニの背筋がゾクリと震えた。

「――もう、どうなっても知らないぞ」

言うなり、彼はぎりぎりまで欲望を引き抜くと、それを勢いよく突き立てた。

「ひあっ!!」

アニが悲鳴じみた嬌声を上げても、アークロッドはもはや止まらない。

柔らかな膨らみを潰すように揉《も》みしだき、白い首筋に幾つもの鬱血痕をつけながら、アークロッドは激しくアニを責め立てた。

「ア、んアークぅ……っああ……っん」

「アニ……っは……っああ、くそ」

まさに貪るようにアニを抱くアークロッドに、アニは悲鳴を上げながらも全てを差し出した。

痛みは理性と共に溶けて、残るのはただただ純粋な快楽のみ。

「アニ……っアニ……!!」

余裕のないその眼差しに、アニは彼が限界を迎えようとしていることを察した。

「あ、ああ……っアーク……ぁっわ、たし、私も」

アニの胎の奥も、大きく波打ち始めている。

「い、いっちゃ……ぁ、アーク」

「アニ……っ」

唇が重なり、呼吸も重なる。

絡めた指を互いに強く握り締め、二人は同時に果てた。

第九章　雨上がりの後悔

永遠に続けばいいと、切に願ったあの夏の終わりのある日。

長椅子に座り込んだ十四歳のアークロッドは、額に両手をあてて深く俯《うつむ》いていた。

絶望に打ちひしがれるその姿に、隣に座るカストルは呆《あき》れ顔で溜息《ためいき》をつく。

『いくらなんでも求婚なんて……一足飛び過ぎるよ』

『……皆まで言うな』

暗い声で、アークロッドは呻《うめ》いた。

焦りはあった。アニは舞踏会での公開求婚をあの場を収めるための方便だと思い込んでいて、アークロッドの気持ちなど気付きもしない。

このままではただの友人という位置づけに定着してしまう気がした。

恋人になりたいだなんて贅沢《ぜいたく》は言わない。けれどせめて男として意識して欲しい。

だからカストルに頼み込んで二人きりにしてもらったのだ。

海を臨む夕映えの露台という、気持ちを伝えるにはこれ以上ないシチュエーション。

それにも関わらず、アークロッドは盛大にやらかした。

アニの唇を奪った上に、後先をまったく考えていない唐突な求婚。

そして、結果は惨敗。当然と言えば当然である。好き嫌いはこの際、脇に置いておくとして、大国エドライドの王女が地位も名誉もない十四歳の学生の求婚に頷《うなず》けるはずがない。

ちなみに、カストルにはキスをした話は伏せてある。もし最愛の姉に手を出されたと知れば、この腹黒王子はアークロッドを城門から逆さ吊《つ》りにしかねない。

そうされるだけのことをしてしまった自覚がないではないが、アークロッドも人の子だ。命は惜しい。

『それで？　どうするのさ。諦めるの？』

『……』

アークロッドは下を向いたまま黙り込む。

諦めたくはなかった。諦められるとも思えなかった。

けれどアニが言うように、彼女とアークロッドでは身分が違い過ぎる。

功を立てて家の格を上げることは簡単ではない。戦乱の時代のように、敵将の首さえとれば出世できるというわけではないのだ。

文官か騎士として仕官し、努力に努力を重ねて国への貢献を認められることが最も現実的な出世の方法ではあるが、少なくとも十年単位での努力の継続が必要だ。

だが、王女であるアニは十代中盤から後半とされる適齢期に結婚することが当然望まれるだろう。

制限時間はあと六年、いや五年。

その期限内に王女の伴侶として相応しい地位を得るのは、不可能に近い。

けれどその不可能をやってみせなければ、もう一度アニに求婚したとしても、また同じ結果に終わることは目に見えている。

頭を抱えるアークロッドの前で、カストルは自らの膝に頬杖《ほおづえ》をついた。

『僕が留学した理由、わかる？』

『……は？』

あまりに唐突なカストルの話題転換に、アークロッドは盛大に顔を顰《しか》めた。

(知るか、そんなこと)

はっきり言って興味すらないし、今それについて語る必要があるとも思えない。

けれどカストルは、真剣な目だった。

いつも薄く笑っている親友の真顔に、アークロッドは軽くたじろぐ。

カストルはアークロッドの答えを待っていたわけではないようで、すぐに答えを口にした。

『姉上を守ってくれる人を探す為』

『……どういうことだ？』

『そのままの意味さ』

そこでようやく、カストルの顔にいつもの笑みが戻る。でもその笑顔は、どこか憂いを帯びていた。

『姉上はわけありだからさ』

『……血が繋《つな》がってないことか？』

『それに関連しないわけじゃないけど……これ以上は姉上自身も知らないことだから、今は言えない』

カストルは、床に視線を落とした。

『いつまでも僕や父上が姉上を守ってあげられるならいいけれど、いつかそういうわけにもいかなくなる。その時の為に、姉上の伴侶にはそれなりの人を迎えたいんだ。もし事が起きた時に全力で姉上を守って、そして守り切れる人。姉上の人生がかかってる。中途半端な男じゃダメだ』

恐ろしいほど真剣な口調に、アークロッドは口を挟むことができない。

カストルがこうまで心配するアニが抱える〝わけ〟とは、一体どんなものなのだろう。

『だから学院に留学したんだ。優秀な人が大勢集まるんだから、一人ぐらいは候補が見つかるんじゃないかと思ってね――そして、僕は君を見つけた。アーク』

カストルの視線を受けて、アークロッドは僅かに身を引いた。

『俺？』

『直感ってやつかな』

要は、カストルが気に入ったか否かだったのかもしれない。

カストルは身を起こすと、アークロッドに向き直る。

『アーク、はっきり言う。身分なんて僕はどうでもいいと思ってる。確かに王女と結婚するには相応の身分は必要だけど、それはどっかの大貴族の養子になれば簡単に済む話だ。僕が君に——姉上の伴侶になる男に求めるのは、姉上を守れる能力があるって、その証明だよ』

その目に宿る圧力に、アークロッドは怯《ひる》まずにはいられなかった。

生まれながらに国を背負うことを義務づけられた者は、皆こんな威圧感を持つのだろうか。

アークロッドは喉仏を上下させた。拳を握りしめ、カストルを見つめ返す。

『どうしろっていうんだ？』

ニッコリと不敵な笑みを頬に滲《にじ》ませ、カストルは言い放つ。

『学院を首席で卒業してみせてよ』

アークロッドは目を剝いた。

『首席⁉　馬鹿言え‼』

思わず立ち上がったアークロッドを、カストルは微笑んだまま見上げる。

『無理なら、どこかの国の王位を簒奪《さんだつ》するとかでもいいよ』

『できるわけないだろう⁉　そんなこと‼』

『だろう？　それと比べたら、首席で卒業なんて簡単なことさ』

『……っ』

開いた口が塞がらなかった。

（簡単なものか）

首席で卒業するということは、ただ勉学に励めばいいというわけではない。

剣技、馬術、礼儀作法に教養。学院への貢献。他の学生との関わりや教師陣からの信頼。

あらゆる分野での実績と努力が必要だ。

そして何より――……。

目の前で薄ら笑いを浮かべるカストルを、アークロッドは見やる。

成績優秀。品行方正。上級生や教師から既に一目置かれるこの男を抑えて、上位に立たねばならない。首席で卒業とは、そういうことだ。

『……もし、できなかったら？』

『他の候補者をあたるさ。君ほどではないけれど、候補者が全くいないわけじゃない』

『……』

できるとは、思えなかった。

だが、諦めれば、そこでお終いだ。

『本気になった君を一度見てみたいな』

『……』

アークロッドは押し黙る。

〝必死になってまで欲しいものなど思いつかないし、それを手に入れるために死に物狂いになる自分も想像できない〟

――けれど、見つけたのだ。出会ってしまったのだ。

死に物狂いになってでも欲しい、その人と。

――今思えば、カストルが言っていた〝わけ〟とは、アニの本当の出自のことだったのだろう。

エドライドでは禁忌とも言える、大罪人ウィルダーンの血筋。

それが公になることを、カストルは恐れていた。

だから、彼はその秘密ごとアニを守ってくれることを、アークロッドに期待していたのだ。

そしてアークロッドも、その期待に応えるつもりだった。

だが結果として、アークロッドはカストルの期待を裏切った。

『どうするつもりだ』

たった一言、そう書かれた手紙が届いたのは、学院を退学してセルト王国で迎えた四度目の冬の終わりだった。

差出人は〝ルームメイト〟。カストルからだと、すぐに分かった。

退学後、事情があって何の連絡もしていなかったが、カストルにはアークロッドの動向は筒抜けだったらしい。〝ルームメイト〟という仮名をつかって手紙を寄越したのも、それまでカストル側から連絡してこなかったのも、アークロッド側の事情を察してくれたからだろう。

返事を躊躇《ちゅうちょ》している間に、次の手紙が届いた。そこには『十九才になるんだぞ』と書かれてあった。

僕の大事な姉上を、嫁《い》ぎ遅れにする気か——という意味だろう。

手紙を持ってきた男は『返事をいただくまで帰れない』と、客間に居座った。カストルから、必ず返事をもらってくるようにと厳命されたらしい。

羽ペンにインクをつけ、アークロッドは白い紙と対峙《たいじ》する。

どう書き出せばいいのか分からない。

紙を何枚も無駄にした。

結局、たった一行だけを書いて返した。『すまない』と。

「アーク、起きて！」

眩《まぶ》しいその笑顔を見上げ、アークロッドは瞬く。

（……夢？）

過去に、同じようにしてアニに起こされたことがあった。

新しい帆船に乗せてもらえるから、と文字通り叩《たた》き起こされたのだ。朝とはいえ異性の寝室に平気で出入りするあたり、アニがアークロッドを男として意識していないことは明らかで、当時はそれが口惜しくて堪らなかった。

「ねえ、ほら起きてったら！」

腕を引かれ、アークロッドは身体を起こす。肩から皺《しわ》が寄った上着が落ちた。

壊れて放置された一脚の椅子を見て、そこが何処なのか理解した。

（ああ、そうか……）

船から落ちたアニを追って、川に飛び込んだのだ。

意識を失った彼女を抱えて岸まで泳ぎ着いたものの、雨に降られ、偶然このあばら家を見つけた。

「見て見て！　いい天気よ！　昨日の雨が嘘《うそ》みたい！」

壊れかけた鎧戸を押し上げて、アニが笑う。

彼女は既に乾かしておいたドレスを身に着けていたが、その首元にはアークロッドが残した口づけの痕が残っていた。

夢ではなかったのか、とぼんやりとアークロッドは思った。

確かに昨夜、この手でアニを組み敷いて、その身体を貪った。

（ああ……くそ）

こんなつもりではなかった。

――カストルから三通目の手紙が来たのは、春の終わりだった。

『一度直接詫《わ》びに来い』

確かに、カストルには謝るべきかもしれない。

彼から提示されたあの条件を保留にしたまま、五年近く待たせたのだ。

謝りに行こう。行くべきだ――……。

こうしてアークロッドは、親友に謝罪する為にエドライドの地を再び踏んだのだ。

まさかアニとこんな関係になろうとは、夢にも思っていなかった。

「アーク？　どうかした？」

黙ったまま俯くアークロッドの傍らに、アニはちょこんと座りこんだ。

心配そうなその何気ない表情すら、アークロッドの心を揺さぶるのだと彼女は思ってもいないだろう。

今ならわかる。彼女が異性の寝室に平気で出入りしていたのは、意識云々《うんぬん》の問題ではなく、彼女が自分の魅力に無自覚だったからだ。そして、おそらくそれは今も変わらない。

「……」

「アーク？」

不安げな青い瞳に、アークロッドは小さく微笑んだ。

「……おはよう」

この短い挨拶の何が嬉しかったのか、アニは眩しいほどの笑顔を返してきた。

「おはよう！　アーク！」

その笑顔が、泣きたくなるほど愛おしかった。


ダン達と近くの村で合流したのはその日の昼前だ。

従者達は軽傷を負った者もいたが皆無事で、アークロッドとアニが姿を見せると皆歓声を上げて駆け寄ってきた。丁度、これからアークロッド達の捜索に出ようと地図を広げていたところだったという。

「ご無事で安心いたしました」

珍しく安堵《あんど》の笑みを浮かべるダンに、アークロッドも笑みを返す。

「心配かけた」

「まったくです。肝が冷えました」

アニが民家を借りて身支度を整えている間に、アークロッドはダンから報告を受けた。

船を襲った刺客達は全員で七名。内六名をその場で切り捨てたが、残りの一人は自ら川に飛び込んで逃げおおせたそうだ。

「申し訳ありません」

頭を下げるダンに、アークロッドは首を振る。

「捕まえたところで、雇い主の名を漏らしはしなかっただろう」

漏らしたとしても、どうせ何人も人を介していて、黒幕まで辿《たど》り着きはしなかったはずだ。

だが、ダンはそれを謝っていたわけではないらしい。

「あなたは嫌がっていたのに、私が無理に船に乗せたばっかりに……」

恥じ入るように、ダンは項垂れる。その姿を見れば、もはや責める気にもならない。

アークロッドはもう一度首を振った。

「お前のせいじゃない。俺が過敏になっていたのは事実だ」

「あの方々は、まだ諦めていなかったのですね」

ダンが言うあの方々とは、アークロッドの父親の正妻と、その息子のことだ。

特に正妻はこれまでも事あるごとにアークロッドを葬ろうと策を労しており、ダンは今回の襲撃も彼女の差し金だと考えているようだった。

「いや……」

拳を口元にあてて、アークロッドは考え込む。

「今回は、あの女じゃないかもしれない」

実は正妻の息子は日頃の傍若無人な振る舞いが原因で既に廃嫡され、母親共々咎人《とがにん》として幽閉の身になっていた。そうなるように仕向けたのは他ならぬアークロッドだ。

彼らが牢《ろう》の中から支持者に指示を出したとも考えられるが、今更アークロッドを始末したところでどうにもならないことくらいは、さすがに分かっているはずである。

そうなると、今回の襲撃の黒幕が彼らだとは考えにくい。

ダンは顔を顰めた。

「では、誰が？」

「……」

アークロッドは答えを口にしなかった。不確かなことを口にすべきではない。それはこの五年で学んだ多くのうちの一つだ。

「話は変わりますが、良い知らせです」

周囲に聞こえないように、ダンは声を低めて囁《ささや》いた。

「お探しの女、見つかりました」

スティーネのことだ。

アークロッドは眉根を寄せた。まさか、こんな簡単に見つかるとは思っていなかったのだ。ダンも、同じように感じているようだった。

「正直肩すかしです。もっと時間がかかると思っていました」

ダンの報告によれば、スティーネは予想通りリクセル公爵の領地にある別邸にいたらしい。行動に制限はかけられているものの敷地内では自由に過ごし、召使い達を顎で使って贅沢《ぜいたく》三昧だそうだ。

「ああいうのを〝悪女〟と言うんでしょうね。ああ、エドライドの〝悪女〟は気高い女性を指す褒め言葉でしたか」

ダンは呆れるように目を細めた。

確かに、王妃を刺してその罪を実の娘であるアニに着せておきながら、自分は召使いにかしずかれて優雅な生活を送っているなど、まさに悪女そのものだ。

アークロッドは訝《いぶか》った。

(簡単に見つかりすぎる)

リクセルは何を考えているのだろう。

ウィルダーン一族の復讐《ふくしゅう》と見せかけた、王位簒奪計画。あれほど緻密な計画をたてておきながら、実行犯であるスティーネを堂々と自らの別邸に匿うなどという愚行を何故犯す。スティーネの背後には自分がいますと言っているようなものではないか。

(俺なら、足を折って地下牢に閉じ込めるくらいはする)

下手に国外に追いやるよりは、それが一番確実なやり方だ——……当然のようにそんなことを考える自分に、アークロッドは自嘲した。

いつからこんな人間になったのだろう。

死に物狂いでやってきた結果がこれなのかと思うと、情けないやら虚しいやらでやるせない。

楽しげな笑い声が聞こえ、そちらを目で追う。

身支度を終えたアニが、世話になった民家の子供達と戯れていた。

地面に木の棒で描かれた連なった円を、手拍子にあわせて踏んでいく遊びだ。

アニは調子よく円を踏んでいたが、あと数歩というところでよろめいて、円を踏み外してしまった。

「あー！　おねえさん、まちがえた!!」

周囲で見守っていた子供達が一斉に囃《はや》し立てるのに、アニは顔の前で両手を合わせて懇願する。

「もう一回！　もう一回やらせて！」

「もう一回だけだよー！」

子供達の許可を得て、アニは弾けるように笑う。

「じゃあ、いくわよ!!」

そう言うなり彼女は靴を脱ぎ捨て、何とドレスの裾を膝近くまで持ち上げた。

その姿に、アークロッドはギョッとする。

村の男達やアークロッドの従者達もいるというのに、何を考えているのだ。他の男達に彼女の白い足を見せるなど有り得ない。

止めさせようと足を踏み出したアークロッドは、けれど二の足を踏んだ。

(何様だ、俺は)

成り行きで肌を重ねただけで恋人気どりか。

彼女の行動に口を出す権利など、ありはしないというのに。

嫉妬する権利も、他の男を牽制《けんせい》する権利さえもアークロッドは持っていない。

「がんばってー！」

子供の伸びやかな応援が響く中、アニは軽快に円を踏んでいく。

その額にうっすらと滲む汗が、瞬く星のように見えた。

軽やかな足取りと、それに合わせて手を叩く子供達の笑顔。

アークロッドの従者達も、笑ってアニに声援を送る。

優しくて、美しい、完璧な世界。

その世界を前に、アークロッドは立ち尽くす。

自分のような人間が足を踏み入れてはいけない——そう思った。

「明るい、強い方ですね」

アークロッドの隣に、ダンが立つ。その表情は、いつになく柔らかい。

「苦境に立たされているというのに、周囲に心配かけまいといつも笑っていらっしゃる。従者達にもよく声をかけて下さるのですよ。『私のために面倒をかけてごめんなさい。ありがとう』と」

「……」

そうだ。彼女は昔からそうだった。

必要であれば、時には自分を殺してでも笑ってみせる。

その笑顔は痛々しくて、アークロッドは目が離せなかった。

心から笑って欲しかった。その本当の笑顔を、独り占めしたかった。

「今のあなたなら、エドライドの王女を妻に望んでも誰も笑いはしないと思いますが？

お父上も喜ばれます」

ダンの声は真剣だ。彼が言いたいことは分かる。アニの潔白を証明することが大前提ではあるが、その上でアニを妻にすることができれば大国との好《よしみ》を結べる。母国でアークロッドの帰りを今か今かと待つ気弱な父は、大国の後見が得られるとなればきっと飛び上がって喜ぶだろう。

だが、アークロッドにそのつもりはなかった。

「アニを保護した時に、お前には説明したはずだ。スティーネを捕えてアニが着せられた濡《ぬ》れ衣を晴らす。それだけだ」

「お好きなのでしょう？　アニ様を」

「……」

思ってもみなかった直接的な問いかけに、アークロッドは面食らう。

アニを好きか——……。

その答えは、言葉にするまでもない。

「どうして踏みとどまろうとするのですか。アニ様をお好きなら……」

「初恋というものは実らないのが定番だそうだぞ——地図を見せてくれ」

無理矢理話をたたんだアークロッドに、ダンは不服そうな顔をしながらも両手に地図を広げ持つ。

「この分なら日が高いうちに公爵領に入れるでしょう」

公爵領が描かれた地図に目を落とし、アークロッドは小さく頷く。

「今夜は新月だったな。夜陰に紛れて公爵邸に忍び込み、スティーネを連れ出そう」

「罠《わな》では？」

だからこそ、スティーネがこうも簡単に見つかったのではないのか。敵はアニを――いやアークロッドをおびき寄せる算段なのかもしれない。

心配げなダンに、アークロッドは口元だけで笑って見せた。

「そうだとしても、行かない手はない。――アニには言うなよ」

危ないことはするなと、彼女は怒るだろうから。


その日のうちにリクセル公爵領にはいったアニ達は、公爵邸を囲むようにして広がる街に辿り着き、大通りの一角にある宿に落ち着いた。

「スピカ、いい子にしてる？」

愛馬の様子を見に宿の裏にある厩舎《きゅうしゃ》に立ち寄ったアニは、飼葉も水もたっぷり用意された清潔な厩舎に安心した。

「ここならゆっくりできそうね。よかったわね、スピカ」

「アニ様」

その声に、心臓が止まりかける。

急いで振り返れば、そこには思った通りの人物が立っていた
「ハルマン!!」

「アニ様、お元気そうでよかった」

霧の森ではぐれた護衛騎士は安堵したように微笑み、その場に恭しく跪《ひざまず》いた。

「お傍を離れ申し訳ございません。霧にまかれて、いつのまにかアニ様を見失い……」

「謝るのは私の方よ！　でもよかった、無事だったのね」

元気そうなハルマンの姿に、アニは胸を撫《な》で下ろす。

もしやアニの逃亡に手を貸した罪で、騎士団に捕縛されたのではと心配していたのだ。

「また会えて嬉《うれ》しいわ。お腹はすいてない？　少し休んだら？　ああ、でもその前にまずアークに紹介するわね。一緒に来てくれる？」

ハルマンならエドライド国内の地理や事情にも通じている。スティーネを探すアークロッドの助けになれるはずだ。

だが歩き出したアニに反し、ハルマンはその場から動こうとはしなかった。

「アニ様、このまま逃げましょう。一刻も早く国外に脱出するんです」

ハルマンの突然の申し出に、アニは驚いて彼の顔を見返した。

「逃げるって……そんなことしなくても、アークが力を貸してくれるわ。スティーネを捕まえて、私の無実を証明すれば……」

「カティア様が亡くなりました」

この言葉に、アニは顔を引き攣《つ》らせる。

目の前が真っ暗になった気がした。

「……嘘よね？」

「……」

何も答えずただ俯くハルマンに、アニは両手で口を押さえた。

「──っ」

喉まで出かかった悲鳴を飲み込み、その場に膝から崩れ落ちる。

(母様──……!!)

衝撃で、涙すら出てこない。

カティアの優しい笑顔が次々と脳裏に浮かんでは消えていった。

「事が事ですので、まだ公にはなっていません。ですがこうなってしまったからには、スティーネを捕まえようと無駄です。とにかく、少しでも早く国外へ」

その時、遠くでアニを呼ぶ声が聞こえた。アークロッドだ。

ハルマンは小さく舌打ちすると、まだ衝撃から立ち直れないアニの耳に囁いた。

「あの男を信用してはなりません」

「え？」

アニは顔を上げる。

「どういうこと？」

「これまであの男がアニ様を助けていたのは、そうすることで恩を売ろうとしていたからです。もしカティア様の死を知れば、恩を売っても無駄と見てアニ様をリクセル公爵に売るかもしれません」

「そんな……」

震える声で、アニは反論した。

「そんなことアークがするはずないわ。アークは……」

「とにかく、夜半過ぎにここでお待ちしています。今夜は新月ですので、逃げるにはうってつけです」

そう言い置いて、ハルマンは身を翻して行ってしまった。

呆然《ぼうぜん》とするアニの元に、ハルマンが姿を消した方向とは逆の道からアークロッドが歩み寄る。

「アニ、こんなところにいたのか。姿が見えないから心配したぞ」

「……」

「アニ？　どうかしたのか？」

ゆるゆると、アニはアークロッドに視線を移す。

本当は、彼に抱きついて泣きたかった。

カティアが死んでしまったことを、一緒に嘆いて欲しかった。

でも、アニはそれをしなかった。

ハルマンが言ったように、アークロッドに売られることを恐れたからではない。表情を取り繕うことができないまま、アークロッドと目線を合わせる。

「ごめんなさい。ちょっと……疲れているみたい」

「移動で疲れたんだろう。部屋でゆっくりするといい」

アニの言葉を、アークロッドは疑う様子もない。

差し出された手に、アニは手を重ねる。大きなその手は、蹲《うずくま》っていたアニを軽々引っ張り上げてくれた。

「俺は少し出かけてくるが、ダンを残して行くから何かあったら彼に言ってくれ」

「ええ……分かったわ」

上の空で、アニは頷く。

(母様が死んだ――……)

もはやアニの無実を証言できる人はこの世にいない。

彼女の証言がないのなら、アニの身の潔白を証明することは不可能に思われた。ハルマンが言った通り、スティーネを捕まえたところで無駄なことだ。

事が民衆に知られる前に、エドライドを出なければならない。

もしこのまま国内にとどまれば、アニはいずれ騎士団に捕まり、裁判にかけられる。

ウィルダーンの血を引くアニの言葉に、どれほどの人が耳を傾けてくれるのだろうか。

いまだウィルダーンに恨みを持つ者は多い。司法長官ルフレアもその一人だ。公明と名高い彼女もまた、夫を死に追いやったウィルダーンを深く恨んでいる。

断頭台に送られることは、既に決定事項のように思われた。

大罪人だった曽祖父と同じように、アニの遺体には石が投げられ、死後も罵られ続けるのだろう。王妃を殺した大罪人。育ての母を手にかけた恩知らず、と。

妙に冴《さ》え冴《ざ》えとした頭で、アニは自らの行く末に考えを巡らせる。

(でも)

断頭台に送られるのが確実だからといって、ロルフィーやカストル、ベガを置いて、一人逃げていいのだろうか。

ロルフィーは王位を追われ、カストルも廃太子になる。ベガがあれほど楽しみにしていた隣国の王子との婚約も、どうなることだろう。

家族が苦しむのが分かっているのに、自分だけ逃げ出すなんて――そんなことはできない。

「……戻るべきだわ。例え大罪人として裁かれることになっても」

誰もいない部屋で、アニは一人呟いた。

第十章　新月の夜の急転

夜半過ぎ。

ハルマンと厩舎《きゅうしゃ》で落ち合ったアニは、そのまま密かに宿を出た。

娼館《しょうかん》など夜開く店が並ぶ地区の通りは煌々《こうこう》と明かりが灯っていたが、そうではない通りは当然ながら静まり返っている。

新月とあってあたりは暗かったが、夜目がきくスピカは怯《おび》えることもなく足を進めてくれた。

その背に揺られながら、アニは背後を振り返る。

「アニ様？　どうなさいました？」

隣で馬を進ませるハルマンに尋ねられ、曖昧に微笑んだ。

「何でもないわ」

出かける、と言って出て行ったアークロッドは、まだ帰って来ていない。

きっと彼は、アニが王都に戻ると言えば反対しただろう。だからアニは、彼には何も伝えなかったのだ。

アニが部屋に残してきた手紙を見つけ、憤る彼の姿が目に見える。

(ごめんなさい、アーク)

優しい彼が怒るのは、いつだってアニが自分自身を大切にしない時だ。

媚薬《びやく》を飲まされたアニが、自暴自棄になった夜。

それから船から落ちて小屋で明かした夜もだ。彼はアニが軽い気持ちで自らをアークロッドに与えようとしていると誤解して、酷く怒っていたようだった。

愛されていたのだろうな、と思う。

明確な言葉はもらっていない。けれど言葉以外の全てで、彼は愛情を示してくれた。

彼の腕に包まれて、幸せだった。

あの幸福感は、この先投獄されようと断頭台に送られようと、きっとアニを慰めてくれるだろう。

僅かに手綱を引くと、それが伝わったのかスピカが歩みを止めた。

「ねぇ、ハルマン。話があるの」

「はい?」

アニと同じように馬を止めながら、ハルマンはアニに向き直る。

その顔を見ながら、アニは言った。

「私、もう逃げるのはやめるわ。王都に戻ろうと思うの」

「何を言われるのです⁉」

ハルマンはサッと顔色を変えた。

「騎士団に捕まってしまいます!!　そうなれば……」

「投獄されて、裁判にかけられることは分かってるわ。きっと断頭台に送られるだろうことも」

真っ直ぐに、アニは言った。

「でも、それでも私は戻りたい。このまま国外に逃亡すれば命は助かるだろうけれど、一生濡《ぬ》れ衣を着せられたままになってしまうわ。そんなのは嫌。確かに、私は馬鹿だった。利用されていることにも気付かず、スティーネを母様に近づけた。でも母様を殺したりなんてしていない。母様を憎んでなんかいない。それを裁判で——皆の前で言いたいの」

空には星が瞬いている。

王宮を出た夜も、こんな綺麗《きれい》な星空だった。

絶望的な思いで星を仰いだあの夜。アニの心は後悔や自己嫌悪、それから死への恐怖に押し潰されていて、今にも息絶えようとしていた。

けれど今は違う。

それは間違いなく、アークロッドの存在のおかげだ。

彼が優しく触れてくれたから、大切にしてくれたから、だからアニは自分が誰かの大切な人であるのだということを思い出すことができた。

「私、家族を愛してるわ。この国を愛してる。だから家族やこの国に恥じない自分でありたいの。私を愛して信じてくれている人達に恥じない生き方がしたい。この身にウィルダーンの血が流れていようと、私は私だもの」

アニの瞳に、星の光が宿る。

小さなその光は力強く輝いて、瞬いても決して消えることはない。

それとは対照的に、ハルマンの瞳は暗かった。

何の光も宿らない闇のような瞳で、彼は見下《みくだ》すようにアニを見る。

「──ウィルダーンの血を引く人間の言葉に、誰が耳を貸すと言うのです？」

冷たい表情に、冷たい言葉。いつもの明朗な彼とは別人だ。

アニは顔を歪《ゆが》めた。

「ハルマン？」

「あなたは私の言う通りにしていればいい。人を疑わない愚かさがあなたの唯一の長所なのだから」

「何を──……」

ハルマンが腰から提げる長剣を、アニは見るともなしに見た。

斜め十字があしらわれた柄頭。

「ハルマン、あなた……剣を変えた？」

エドライドの騎士は、王家の紋章が柄頭にあしらわれた長剣を使う。ハルマンも、以前はそれを使っていたはずだ。

彼が身を隠す為に、騎士の身分を示す長剣を手放したとしてもおかしくはない。

（でも、この剣……）

柄頭の斜め十字に、アニは見覚えがあった。ありがちな紋章ではあるが、けれど確かに、この意匠をどこかで見た。

（どこで――）

記憶を探るアニの鼓膜の奥で、剣撃の音が響いた気がした。

散る火花。

逃げ惑う人々。

「……ハルマン、あなた」

声だけではなく、手が、全身が震え出す。

「あなた……っ」

船の上での襲撃。

アークロッドを襲った男が、斜め十字が柄頭にあしらわれた剣を確かに持っていた。

（あれはハルマンだったの⁉）

てっきりあれはアークロッドの父親の正妻が、彼を始末するために放った刺客だと思っていたのに。

引き攣《つ》るアニの表情を見て、ハルマンはにやりと冷たく笑う。

「気付かれるとは思いませんでした。存外賢かったのですね」

咄嗟《とっさ》に、アニは手綱を捌《さば》いた。

「スピカ走って!!」

猛然と走り出すスピカの背に、アニは身を低くしてしがみつく。

人通りのない街に、蹄《ひづめ》の音が響いた。

「逃げても無駄ですよ!!」

その声に肩ごしに振り返れば、馬を駆るハルマンはすぐ後ろに迫っている。

「あ、あなたがアークを襲わせたの!?　どうして!?」

「もちろん、あなたを苦しめるためです！」

暗い笑みを口元に滲《にじ》ませながら、ハルマンは叫んだ。

「あの男があなたを娼館から連れ出した時は、余計なことをするものだと本当に腹が立ちましたよ！　小汚い下賤《げせん》の男達に蹂躙《じゅうりん》されて涎《よだれ》を垂らして悦ぶあなたが見られると期待していたのに！　ジモーネに渡した金と薬が無駄になってしまった!!」

「あなたがあの薬を――……」

前方に迫る影に、アニははっと息をのむ。

道の半分を塞ぐようにして、大きな車輪が付いた荷車が放置されていたのだ。

おそらく元々は道の端に片づけてあったものが、道の傾斜でここまで動いてしまったのだろう。

「スピカ！　飛んで！」

後ろ脚で石畳を蹴ったスピカは見事な跳躍で荷台を飛び越えた。

けれど着地の衝撃は思っていた以上で、それに耐えられなかったアニは宙に投げ出される。

天地が逆転し、石畳に身体が叩《たた》き付けられた。

「痛……っ」

痛みで体を丸めるアニの髪を、馬から降りたハルマンが鷲掴《わしづか》みにする。

「は、放して!!」

「いや、薬は無駄ではありませんでしたね。薬のおかげで、あの男とあなたときたら今やまるで恋人同士のようだ。あの男も涼しい顔をして役得を喜んでたんじゃないですか？」

アニは痛みに耐えながらも、ハルマンを睨《にら》みつけた。

「アークを侮辱しないで!!」

喚いて、ハルマンの頬を打つ。

その頬に鮮烈な赤が一筋走る。アニの爪の先が、彼の肌を裂いたのだ。

「随分と、あの男を気に入ったようですね」

吐き捨てるように言うと、ハルマンはアニの首を摑んで粗末な煉瓦《れんが》造りの壁に押し付けた。

ギリギリと締め上げられる苦しみに、目尻に涙が滲む。

「は……っ放し……」

「あの男はそんなに上手かったですか？　何度イかされたんです？　教えて下さいよ」

笑ってはいたが、ハルマンの瞳に宿るのは間違いなく憎悪の闇だ。

そのあまりの暗さに、アニは慄《おのの》いた。

「……っ……！」

苦しさで、アニはもがいた。

呼吸ができない。気が遠くなる。

このまま絞め殺されるのかと思ったが、ハルマンが不意にその手を離す。

急に解放されたアニは、膝を折って激しく咳《せ》き込んだ。

「ああ、それにしても腹が立つ。全て順調だったというのに、あの男のおかげで計画が滅茶苦茶だ。」

「計……画？　どういう……こと？」

咳き込みながらハルマンを見上げると、彼はアニを嘲るように笑った。

「スティーネを使ってあなたを貶《おとし》め、ウィルダーン一族による復讐《ふくしゅう》に見せかけて王位を簒《さん》奪《だつ》する――こんな綿密な計画をあのリクセル公爵が考えつくとでも？」

まさか、とアニは喘《あえ》いだ。

「あなたが計画したの⁉　ハルマン‼」

「その通り。全ては私が考えた完璧な企みです」

両手を広げ自らを誇るようにして、ハルマンは肯定した。

「付け加えると、スティーネを修道院から連れ出したのも私です。酒と金をチラつかせたら、簡単に言いなりになってくれました。そうそう、偶然を装ってスティーネとあなたを引き会わせたのも、それからリクセル公爵にあなたの出自を話して今回の計画を持ちかけたのも私です。『言う通りにすれば王になれる』と言ったら、あの公爵はすぐに乗ってきましたよ」

まるで武勲を自慢するかのように言い連ねたハルマンは、最後に笑みを深めて言った。

「スティーネといい公爵といい、馬鹿は操りやすくて助かります」

「ど、どうして……」

優しい彼の姿は偽りの姿だったのだろうか。ずっと、彼はアニを欺いていたのだろうか。

恐ろしさに震えるアニの前に、ハルマンは跪《ひざまず》いた。

「言ったじゃないですか。あなたを苦しめるためですよ。私と同じ呪われたウィルダーンの血を引いているというのに、養父母に愛され、民に愛され、満ち足りた幸せを享受するあなたが許せなかった」

「同じ、血？」

ハルマンはアニの髪に手を伸ばすと、それを指先に絡めて弄んだ。

「私の母はね、ウィルダーン家に仕える下女だったんです。安い給金でこき使われて、その末に主人の気まぐれで一夜の慰み者にされ私を身籠った。私はスティーネの異母弟なんですよ。まぁ、私の母は妾《めかけ》にすらしてもらえませんでしたから、スティーネは私の存在すら知らないでしょうが」

スティーネの異母弟、ということはアニの叔父にあたる。

そう言えば、彼の髪の色も瞳の色も、スティーネに良く似ていた。

「父は私を息子として——いや、人としても認めてはくれなかった。殴られ、蹴られ、食事もろくに与えてはもらえなかった。ですから、ウィルダーンの家が断絶になった時は、やっと自由になれると喜んだものです。でも……地獄は終わらなかった」

淡々と話し続けていたハルマンの表情が、狂気を帯びる。

「私と母は、ウィルダーンの家に仕えていたというだけで、石を投げられ、口汚く罵られました。素性を隠して名前や家を変えても、その度に親切な誰かがわざわざ告げ口してくれるんです。『あれはウィルダーンの家の下女をしていた女だ』『あの子供はウィルダーンの血を引いているらしい』ってね」

ハルマンは、あのわらべ歌を口ずさんだ。

「宰相、宰相、悪宰相。鬼畜、冷血、大ほら吹き。悪女に蹴られて牢屋《ろうや》行き——忌々しいあの歌に合わせて、どれほど蹴られたことか。誰も助けてはくれませんでしたよ。母は私を食べさせるために身を売り、その末に病であっけなく死にました。私が十歳の時です。私は物乞いをして、命を繋《つな》ぐようになりました」

アニの髪を握るハルマンの手は、ぶるぶると震えていた。

寒いのでも恐ろしいのでもなく、抑えきれない怒りと憎悪で震えているのだ。

「ハルマン……」

「ちょうどその頃、あなたが国王夫婦の養女になったという噂《うわさ》を耳にしたんです。あなたがウィルダーンの血を引いていることは既に知っていました。あなたを産湯につけたのは母でしたからね」

ハルマンは、うっとりとした顔でアニを見た。

妹を見るような、娘を見るような、優しい愛情が滲む瞳。

「生まれたばかりのあなたは本当に可愛かった。あの可愛い赤ん坊が王族の血を引かないことで酷い扱いを受けているのではと、幼心に心配したものです。あなたを守らなければと、私は思いました。守れるのは私だけだと。——私は、幸運にもある夫婦に引き取られました。もっとも、私がウィルダーンの血を引いていると知られれば、即刻追い出されたでしょうが」

彼は五指を、アニの髪に差し入れる。

乱れた髪を解すように梳《す》くその優しい仕草が、アニは逆に恐ろしくて身を竦《すく》ませた。

その怯える様子に、ハルマンはクスリと小さく笑う。

「あなたを守る為に、私は騎士を目指しました。平民出身とあって簡単な事ではありませんでしたが努力が認められ、あなたの護衛騎士に抜擢《ばってき》された時は夢見心地でしたよ。不幸なあなたを、ようやく慰めてあげられる。同じ苦しみを知る者同士、寄り添い合えると……それなのに」

急に、ハルマンはアニの顎を摑み、乱暴に引き寄せる。

「あなたは幸せそうに笑っていた」

口づけるのかと思うほどにアニに顔を近づけた彼は、笑ってはいない。

ハルマンは裏拳でアニの頰を強かに打った。

悲鳴を上げ、アニは石畳に倒れ伏す。

その髪を、彼はまた乱暴に鷲摑んだ。

「痛……っは、放し……」

「あなたは優しい両親や双子のように仲がいい弟と美しい妹、それからたくさんの友人に囲まれ、召使い達にも慕われて、自分がウィルダーン一族の一人であることすら知らされずに笑っていた」

アニの髪を握る手を、ハルマンは高く上げる。

吊《つ》るされるように立ち上がったアニの頰を、彼はまた叩く。

「やめ……っもうやめて……っ」

「許せなかった。その身に流れるのは私と同じ悪しきウィルダーン一族の血だ。それなのに、何故あなたと私はこうも違う？　あなたは何の苦しみも知らず、守られ、慈しまれ、幸せに笑っている!!」

「きゃあ!!」

また叩かれ、アニは悲鳴を上げる。

唇が切れたのか、血の味がした。

このまま殺されるのかもしれない。

逃げなければと思うのに、身体は恐怖で動かなかった。

「だから、私は決めたんです。あなたに私や母が味わった苦痛以上の絶望を味わってもらおうと」

呟《つぶや》くようにそう言うと、ハルマンは再び暗い笑みをアニに向けた。

「ねぇ、アニ様。どうでしたか？　自分は何も悪いことはしていないのに、ただウィルダーンの血筋だからという理由で罵られ、後ろ指を指される悲しみは。寒くてひもじくて、けれど誰も助けてくれない孤独は。そして、母親を亡くす絶望は、どうでした？　ねえ、どうでした？」

「……──っ」

恐ろしさに、もう声も出ない。

泣き叫ぶまいと歯を食いしばるのが精一杯のアニの顔を見て、ハルマンは嬉《うれ》しそうに顔を綻ばせた。

「そうそう。その顔です。あなたのそういう顔が見たかったんですよ。けれど、まだまだ足りません。もっと泣き叫んでいただかなくては」

ハルマンはアニの肩に手を回すと、まるでダンスのエスコートをするようにその身体を反転させた。

「見て下さい。ほら」

そう言われてハルマンが指し示したのは、街の家々の屋根の上に広がる空だった。

まだ夜明けには遠いはずの空の一部を、赤く染める光がある。

(何?)

アニは訝《いぶか》しみ、眉をひそめる。

光があるのは、リクセル公爵の屋敷がある方角だ。

ハルマンは背後からアニを覗《のぞ》き込み、まるでちょっとした悪戯を打ち明けるように囁《ささや》いた。

「見えますか? あなたの大好きな〝アーク〟を黒こげにした炎の光です」

「――どういうこと?」

声を震わせるアニに、ハルマンはますます嬉しそうに顔を歪ませる。

「スティーネを餌におびき寄せたあの男を、部下共々公爵邸の地下に閉じ込めたんです。あなたをお迎えに上がる直前に油をまいて火をつけてきました」

ゆっくりと、アニは振り返った。

「何……ですって?」

「あの男は焼け死んだんです。あなたの為に公爵の屋敷からスティーネを連れ出そうとして、そこで火事にあった。熱かったでしょうねぇ。苦しかったでしょうねぇ」

引きつけを起こしたように笑うハルマンに、アニは飛びかかった。

「よくもアークを‼　許さない‼　絶対に許さないわ‼」

振り上げた拳を力いっぱいハルマンに叩きつけ、喚き散らす。

けれど、ハルマンにはまるで効いていないようだった。細身に見えても、騎士として訓練を受けた彼には痛くも痒《かゆ》くもないのだろう。

しばらく笑いながらアニに叩かれていたハルマンは、アニが喚き疲れた頃合いを見計らったかのように腕を摑んだ。

「放してよ！　この卑怯《ひきょう》者！　天罰が下ればいい！」

「まだですよ。まだまだ足りない」

大きな体全体で潰れるほど壁に押し付けられ、圧迫感にアニは喘いだ。

その耳元で、ハルマンは嗤《わら》う。

「あなたには、まだ身を売った母の屈辱を味わっていただいていませんからね」

生暖かい息が首にかかり、アニはぞっとした。

「やめ……やめて‼　放して‼」

「安心して下さい。私に可愛い姪《めい》を犯す趣味はありませんから」

小さな小瓶を取り出すと、ハルマンはその蓋を器用に片手で開けてみせた。

「あの薬です。これを飲んで魅力的になったあなたを、酔った男達がいる店に連れて行って差し上げます。皆可愛がってくれますよ」

小瓶を口元にあてがわれ、アニは懸命に顔を逸らす。

「いやあ‼」

必死に暴れるが、ハルマンはびくともしない。

「放して‼　やめて‼」

アニが叫べば叫ぶほど、ハルマンは嬉しそうだった。

「あの男との夜は幸せでしたか？　よかったですね。幸せな記憶が鮮やかなうちに味わう不幸は、きっと格別ですよ」

「いやーーーー‼」

その瞬間。

アニの目の前に鮮血が散る。

小瓶を握っていたハルマンの手が、上腕で両断され肘ごと石畳に転がった。

「ぎゃあああああ‼」

絶叫したハルマンは、切り落とされた腕に縋《すが》るようにして蹲《うずくま》る。

思わぬ形で解放されたアニは、よろけてその場にへたり込んだ。

呆然《ぼうぜん》と見上げた先に立っていたのは、血濡れた剣を握るアークロッドだった。

彼は随分と酷い様相だった。

どこもかしこも煤《すす》で汚れているし、身に着けた衣服も至る所が焼け焦げて黒くなっている。アニのお気に入りの赤髪も、毛先が縮れて大いに乱れていた。

「アーク……」

急いで駆け付けてくれたのだろう。

彼は息を弾ませており、額には汗の玉が滲んでいる。

まだ整わない呼吸の下から、彼は唸《うな》るように言った。

「アニ……大丈夫か？」

彼が手放した剣が、石畳の上で耳障りな音をたてた。

「怪我は？　――その顔、殴られたのか？」

アークロッドは膝をつき、アニの殴られた頬を気遣って手を伸ばす――その手を、アニは叩《はた》いた。

そして、彼を睨みつける。

「その有様はどういうこと？」

ギクリ、とアークが狼狽《うろた》える。

「これは、その……」

「危ないことはしないって言ったじゃない。約束を破ったの？」

視界が、涙で潤んだ。

込み上げる嗚咽《おえつ》を堪えながら、アニはアークロッドを糾弾した。

「馬鹿！　嘘《うそ》つき！　アークなんて大嫌いよ!!」

「アニ、すまない。嘘をつくつもりは……ただ」

「言い訳なんて聞かないんだから!!」

アークロッドがおろおろと差し出す手を、アニはまた払いのける。

込み上げる怒りを、どうすればいいのか分からなかった。

アークロッドの有様を見れば、彼が疲労困憊《こんぱい》だろうことは想像できた。

九死に一生を得てようやく宿に戻ったところアニの姿が見あたらず、きっと気を揉《も》んだに違いない。

彼はアニが残した手紙を見つけて、衣服を改める余裕もなく慌ててアニを探し回ってくれたのだろう。

その徒労を労ってあげたかった。

無事でよかったと、抱き締めたい。

それなのにアニはとにかく腹が立って、その怒りをアークロッドにぶつけずにはいられなかった。

「馬鹿！　馬鹿！　馬鹿!!　大っ嫌いよ!!」

心にもない言葉を声の限りに喚き散らすうちに、堪えきれなかった涙が頬を濡らす。

「アニ……」

「し……死んでしまったのかと」

肩を揺らしてしゃくり上げながら、アニはアークロッドの胸を両手で叩いた。

「あなたが死んでしまったのかと思ったじゃない……っ!!」

「――……すまない」

「ス、スティーネを捕まえたって、無実が証明されたって、あなたが死んでしまったら何の意味もないのよ……！」

「心配かけて悪かった」

ただただ謝罪を繰り返すアークロッドが腹立たしくて仕方がない。

彼がアニを抱き締めようとしていることは分かったが、アニはいやいやをする子供のように抵抗した。

「どれだけ私が心配したと思ってるの？　心臓が止まるかと思ったのよ？」

「アニ……」

「謝れば許してもらえると思ったら大間違い……」

口を塞がれ、アニは強制的に黙らされた。

宥《なだ》めるように優しく舌が絡まり、柔らかな唇の感触に心が否応なく解されていく。

「――……許してくれ」

息継ぎの合間に吐息のように囁かれ、アニは泣きながら顔を顰《しか》めた。

「ずるい……」

「すまない」

アニの目尻に溜《た》まった涙を、アークロッドが舐《な》め上げる。

互いを隔てる僅かな隙間を惜しむように抱き締め合うと、二人はどちらからともなく再び唇を寄せ合った。

唇を甘く嚙まれて、唇を開けるようにと要求される。その要求に素直に従うと、アークロッドの舌が口内に入ってきた。

上顎のざらつきを撫《な》でられ、くすぐるように舌の先をつつかれる。

「……ん、っ」

アニが陶然と息を乱すと、アークロッドは髪を優しく搔《か》き上げてくれた。

舌を絡めながら唇の角度を変え、口角から飲み干しきれない唾液が滴り落ちる。

もっと、とアニはアークロッドの服を摑む手に力を込めた。

これだけじゃ足りない。

もっと強く抱き締めて欲しい。

「すぐ隣に血まみれでのたうつ男がいるっていうのに、よくそこまで二人の世界に没頭できるね」

叱責に似た非難に、アニとアークロッドは互いを突き飛ばすようにして身を離した。

「カ、カストル⁉」

肩で息をする最愛の弟の姿に、アニは目を剝く。

アークロッドに負けず劣らず煤だらけの顔を、カストルはニッコリと綻ばせた。

「久しぶり、姉上」

「あなた、どうしてここに……」

「アークにも同じことを炎の中で訊《き》かれたよ。ああ、スティーネは捕まえたから安心していいよ。それにしても、姉上の愛馬《スピカ》。下手な護衛騎士よりよっぽど有能だね」

見れば、騎士に手綱を引かれたスピカが、少し離れた場所からこちらを窺《うかが》っていた。

どうやらスピカが、アークロッドやカストルをここまで誘導して来てくれたらしい。

あたりにはアークロッドの従者――彼らもアークロッド同様に煤だらけだった――や、近衛騎士団の制服を着た騎士達が集まりつつあった。

カストルの目線を受け、抜身の剣を手にした騎士達がハルマンを取り囲む。

両脇を抱えられ連行されようとしていたハルマンが、身を捩《よじ》るようにしてアニを見た。

「これで終わりだと勘違いなさらないで下さいね。ウィルダーンの血を引くあなたは、どう足掻いても斬首刑を言い渡される運命なんです」

くく、とハルマンは嗤《わら》った。

痛みによる脂汗が浮かぶ顔には狂気が色濃く、とても正気とは思えない。

「宰相、宰相、悪宰相！　鬼畜、冷血、大ほら吹き！　悪女に蹴られて牢屋行き！」

高らかに、彼は笑った。

「牢屋行きだ！　私もあなたも！」

怯えるアニをアークロッドが背に庇《かば》う。

ハルマンの姿が罪人を乗せる黒塗りの馬車に消えると、カストルはそれまでの鋭い眼差しを緩めてアニに向き直った。

「元気そうでよかったよ、姉上。まぁ、アークがついているからそれほど心配はしてなかったけれど」

アークロッドの手に支えられて立ち上がったアニは、目を瞬かせた。

「どういうこと？　私がアークと一緒にいるって知ってたの？」

「うん。アークから連絡もらっていたから」

「そうなの⁉」

驚いてアークロッドを仰ぎ見れば、彼は小さく頷《うなず》いた。

「エドライドに入国する前から、カストルとは連絡を取り合っていたんだ。君と再会した日にもカストルから『姉上《きみ》が消えた』って早馬が来て——その日の昼間、街で擦れ違った君に良く似た人が、もしかして君本人だったんじゃないかと探しに出たんだけれど……」

「結果、大当たりだったと言うわけだね！」

アークロッドの言葉の先を受けて、カストルが朗らかに笑う。

「そ、そうなの……」

アニは呆然とするしかない。

アークロッドとの再会は偶然という名の幸運だと思っていたが、その裏には色々とあったようだ。

「それにしても、アークが姉上を保護してくれて本当に助かったよ」

大仰に、カストルは胸を撫で下ろす。

「視察から帰ってきた父上に『さっさとアニを探して連れ戻して来い』って王宮から放り

出されて途方に暮れてたんだ。そこに『見つけた』ってアークから報せが来て……」

「父様は」

アニは思わず口を挟んだ。

「父様はどうしてるの？」

国内外に知れ渡るほどの愛妻家であるロルフィーが、カティアの死でどれほど悲嘆に暮れているかは想像に余りある。

けれどカストルは、きょとんとして首を傾げた。

「どうしてるも何も、今頃せっせと母上の介抱でもしてるんじゃない？」

アニは顔を顰めた。

「介抱って……母様は亡くなったんじゃないの？」

アニの言葉に、今度はカストルが顔を顰める。

「えええ⁉　生きてるよ‼」

「えええ⁉」

――それから三人は一度宿に戻り装いを改めてから、王都に向けて馬車に乗り込んだ。

そこで行われた状況のすりあわせによる事実確認の結果、ようやくアニは事態の全容を把握することができた。

そもそも、アニはハルマンから『カストル殿下のご指示で』と言われて王宮から出奔したのだが……。

「そんな指示出してないよ」

カストルが軽く否定し、あっさりとハルマンの虚言が露呈した。

アニの隣に座っていたアークロッドが、ようやく納得したかのように頷く。

「その話を聞いた時おかしいとは思ったんだ。カストルがそんな指示を出すとは思えなかったし、君の行方を案じる手紙が来たばかりだったし」

「私、まんまと騙《だま》されたのね……」

両手に顔を埋めて、アニは呻《うめ》いた。

ハルマンを信じきっていた自分が恨めしい。

人を疑わないアニの性格に付け込んで、彼は様々な嘘をアニに吹き込み操っていたようだ。

その最も悪質なものが、カティアが死んだという虚言だ。

「コルセットのおかげで、傷がそう深くなかったんだ。しばらく安静が必要だけど、自分の怪我より行方不明になった姉上の心配をしてたよ」

カストルの話に、アニは安堵《あんど》で涙ぐんだ。

「よかった……っ」

「母上が死んだと言えば、姉上をアークから簡単に引き離せると思ったのかもしれないね」

「それもあるが、単純にアニを傷つけて楽しんでいたのかもな」

アークロッドの横顔には、怒りが滲んでいた。

それに同調するように、カストルも腕を組んだ。

「あの男には本当にやられたよ。姉上によく仕えているから候補者にも考えたのに……本性を見抜けなかったなんて、僕もまだまだだ」

「候補者って？」

何のことかと尋ねれば、カストルはニッコリ笑ってアークロッドを見た。

「何でもないよ。こっちの話。ねぇ、アーク」

「俺に振るな」

「とにかく。あいつのせいで大変な思いをしたんだ。司法長官にはあいつの罪状を全部明らかにしてもらって、しっかり裁いてもらわないと」

「ハルマンはどうなるの？」

身を乗り出したアニに答えたのはアークロッドだった。

「間違いなく極刑だろう。王妃殺害未遂の黒幕だ」

「減刑は望めない？」

彼のしたことは許されるものではない。

だがアニにとっては他人事ではなかった。一つ間違えれば、自分が彼のようになっていたのかもしれないのだ。

そんなアニの心を見透かすように、アークロッドは小さく首を振る。

「アニ、同情する必要はない」

「でも」

「確かに、あの男の過去は同情に値する。けれどだからと言って、君を苦しめたり他者を害してもいい理由にはならない」

「それに、彼は自分で機会を葬ったんだよ。ウィルダーン一族のしがらみから解き放たれて、自由に生きる機会をね」

カストルが、静かに口を挟んだ。

「ハルマンの養父母は、ハルマンがウィルダーン一族の血を引いていることを知っていたらしい。けれど路頭に迷う彼を純粋に気の毒に思って引き取ったそうだよ」

「そんな……」

血のことを知っていたら追い出されただろうとハルマンは言っていたが、そんなことはなかったのだ。

養父母が血筋のことを知っているとハルマンに伝えていれば、何かが違ったかもしれない。でも彼らもまた、ハルマンのことを思って何も言わなかったのかもしれない。カティアとロルフィーが、アニに本来の出自を黙っていたのと同じように。

「手を差し伸べてくれる人はいた。努力をすれば、それが認められる環境もあった。騎士として生きていく道も拓けていた。何よりハルマンには能力があった。あれほど計算され尽くした計画、そうそう思いつくものじゃない」

さすがウィルダーンの血筋というところかもしれない。悪名高い宰相ウィルダーンは、策謀においては右に出るものはいなかったそうだ。

その力を、良い方に活かす道はあったはずだ。それなのに、彼は復讐を選んでしまった。

「ハルマンのことより姉上は自分の心配をしないと。母上はスティーネに刺されたと証言したけれど、姉上が共犯者だって疑っている人はまだたくさんいるんだから」

そう言うと、カストルは小さく息を吐いた。

「アークのおかげでスティーネを捕えることはできたけど……肝心のスティーネは待遇の不満を喚くばかりで、姉上の関与に関してはだんまりだ。あらかじめハルマンから何も喋《しゃべ》るなと指示されていたのかもしれないな」

「私、裁判にかけられるの？」

恐る恐る尋ねると、カストルは苦しげに目を逸らす。

「法の元には王族も平等とする――これを決めたのは父上だから」

「……っ」

アニは手を握り締めた。

聴衆の前で罪を糾弾されると思うと、考えただけで恐ろしい。

ハルマンが連行される間際に言った言葉を思い出す。

『ウィルダーンの血を引くあなたは、どう足掻いても斬首刑を言い渡される運命なんです』

もし彼が裁判に際しても、アニが王妃殺害を企てた仲間だと言い張ればどうなるのだろう。

ウィルダーン一族のどす黒い血が、自らの血に相応しい末路にアニを手招きしている気がした。

膝に乗せていた拳に、アークロッドの大きな手が重なる。

「大丈夫だ」

灰緑の目が、アニを力強く励ました。

「知っているだろう？　血の繋がりより強いものが、この世にはあること」

「……アーク」

刹那見つめ合った二人は、けれどカストルのわざとらしい咳払いですぐに手を放す。

「それにしても、アークと姉上が船から落ちて行方不明ってメレディス子爵から報せをもらった時は、さすがにヒヤッとしたけどね。国内だけで手一杯なのに、この上の国際問題はきつすぎる」

アニは首を傾げた。

「メレディス子爵ってアークのことでしょう？」

アークロッドが自分が船から落ちたと知らせを出す……文脈が通らない気がする。

第一、あの時アークロッドはアニと何もない古びた小屋にいて、連絡など取りようがなかったではないか。それに、国際問題とはどういうことだ。

カストルが、僅かに笑顔を引き攣らせる。

「……あれ？　言ってない？」

「……言う機会を逸して」

顔を背けるアークロッドと弟を交互に見て、アニは訝しむ。

「何？　何のこと？」

アークロッドは何も言おうとしない。

困ったように顔を背けたままの親友の姿に、カストルは苦笑する。

「メレディス子爵っていうのは、アークが身分を隠すために名乗った偽名だよ。さすがに本来の身分では大っぴらには出歩けないからね。アークはセルト王国の王太子だから」

ガタン、と馬車が揺れた。

「……は？」

目が点とは、まさにこのことである。

「王太……え？」

「正確には、新王太子。王太子になることが決まっているんだ。立太子式は秋頃だっけ？だからその前に面《ツラ》見せに来いって僕が言ったのさ。正式に王太子になったら、おいそれと出国できなくなるだろうから」

楽しそうに話すカストルに対して、アークロッドは浮かない顔だ。黙っていたことが心苦しいらしい。

アニは混乱し、頭を押さえる。

「ま、待ってよ。だってセルト王国の王太子は、私より十才も年上で……」

「それ、アークの腹違いのお兄さん。そのお兄さんの母親である王妃がこれまた気の強い人でね。自分の意に沿わない廷臣は追放するわ、当然のように賄賂を要求するわ、独断で税金上げるわのやりたい放題。でもアークが馬鹿息子ごと王妃を牢にぶち込んだから、セルトの内政も落ち着いたんじゃない？」

――アークロッドの実の母親は子爵家の出身で、格上の家の男の妾になった。

(格上っていうのは王家で……つまりアークのお母様はセルト国王の側室だったたってこと⁉)

パカ、とアニは大きく口を開く。驚くやら呆れるやら、顎が外れそうだ。

「カストルが言うメレディス子爵というのはダンのことだ……」

「彼、アークの従兄なんだよね。母方の」

アークロッドがボソボソと補足するのに、カストルが相槌《あいづち》を打つように更に補足する。

気が置けない親友同士の掛け合いに、アニは両拳を振り上げて大いに叫んだ。

「どうして早く教えてくれないのよーーーー‼」


揺れる馬車の中、いつしかアニはアークロッドの肩に寄りかかって眠りについた。

安心しきった無防備なその寝顔に、アークロッドは我知らず唇を綻ばせる。

そんな二人の様子を向かいの席から窺っていたカストルが、溜息交じりに口を開いた。

「どうして王太子になったこと、姉上に言わなかったんだい？　『君の伴侶として相応しくなる為に、俺は血が滲むような努力をして王太子になりました』って」

「……努力ね」

アニの寝顔から目を離すことなく、アークロッドは苦笑した。

異母兄とその母親を出し抜く為に、アークロッドは様々な事をした。手段を選ばない政敵を相手に、清く正しくなどしていられなかったのだ。

後ろ暗い事に手を染めた。利用した末に切り捨てた者もいる。恨まれても仕方がないと思うこともあった。

それでも、立ち止まることは許されない。それはすなわち死を意味する。

〝アニ〟を得る為に始めたはずだったのに、いつしかアークロッドは権力闘争を生き抜くことそれ自体に、躍起になっていた。

あれを努力と言っていいものか。

「努力だろう？　子爵家の跡取りに過ぎなかった君が、今や小国とはいえ一国の王太子だ。たとえ王族の血が流れていたって、誰にだってできることじゃない――僕だって、君と同じ立場にいたとして同じことができたかどうか……。けれど君はやってのけた。勝ち取った。生き残った。どうしてそれを、まるで汚点のように恥じるんだ？」

カストルは真剣だ。

けれどアークロッドの唇に滲む苦い笑みは消えることはない。

分かってはいるのだ――ああしなければ、生き残ることはできなかった。

けれどアニの前に立つと、途端に自分がしたことが恥ずかしくなる。

苛立ちを紛らわすかのように、カストルが自らの髪を乱暴に掻き毟《むし》った。

「一応訊くけど。姉上とは寝たんだろう？」

この質問に、アークロッドはアニからカストルへと視線を移す。

「――すまない」

「謝るくらいなら、責任とって姉上と結婚してよ」

どこか子供じみた様子を滲ませるカストルに、アークロッドは苦笑を深めた。

「お前ともあろう者が、見え透いた罠《わな》をはったものだな。カストル」

カストルからの『一度直接詫《わ》びに来い』という要求に従い、アークロッドは謝罪の為にこの国を訪れた。

実をいえば、アニに会いたいという下心はあった。

一目でいい。

彼女に会って、その姿を心に焼き付けて、そうしてこの恋にけりをつけようと思っていた。

けれど実際アニに会って、アークロッドは悟ったのだ。カストルが仕掛けた罠にまんまとはまってしまったことに。

野の花のように素朴で可愛らしかったアニは、たった五年で大輪の花に成長していた。十四才の彼女が持っていなかった色香に抗えず、花の香りに酔う蝶《ちょう》のように、アニに溺れてしまった。そんなつもり、微塵《みじん》もなかったのに。

それがカストルの狙いだったのだろう。

一目でも会ってしまえばアークロッドの歯止めが利かなくなるだろうことを、カストルはわかっていたのだ。

今時、結婚まで純潔を守る娘は少数派だ。だが、王女となると話は別である。

責任をとって結婚しろと、大国エドライドの王太子に結婚証明書を突きつけられて否といえる男は――多分、自分以外にはいないだろう。

「その見え透いた罠にまんまとはまったくせに」

苦虫を噛み潰したような顔のカストルから、アークロッドは床へと目を落とす。

「今回のことで、アニがウィルダーンの血筋だということは公になってしまった。想定していた以上に厳しい状況だけれど、でも悪いことばかりじゃない。守らなければならない秘密はもうないし、アニの伴侶にそれを守る能力を求める必要もない。……俺に拘らなくても、もういいはずだ」

肩にかかる重みに、アークロッドは目を閉じる。

布越しに感じる温もり。

息遣い。

それが何より愛しかった。

「――……愚鈍だろうと、凡人だろうと、アニを思いやって大切にしてくれる男を選べばいい」

血筋のことを知っても、それでもアニがいいという男はたくさんいるだろう。本人に自覚はなくとも、それだけの魅力をアニは持っているのだから。

「どうしてだ？」

苛立ちもあらわに吐き捨てるカストルに、アークロッドは瞼《まぶた》を開ける。

「どうして、姉上の手をとることをそんなに拒む？　想いが褪《あ》せたわけでもないのに――人を欺いて陥れたのが、そんなに恥かい？　でもそうしなければ死んでいたのは君だ。僕も姉上も、それを責めようなんて思わない。むしろ、僕があんな条件を出したばっかりに君を苦しめて……」

後悔を滲ませて、カストルは俯《うつむ》く。

かつて彼は、アークロッドにアニが欲しければ学院を首席で卒業してみせろと言った。それが無理なら、どこかの国の王位を簒奪しろ、とも。

もちろん、当時のカストルはアークロッドの本来の出自のことなど知る由もなかったし、王位を簒奪しろなんて言ったのも冗談のつもりだったはずだ。

――だが彼は、ずっと気に病んでいたのだろう。

幼い頃から王太子として目され、大人達の汚い権力争いの中に身を置いていたカストルだからこそ、アークロッドの立場がどれほど過酷かを誰よりも理解し、そしてアークロッドをそこに追いやったことに責任を感じていたのだ。

「カストル、お前のせいじゃない」

「なら――……」

「だが、もう決めたんだ」

「……」

アークロッドの決意に、カストルは黙り込む。

それはどこか、小さな子供が我儘《わがまま》を堪えている様子にも見えた。

ガタガタと揺れる馬車の車内に、日が差し込む。

窓から外を見れば、田園地帯のその向こうから朝日が昇ってくるのが見えた。

「本当に、それでいいのか？」

カストルの声は、朝の冷たい空気のように静かだった。

「何のために生き抜いた？　耐え抜いた？　この五年を、君は……」

「……」

アークロッドの異母兄は、評判こそ悪かったが王妃を母に持つ正当な血筋の後継者だった。片やアークロッドは、帝王学をまともに学んだこともなく、強い後ろ盾もない。

普通に挑んだところで、敵うわけがない戦いだ。

必死だった。死に物狂いだった――……。

「……十分、報われたよ」

アークロッドも、静かな声で返す。

『あなたの求婚を断ったことを後悔していたの』

そう言って、アニはアークロッドの想いを受け入れてくれた。

全てをアークロッドに与えてくれた。

いつか彼女が他の誰かのものになったとしても、けれどあの夜だけはアークロッドのものだったのだ。

それで十分だ。十分すぎるほどに、報われた。

「――……だから、アニの裁判が終わったら、俺は国に帰る」

「……この頑固者」

カストルの悪態に返す言葉もなく、アークロッドはただ小さく笑うしかない。

窓の外では、色褪せた百日紅が夏の終わりを告げていた。

第十一章　裁判

王宮に戻ったアニ達を出迎えたのは、泣き腫らした目をしたベガだった。

「お姉様の馬鹿‼　どうして何も相談してくれなかったの⁉」

そうしてアニに抱きつき、彼女はわんわんと声を上げて泣いた。

常に淑女として淑やかに振る舞っていた彼女のあまりの泣きように、アニは圧倒され、ただただ謝るしかない。

「ごめんね。ごめんね、ベガ」

「ベガ。気持ちは分かるが、少し落ち着きなさい」

そう言って、ベガを優しく窘《たしな》めたのはロルフィーだった。

「父様……」

「言いたいことは山ほどあるが、無事に帰って来たからもういい」

紫の美しい瞳を細めて微笑むロルフィーに、アニは涙を堪えて抱きつく。

「ごめんなさい、父様」

「いいから、カティアに顔を見せてやってくれ」

カティアはいつもの彼女の部屋で、寝台に腰かけてアニを待っていた。

「母様!!」

「アニ!!」

カティアが広げた腕の中に飛び込もうとして、アニは二の足を踏む。

「怪我は……」

「大丈夫よ」

瞳を潤ませながら、カティアは微笑んだ。

「大切なことを、黙っていてごめんなさいね。あなたが、自分の気持ちを押し殺して笑う子だと知っていたはずなのに……。どうか許してちょうだい」

「……母様！」

堪えきれず、アニはカティアに抱きつく。

優しい腕に子供のように甘えながら、アニは涙を流した。

「ごめんなさい、母様。ごめんなさい……っ」

「アニ。本当に、無事でよかった……っ」

王宮に戻ったアニを多くの召使いは笑顔で迎えてくれたが、中にはよそよそしくなった者や、あからさまに顔を背ける者も少なからずいた。

廷臣達のアニへの反発は更に分かりやすく、彼らは声高にアニへの処罰を求め、アニを以前と変わらず王女として扱うロルフィーへの不満も隠そうとはしない。

ウィルダーン一族への恨みが、今も色濃いのは明らかだった。

けれど優しい家族と、しばらく王宮に滞在することになったアークロッドに囲まれて、アニはその幸せを噛《か》み締め日々を過ごした。

そして王宮に戻って十日後。

アニの裁判が始まった。


王が有する統治権とは、主に三つの権利の総称を言う。

司法権、立法権、行政権。

かつて民を省みない王族を革命によって廃した国が、この三権をそれぞれ独立させ、担当機関が互いに互いを監視することで国家を運営した。これを〝三権分立〟と世に言うのだが、王族の統治に慣れ親しんだ人々には受け入れがたかったようで、結局この三権分立を生み出した国家は瓦解。以来、三権分立の考えは机上の空論とされていた。

だが、エドライド国王ロルフィーが数年前にこの三権分立を断行。

当初は無茶だと思われたものの内政に大きな混乱が出ることもなく、エドライドは大陸で唯一、三権分立を成し遂げた国として讃《たた》えられた。

……が。

裁判が行われる大聖堂の控室に、国王ロルフィーの絶叫が響き渡る。

「三権分立なんてするんじゃなかったーーー!!」

自ら三権分立を推し進めた〝賢王〟として、ゆゆしき発言である。

愛娘アニの命運が決する裁判とあって、ロルフィーはとてもではないが落ち着いていられないらしい。

「カティアとの時間を確保したいが為に三権分立なんてしなければ、国王権限で即刻アニを無罪にできたというのに……っ」

壁に額を預けてブツブツ呟《つぶや》く父親の姿に、カストルは顔を顰《しか》める。

「え、待って父上。歴史的改革を断行した理由がそれ？」

「悪いか!?　税金の計算やら予算の確保やら、それだけでも頭が痛いのに、その上裁判がどうの法律の改正がどうのと、やっていられるか!!」

父子の問答を脇目に、アニは深呼吸した。

緊張で震える手を、握り締める。

王宮を出る間際に、カティアとベガが手を握ってくれた。

『きっと大丈夫よ。うまくいくように、ここから祈っているわね』

『姉様、頑張ってね！』

怪我で動けないカティアと、そのカティアに付き添うために、ベガは王宮に残っている。

彼女達が待つ王宮に、本当に帰れるのだろうか。

ハルマンもスティーネも、いまだにアニがカティア殺害未遂の共犯だと言い張っているらしい。

ウィルダーン一族を憎む人々の声も、止む気配はない。

（もし、有罪になったら……っ）

不安に慄《おのの》くアニの肩を、そっとアークロッドが包んでくれた。

「アニ。落ち着いて、ありのままを話せばいい。後ろめたいことは何もないんだから」

その優しい眼差しに、アニの不安は解れていく。

微かではあったが、アニは微笑むことができた。

「うん」

「絶対に大丈夫だ。いいね？」

「うん」

その後、呼び出しを受けたアニは案内されるままに大聖堂に足を踏み入れた。

アニの姿を見るなり、それまでざわついていた傍聴席に座る人々が一斉に静まり返る。

見知った顔も当然多かったが、嫌悪を頬に滲《にじ》ませる者や興味津々というように目を輝かせる者など、反応は人それぞれだ。

ひそひそと、囁《ささや》く声が聞こえる。

何を言っているかは分からなかったが、悪く言われているように思えてしまう。

囁きはさざ波のように広がり、その空気にアニの足は震えてその場から動けなくなった。

「静粛に。――被告人、前へ」

司法長官ルフレアの厳格な声が、大聖堂の空気を震わせた。

ルフレアは簡素な黒い法服を纏《まと》い、祭壇に立っている。長い髪をきっちりと結い上げ、凍っているかのように表情を動かさない彼女のさまに、アニはごくりと喉を鳴らした。

一度だけ街で顔をあわせたことを、彼女は覚えているだろうか。あまりいい印象を持たれている気はしない。その上彼女は、ウィルダーンによって最愛の夫を奪われている。もし彼女が、それを今も恨みに思っていたら……。

小さな靴音がして、見れば傍聴席の最前列にアークロッドやカストル、そしてロルフィーが座るところだった。

アークロッドの灰緑の瞳が、頷《うなず》くように瞬く。

それに、アニも瞬きで返した。

深く息を吸い込んで、アニは大聖堂の中央に設けられた証言台に進む。

「まず、宣誓を」

ルフレアに促され、アニは右手を肩まで上げた。

「神と王と国の名のもとに、真実だけを述べることを誓います」

「よろしい」

ルフレアは、目線を手元に落とす。書類を整える音がした。

「アニ王女。今回、あなたには実の母であるスティーネ、並びに護衛騎士ハルマンと画策しカティア王妃を殺害しようとした罪が問われています。この罪を認めますか？」

「いいえ！」

思っていたよりも大きな声に自分で驚き、アニは口を噤《つぐ》む。一度、また深く呼吸した。

「いいえ、違います」

落ちついた声で否定すると、ルフレアは重ねて問いかけてきた。

「ですが先日行われたあなたの実の母親であるスティーネの裁判では、スティーネはあなたに王宮に引き入れてもらったと証言しています」

スティーネの裁判は、数日前に既に始まっていた。けれど不都合な事実を指摘されるたびにスティーネが喚き散らしてまともな審議にならず、彼女の裁判は一向に進んでいないという。

『私は悪くない』『ハルマンに言われてやっただけだ』『王宮にはアニに招き入れてもらった』――彼女はそれだけをただ繰り返しているらしい。

「確かに私はスティーネを王宮に引き入れました。でもそれは、母様を……カティア王妃を害する目的ではありません」

「では、どうしてそんなことを？」

ルフレアの怜悧《れいり》な眼差しに竦《すく》みながらも、アニは証言を続けた。

「それは……私は、あ、ある人のことが忘れられなくて、その人以外の人と結婚するのが嫌で、それをスティーネに相談していました。そうしたらスティーネが、カティア王妃に話をつけると……まさかあんなことをするなんて思いませんでした」

アークロッドの視線を感じたが、あえてそちらを見ようとはしなかった。

傍聴席の人々が、囁き合う。

ルフレアはまた「静粛に」と口にした。

「では、アニ王女。あなたはスティーネがカティア王妃を害するつもりであることを知らなかったということですか？」

「は、はい」

「嘘《うそ》をつけ！」

背後から糾弾され、アニは思わず振り向いた。

階段状になっている傍聴席の高い位置で、リクセル公爵が立ち上がる。

「そいつは全部知っていたんだ！　母親と護衛騎士と一緒にカティア王妃殺害を計画したんだからな！」

スティーネが公爵邸にいたことについて、リクセルはカストルの追及に『知らなかった』と言ったそうだ。

『行くところがないと困っている彼女に偶然出会いましてね。気の毒に思って領地にある屋敷に住まわせてやったんです。ええ、もちろん素性など知りませんでしたよ。知っていたら当然騎士団に通報したでしょう』

リクセルはそう言って、悪びれもしなかったようだ。

ハルマンがアークロッドを閉じ込めて火を放ったことについても『誰の仕業か知らない

がたちの悪い悪戯ですよ。偶然迷いこんだ旅人がセルト王国の新王太子殿下だったとは驚きですね』ととぼけたらしい。

どうやらハルマンは自分が捕まった時まで見越して、リクセルにどうあっても知らぬ存ぜぬで通せと指示を出していたらしい。

牢《ろう》の中のハルマンもリクセル公爵との関係についてはしらを切り、その為今もってハルマンとリクセル公爵、そしてスティーネの関係性は明らかになっていなかった。

「王女の地位を取り上げろ！」

「極刑にするんだ！」

リクセル公爵に賛同するように、傍聴席のあちこちから声が上がった。

アニは人々の罵倒に怯《おび》え、震えあがる。

世界中が自分の死を望んでいるように思えて、恐ろしくて仕方がない。

耐えかねたように立ち上がろうとするロルフィーの腕を、カストルが引き留めるのが見えた。

「父上、堪えて」

「だが、カストル」

「今父上が表立っても、姉上の立場が悪くなるだけだ」

その隣で、アークロッドは深く腰掛けたまま状況を静観している。ただその手は、爪が食い込むほどに強く握り締められていた。

そんな彼らの姿を見て、アニは霧散しかけた勇気を必死に掻《か》き集める。

（一人じゃない）

少なくとも、彼らだけはアニの無実を信じてくれている。世界中を敵に回しても、アニの味方でいてくれる。

（なら、私が逃げるわけにはいかない！）

震える唇を嚙《か》み締めて、アニは俯《うつむ》きがちだった顔をまっすぐに上げた。

「静粛に!!」

少し苛立ったように、ルフレアは傍聴席を見渡した。

「静まりなさい。ここを何処だと思っているのです。リクセル公爵も、どうぞご着席を」

その怜悧な眼差しに人々は口を閉ざし、リクセルも気まずげに腰を下ろす。

それらを見届けると、ルフレアはやれやれというように息を吐いた。彼女は指先で、手元の書類をめくる。

「アニ王女は、自分がウィルダーン一族の血筋だということを知ったのは事件後だとありますが、本当ですか？」

「は、はい」

頷くアニを、ルフレアはじっと見つめる。

「では王家に廃された一族の復讐《ふくしゅう》としてカティア王妃の殺害を計画するというのは、いささか無理があるようですね」

確かに、という囁きが傍聴席から聞こえた。

これに焦ったように、リクセル公爵はまた立ち上がる。

「実の母親であるスティーネと頻繁に会っていたんだぞ！　知らなかったはずがない！　ウィルダーン一族がどのように没落したか母親から吹きこまれて、王家に対する恨みをつのらせていたんだ!!」

「それをどう証明しますか？」

「証明なんて必要ない！　そうに決まってる！　そいつはウィルダーン一族の血を引いているんだぞ！　鬼畜で冷血で、大ほら吹きだ！　嘘くらい簡単につく！　どうしてそんなことも分からないんだ!?」

リクセルは必死だ。

しらばっくれてはいても、ハルマンとの関係を疑う噂《うわさ》は徐々に広がっている。

もしここでアニが有罪とならなければ――〝ウィルダーン一族による王家への復讐〟という図式が完成しなければ、自分の立場が危ういということくらいは彼にも分かるらしい。

リクセルに罵倒されても、ルフレアの表情は一切揺らがなかった。

「そう言えば、リクセル公爵閣下」

まるで煩い蠅《はえ》が飛んでいるとでもいうように、彼女はちらりとリクセル公爵を見やる。

「アニ王女がウィルダーン一族の血を引いていると、最初に発言したのはあなたでしたね。もし間違いであれば、王女に対する不敬罪に問われかねない発言です。当然、確証を持った上で口にされたのでしょうね？」

蔑むようなその眼差しにリクセル公爵はびくりと肩を揺らしたものの、大きく首肯した。

「も、もちろんだ！　私は……」

「おかしいですね」

公爵の発言を遮るようにして、ルフレアは尋ねた。

「国王夫妻並びにごく一部の者しか知り得なかったアニ王女の出自について、何故あなたが知っていたのです？」

「え……」

「誰から聞いたのですか？　よっぽど信頼できる者から聞いたのでしょう？」

「そ、それは……」

リクセル公爵の顔色が、さっと変わった。こめかみから、冷や汗が流れ落ちるのが見える。

「な、名前は知らん。別に誰だろうとかまわないではないか」

「名前も知らない者からの情報を、信用できる情報だと判断したのですか？」

「う……」

リクセル公爵は小さく唸《うな》って、俯いた。

けれどルフレアはさらに続ける。

「名前がわからないなら、その者が住んでいる場所は？　証人として出廷させますから、今すぐその者がどこに住んでいて、どのような風体なのか仰ってください」

「い、いや……それは」

俯いたまま、リクセル公爵は口籠る。

その見るからに怪しい挙動を見て、傍聴席に座る人々がまたヒソヒソと囁き始めた。

風向きが変わりつつある。アニはそれを肌で感じた。人々の疑いが、アニではなくリクセル公爵へと向けられ始めている。

遂に公爵が黙り込み、身を縮めるようにして椅子に腰を下ろした時。

祭壇に近い場所にある扉が開き、書記官が入ってきた。

彼はルフレアに駆け寄り、声を低めてルフレアに耳打ちする。そして一枚の紙切れを手渡した。

何事かと人々が見守る中、書記官は一礼して退出していく。

手渡された紙切れの内容を確認したルフレアは、視線だけで人々を見渡した。

「――騎士ハルマンを取り調べていた騎士団からの知らせです。ハルマンが、すべてはアニ王女を貶《おとし》めるために自分が仕組んだことだと認めたようです」

大聖堂を、大きなどよめきが包んだ。

「そんな……!!」

リクセルが真っ青な顔で震え出す。

「そんな馬鹿な……!!」

「リクセル公爵との関与も供述し始めたとあります——公爵。これよりあなたの身柄は騎士団預かりとなります」

大聖堂内部を警備していた騎士達が、リクセルを取り囲む。

「や、やめろ‼　私は王族だぞ‼　王位継承権を持つのだぞ‼　この紫の目が見えないのか⁉」

リクセルは暴れたが騎士達は難なくそれを押さえ込む。

両腕をそれぞれ騎士に摑《つか》まれながら、リクセルは髪を振り乱して叫んだ。

「わ、私はあの騎士に言われただけだ！　アニ王女を貶めれば王位が手に入ると‼　私はただあの騎士に言われたとおりに……っ」

「早く連れて行きなさい。裁判の邪魔です」

ルフレアが冷たく言い放ち、リクセルは騎士達に引きずられるようにして大聖堂から出て行った。

扉が閉まっても、その喚き声は聞こえてくる。

アニには、事態がよく飲み込めなかった。

これはどういうことだろう。

何故ハルマンは、今更自らの罪を認めたのだろう。

まさか、また何かの罠《わな》なのだろうか。

ルフレアは乱れた書類を手元で整えながら言う。

「養父母との面会の後、騎士ハルマンに心境の変化があったようです。自らの罪を悔い改め、どんな罰も受けると言っているそうですよ。アニ王女にも謝罪したいと口にしているとか」

「……ハルマン」

アニは両手で顔を覆った。

（ああ、きっと……）

きっと彼は知ったのだ。

ウィルダーンの血を引いていると知った上で引き取ったのだと、そう養父母から知らされたに違いない。

血など関係なく自分を愛してくれる人が傍にいたことに、ようやく彼は気が付けたのだ。

よかった、とアニは心から思った。

同情する必要はないとアークロッドとカストルは言ったが、アニはやはりハルマンの心を思いやらずにはいられない。

彼の絶望や孤独を、僅かながらも理解できるからかもしれない。

「そもそもカティア王妃様のお話によれば、アニ王女は赤ん坊の折に曾祖父《ウィルダーン》の企みに利用されて捨てられたようなものというではないですか。それを血の繋《つな》がりだけ持ち出して復讐だのと糾弾すること自体に無理があったのです」

ルフレアのそれは、独り言のようだった。

まるで、最初からアニを断罪するつもりなどなかったかのような口ぶりだ。もしかしたら彼女は立場上アニを出廷させざるをえなかったものの、リクセルに対して疑念を抱いていたのかもしれない。

ルフレアは小さく嘆息し、気を取り直したように前を見た。

「――さぁ、アニ王女。これであなたは罪に問われることはなくなりました。ですが、無罪放免を言い渡す前に伝えたいことがあります」

足元に置いてあった抱えるほどの大きさの箱を、彼女は持ち上げた。

「ここに、あなたの無罪を訴える上申書があります」

「え？」

アニは顔を上げた。

ルフレアは箱を祭壇に置き、中から次々と書簡を取り出した。

「これは宰相令嬢のユフィール嬢からの物です」

傍聴席の隅にひっそりと座っていたユフィールが、すっと立ち上がるのが見えた。

「あなたが王妃様を害するなど有り得ないと書いてあります。あなたは困っている人を放ってはおけない優しい人物で、復讐など考える人ではない、と」

背筋を伸ばしたユフィールが、アニに向けて緩やかに微笑む。

「これはシドラー家のアルフィーネ夫人からです。やはりあなたの無罪を訴えています。彼女にとってあなたの友人であることは、今も誇りであるそうです」

仲間内で一番早く結婚した、例の友人だ。ユフィールの傍に座っていた彼女も、緊張した面持ちだったが、躊躇《ためら》わずに立ち上がった。

それに呼応するように、あちこちで人々が立ち上がり始める。

皆、アニの見知っている人だ。頻繁にやり取りをしていた人から、数度しか話したことがない人まで、誰もが優しい眼差しをアニに向けていた。

本来ならば着席を促すだろうルフレアは、彼らに何も言わない。

「それから、これは厩舎係《きゅうしゃ》からです。やはりあなたは罪を犯すような方ではないとあります。こちらは、あなた付きの侍女から。定期的に慰問に行かれていた養護院の院長からも来ています。そこの子供達からも——これは上申書というより、あなたへの私信ですね。またあなたに本を読んでもらいたいそうですよ」

アニの瞳から涙が溢《あふ》れ始めた。

悲しい涙ではない。

温かいその涙はアニの顎を伝い、大理石の床にポタポタと滴った。

（皆……っ）

この身に流れている忌まわしい血を知ってもなお、アニを受け入れてくれる人はこれほどいるのだ。

アニが自分は一人なのだと思い込み、泥のような自己嫌悪の中でもがいていた間も、彼らはアニの無実を信じ、行動してくれていた。

それが嬉《うれ》しくて、そして申し訳なかった。

心のどこかで、彼らがアニと親しくしてくれるのは、アニが〝王女〟だからだと思い込んでいた。本当の意味でアニを受け入れてくれるのは家族だけだと、決めてかかっていたのだ。

「これは、ごく一部です。あなたが裁判にかけられると決まった日から、同じような内容の上申書が身分を問わず、多くの者から寄せられています。あまりに量が多いので、資料室が上申書で埋まってしまいました。こんなことは初めてです」

ルフレアは手に取った書簡を箱に戻し、背筋を正す。

そして小さく嘆息した。

「正直に言います。私は今回、あなたがウィルダーンの血族であると聞いて、あなたを疑いました。やはり、あのウィルダーンの血は争えないと。――……あなたの人となりを知らず、私と同じように血筋だけで判断した者は多かったはずです。ですが、そうではない清廉な方も多くいました。それを、あなたには知っておいていただきたいと思いました」

気付けば、傍聴席のほとんどの人が、その場で立ち上がっている。

リクセル公爵に呼応するようにアニを糾弾した人々はいない。どうやら逃げ出したようだ。おそらく、後ろ暗いことがあるのだろう。

「あなたは今まで、王家の血を引かないことでつらい目に遭われたことも多くあるでしょう。でも、あなたは卑屈になることもなく朗らかな笑顔で常に人の心に寄り添った。それが、この結果です」

　そう言って、ルフレアは上申書が入った箱を指し示す。

「私は……私はただ……っ」

　嗚咽《おえつ》の中から、アニは喘《あえ》いだ。

「そんなふうに、言ってもらえる人間じゃありません……っ」

　ただ、皆に嫌われるのが怖かっただけだ。

　人の顔色を窺うしかできない臆病者。

　そんな自分を隠す為には笑うしかなかった。

　──道化みたいで嫌になる。

　──俺は君を道化だとは思わない。

　過去の会話が、脳裏をよぎる。

『君の周囲にいる人が皆笑っているのは、君と一緒にいるのが楽しいからだ。一緒にいると心が穏やかになるからだ。それは、君が人の心に寄り添っているからだと思う。──それを、〝人の顔色を窺う〟とは言わないよ』

　アークロッドに目をやれば、彼も穏やかに笑っていた。

　笑うことが苦手だった彼は、近頃よく笑うようになった気がする。

　それは何故か──……。

　ルフレアが、不意にアニに歩み寄った。

涙を流すアニに、彼女は柔らかく微笑みかける。

アニが見た、彼女の初めての笑顔だった。

「忘れないで下さい。血筋も生まれも関係ありません。あなたはあなた自身で、自身が高貴な存在であることを証明しました。どうか胸を張って。あなたは多くの人が認めた、この国の正統な第一王女です」

「――――はい……っ」

アニは、大きく頷いた。

ウィルダーンの血を引くことは、もしかしたら、これからもアニを苦しめることがあるかもしれない。

それでも、きっと耐えられると思った。

一人ではないから。

こんなにたくさんの人が、アニを受け入れてくれたから。

しゃくり上げるアニの肩を優しく一度撫《な》で、ルフレアが囁いた。

「あの時、孫を助け起こして下さってありがとう」

驚いたアニが見返すと、ルフレアはもう一度優しく微笑んでくれた。けれどすぐに踵《きびす》を返す。

元いた場所に戻って振り返った彼女の顔は、既に公正な司法長官のそれへと戻っていた。

「――判決を言い渡します。カティア王妃殺害未遂の共謀罪について、アニ王女は無罪放免。本件はこれにて閉廷します」

　無罪の判決が下され、大聖堂は大きな歓声に包まれる。

　人々に囲まれて喜びの涙を拭ったアニは、その場にアークロッドがいないことにすぐ気が付いた。

「アーク?」

　見回すが、彼は見当たらない。

「王女?　どうなさったのですか?」

「ちょっと、ごめんなさい」

　妙な不安に突き動かされ、アニは友人達をその場に残して走り出す。

　大理石の廊下を抜けて、中庭を覗《のぞ》く。その向こうに、アークロッドが身に着けていた外套《がいとう》が翻るのが見えた。

　急いで後を追いかける。

「アーク!!」

　アニが呼び止めた時、彼は裏門に続くなだらかな階段の中ほどにいた。

　階段の下に、ダンが馬車を用意して待っている姿が見える。

　立ち止まってはくれたものの、アークロッドは振り向こうとしない。

不安に高鳴る胸を押さえ、アニは尋ねた。

「……どこに、行くの？」

「……」

ゆっくりと、アークロッドが振り向く。

その頬に、感情の色は見てとれなかった。

「……国に帰る。早く帰って来いと、父から再三手紙が来てるんだ」

彼が言う〝父〟とは、おそらく実の父親であるセルト国王のことだろう。

立太子はまだとはいえ、次代を担う王子が身分を隠して他国をふらついていれば、父親が心配するのは当然だ。

だが、これほど急いで帰る必要があるのだろうか。

「あなたは、もう一度私に求婚してくれるんだと思ってた」

気付いた時には、アニはそんな言葉をアークロッドに投げかけていた。

「私、自惚《うぬぼ》れていた？　あなたが私を好きでいてくれるって、勘違いだった？」

湿った風が、アークロッドの赤い髪を揺らした。

焦げた髪を切り揃《そろ》えた為、それは少し短くなっている。

「――自惚れなんかじゃない」

風の音に紛れるようにして、彼は言った。

「好きだよ」

アークロッドの頬に、儚《はかな》い微笑みが歪《ゆが》むように滲んだ。

「初めて会った瞬間から、ずっと。会えなかった間もずっと好きだった。君に相応しい身分が欲しくて俺は——……でも、ダメなんだ」

涙を堪えるように、彼は目を伏せた。

その姿は痛々しくて、とても見ていられない。

アニもまた、目を伏せる。

「どうして？」

震える声で、ようやくそれだけ尋ねる。

「理由くらい、教えて」

「……」

アークロッドは迷っているようだった。けれど結局、彼は口を開いた。

「母が、死んだんだ」

「……それは」

もう聞いた、と言おうとして、アニは口を噤んで顔を上げた。

アークロッドのつらそうな表情に、〝死んだ〟のが彼のもう一人の母親であることを悟る。

「育ての、お母様？」

「……」

目を伏せたまま、アークロッドは話し始めた。

——一年前。

アークロッドは、次期王位継承者の座を巡って争っていた異母兄と、その母親である王妃を確実に失脚させられるだけの切り札を、遂に手に入れたところだった。

後はその切り札をいつ切るか、そのタイミングを計るだけ。

同盟国に赴くことになったのはそんな折のことだ。

セルト王国の一番大きな港から出航して二日ほどの距離にあるその小さな島国で、国王の在位二十年を祝う式典が催されるという。その式典に、アークロッドは国王代理として出席することになった。

いよいよ明日出発、という段で、アークロッドの母が『ついて行く』と言い出した。

アークロッドが、少し風邪気味だったことを気にしたのだろう。

アークロッドは少し迷ったものの、結局はかまわないだろうと了承した。心配性な母がそれで安心してくれるならと、そう思ったのだ。

アークロッドと母は、王族専用の大型の帆船に乗り込んだ。

出航して一日目。

久しぶりに二人で食事を囲んで、アークロッドはその時初めて母にアニの話をした。

生まれて初めての、そして最後であろう一目惚れ。彼女以外考えられないのだと言ったアークロッドに、母は口をあんぐりさせていた。

感情表現がとにかく地味な息子のまさかの一目惚れ。驚くのも無理はない。

だが、彼女が着目したのはそこではなかった。

『エドライドの王女って……じゃあ……あれよね。私の好きな』

やっぱりそこか。アークロッドは小さく苦笑した。

『〝ローウェルの悪女〟？』

『そう!!　あなたが恋したのは、その〝悪女の娘〟ってことね？』

凄いわ、と母は目を輝かせた。

『私の息子が〝悪女の娘〟と結婚するなんて！』

『いや、結婚はまだ決まったわけじゃ……』

アークロッドは狼狽《うろた》えた。

カストルが提示した条件を満たす目算はついている。けれど、アニに求婚したとしてそれを承諾してもらえる保証はない。何せ、一度断られているのだ。

けれど母は興奮冷めやらぬという様子で椅子から立ち上がると、アークロッドの手を力強く握り締めた。

『頑張りなさい!!　陰険王妃と馬鹿王太子なんてさっさと打ち負かして、〝悪女の娘〟にもう一度求婚しに行くのよ!!』

その時は私も連れて行ってね、と笑う母にアークロッドは噴き出した。我が母ながら、なんて現金な女性なんだ。

――――大きな爆発音が聞こえたのは、その直後だ。

火薬の匂いが立ち込める中、青い顔をした船員達が走っていく。そんな彼らと逆行する一団がいた。彼らは船員の制服を着てはいたが、その手には長剣を握り、甲板に避難していたアークロッド達に襲いかかってきた。異母兄と、王妃の差し金に違いなかった。

ダンや護衛の騎士達が、刺客達を相手にしながら叫ぶ。

『アークロッド様!!　母君を連れてお逃げください!!』

だが、そこは海の上だ。逃げ場はない。

母を背に庇《かば》って何人かを蹴散らした時、波に煽《あお》られて船体が傾いだ。

視界の端で、母が大きくよろける。

『母上!!』

手を伸ばしたが、間に合わない。

手摺《てすり》を越えて落ちていく母を追って、アークロッドも咄嗟《とっさ》に海に飛び込んだ。

手は、摑んだ。

けれど母は完全にパニックになっており、アークロッドの手は振り払われた。

うねる海流の中で、平常心を失い手足を大きく振り回す母。

肺に吸い込んだ酸素は急速に、そして確実に失われ、母親ほどではなくともアークロッド自身も平常心ではなかった。

早く母を助けなければならないのに——焦れば焦るほど、身体は上手く動いてくれない。

もがいていた母の、腕の動きが不意に止まる。

（母上——!!）

水の中で、アークロッドは叫んだ。すると、口に入り込んだ海水が気管に押し寄せてくる。

覚えているのは、それが最後だった。


「……君の時は、上手く助けることができた——夢の中で、何度も練習したからかな」

この時、アークロッドは話し始めてから初めて、目を上げてアニを見た。

それから、ふっと儚く笑う。

「……っ」

堰《せき》を切ったように、アニの目から涙が溢れ出る。

何度も何度も、アークロッドは繰り返し母を失う夢を見たのだろう。

そしてその度に、救命の為に手を伸ばす。

それを繰り返すうちに、母親を助けて海岸に辿《たど》り着いたこともあるかもしれない。——

けれど目を覚ませば、待っているのは母親は死んだという現実だ。

アニは、カティアが死んだと聞かされた時の衝撃を思った。

あの目の前が真っ暗になるような絶望感。そしてたとえようのない喪失感。

アニにとってそれは幸いにも間違いであったけれど、アークロッドは本当にその衝撃を味わったのだ。

「育ての父が死んだのは、母が死んでから五日後だ。母の死を知らされて——胸を押さえてその場に倒れ込んだらしい。……死に目には会えなかった」

アークロッドの唇から、微笑みが消える。

感情が消え失せたその横顔は、酷く痛々しかった。

こんなふうに、彼はいつも心の痛みを隠していたのだ。

抱き締めてあげたかった。でも、それは叶《かな》わない。

彼が、それを望んでいないからだ。

音もなくアークロッドは後ろへと下がり、一段、階段を下りる。

「俺は、自分が許せない」

もう一段、彼は階段を下りた。

一歩一歩、彼はアニから遠ざかっていく。

「あんなに愛してもらったのに、あんなに大切に育ててもらったのに、何も彼らに返せなかった自分が許せない。彼らを死に追いやった自分が、この世の何より憎くてたまらない。俺は——俺が幸せになるのが許せない」

アークロッドの頬が苦痛に歪む。

そこを、一筋の涙が静かに流れ落ちた。

「アーク……」

無意識に、アニはアークロッドを追って一歩を踏み出した。

けれど、来るなというようにアークロッドは首を振った。

「すまない。君を……傷つけるつもりじゃなかったんだ。ただ一目会いたくて、それだけだったのに、顔を見たら……」

「謝らないで」

アニも、首を振る。

何も、彼は悪くない。

全てアニが望んだことだ。彼に抱き締めて欲しいと、触れて欲しいと、アニ自身が望んだのだ。

「本当に申し訳ないと思ってる……」

また、アークロッドはアニから遠ざかる。

「アーク……アークお願い、行かないで」

アニは懇願した。

彼に抱きつきたいのに、足を踏み出す勇気がない。

「アーク……っ！　行かないで」

名前を呼ぶことしかできなかった。

今引き止めなければ、きっともう二度と彼に会えないと分かっているのに。

「――俺のことは忘れて、幸せになってくれ」

古典にある恋愛劇のような使い古された別れの言葉を口にして、アークロッドは踵を返した。

足早に階段を下りていくその背が、涙で滲んで見えない。

「アーク!!　アーク待って……っ!!」

涙が止まらなかった。

一度だけでいいから振り向いて欲しい。

一度だけでいいから。

けれど、アークロッドは振り返らなかった。

彼はそのまま待っていた馬車に乗りこみ、そして馬車は動き出す。

「アーク!!」

馬車を追いかけようとしたものの、足がもつれる。

アニはその場に膝から崩れ落ち、手をついた。

「姉上!!」

どこで、いつから見ていたのか、駆け寄って来たカストルにアニは縋《すが》りつく。

「カストル。わ、私フラれちゃった……っアークに置いていかれちゃったぁ!!」

子供のように、アニは手放しで泣いた。

いいや、子供の頃でさえ、アニがこんなふうに泣くことは多くはなかった。

いつだってアニは、泣くのを堪えて笑っていたから。

「ごめん、姉上……。あいつの頑固さを甘くみてた僕のせいだ」

何故カストルが謝るのだろう。アニには分からなかったが、彼が強く抱き締めてくれた

ので、安心して泣き続けることができた。

かつてのアニは、カストルさえいればよかった。カストルさえいてくれればアニは楽し

くて、家族さえいれば世界は完璧だった。

けれども、カストルや家族では駄目なのだ。

いつの間にかアニの世界はアークロッドを中心に回っていて、誰にも代わりは務まらな

い。

「こうなったら最終手段だ」

耳元で、カストルが囁いた。

「……姉上、ねぇよく聞いて」

終章　政略結婚

白い空間が広がっていた。

そこに死んだ育ての両親が立っていて、小さな子供の姿をしたアークロッドは彼らに走り寄ろうとする。

けれど、その距離が何故か縮まらない。

『父上！　母上！』

アークロッドが呼ぶと、彼らは悲しい顔で首を振る。

近づいてはいけないのだ、とアークロッドは悟った。

悄然《しょうぜん》と俯《うつむ》き、立ち止まる。

——当然だ。自分は、恩を仇《あだ》で返してしまったのだから。あれほど愛情深く大切に育ててもらっておきながら、彼らを無残な死に追いやった。

『アーク』

呼ばれて顔を上げると、母が何やら喚いていた。

『本当に、馬鹿な子ね‼』

「よくお休みになられましたか？」

祖母ほども年が離れた侍女長が捧《ささ》げ持つ濃い胡桃《くるみ》色の上着に、アークロッドは袖を通した。

「……あまり」

「そうでございましょうとも。今日はとうとう立太子式でございますからね。緊張なさるのも無理ございません」

にこやかにそう言うと、彼女はアークロッドの正面に回り、小さなボタンを上から順番に留め始めた。

それを合図に周囲に控えていた侍女達が、重い飾りがついた外套《がいとう》や飾剣を手にアークロッドを飾りたてる。

「上着のお色味が少し地味なのでは？」

「いいえ。殿下の綺麗《きれい》な赤い御髪を引き立てるには、これくらいが丁度良いのです」

「では、せめて飾りを金色に」

侍女達にされるがままになりながら、アークロッドはぼんやりと窓の外に目をやった。

（別に、緊張で眠れなかったわけじゃないんだが……）

楓《かえで》の葉は、早くも赤く色づき始めている。今年は天候に恵まれ、羊も良く肥えた。この分なら今年の冬は楽に越せるだろう。

（……夢を見たな）

両親の夢だ。

エドライドから帰って来て、時折同じ夢を見る。両親が悲しげにこちらを見つめている夢。決まって母は、最後にこう言うのだ。『馬鹿な子ね』と。

死者は夢を通して何かしら伝えてくるのだと言っていた宗教家がいたが、それなら両親は何を伝えようとしているのだろうか。

半分ではあるものの血の繋《つな》がった兄を追い落とし、育ての親を死に追いやり、そうして手に入れた権力の座に就く養い子に、彼らが伝えたいのは恨み言か。それとも諫《いさ》めの言葉か。

「さぁ、できましたよ」

「何てご立派なんでしょう」

口々に侍女達がほめそやす。

けれどアークロッドは鏡に映る自分を無感動に眺めるばかりだ。

五年にわたる王位継承争いを制して王太子になる感動も、達成感も、何も感じない。

（何をしてるんだろうな、俺は）

権力が欲しかったわけではない。

王太子になりたかったわけでも、国王になりたかったわけでもない。ましてや、国が欲しかったわけでもない。それなのにそれらを手に入れ、そして投げ出すすべもない。

本当に欲しいものや、大切なものを全て失ってしまったというのに。

この先の長い人生を思うと、憂鬱でしかない。

何を励みに生きていけばいいのだろう。

喜びも高揚もなく、ただただ為政者として日々を過ごす人生はあまりに色褪《あ》せて見える。

けれど、それが自分に課せられた罰なのだとしたら、甘んじて受け入れるしかないのだ。

扉を叩《たた》く音がして、ダンが部屋に入ってきた。

「国王陛下がお呼びです。ご相談があるとかで」

「……今行く」

アークロッドは大きく溜息《ためいき》をつき、歩き出す。

実父である国王は優しいと言えば聞こえはいいが、はっきり言えば気弱で決断力に乏しい人物だ。王妃や長子である異母兄が国政を私物化してもろくに諫めることもできず、彼らを離宮に幽閉した後もアークロッドがいなくては簡単な決裁すらできない。アークロッドがエドライドに行きたいと言い出した時も、反対こそしないものの『頼むから早く帰って来ておくれ』と懇願してきたくらいだ。

悪い人ではないが、尊敬はできない。口にこそ出せないが、アークロッドにとっての父親は、死んだ養父その人だけだった。

「陛下。お呼びと伺いましたが――……」

国王が待っていると聞いてその部屋を訪れたアークロッドは、実父と円卓を挟んで向かい合って座る人物を見るなり、仰天して凍りつく。

「おお、アークロッド。支度はすんだようじゃな。似合うではないか。立派な姿が見れて嬉《うれ》しいぞ」

セルト国王は、息子を見上げて目尻に涙を浮かべる。彼もまた、立太子式に列するために正装をしていた。

そして、布張りの椅子に優雅に座る一人の貴婦人。

アークロッドの髪の色に似た鮮やかな赤いドレスを身に纏《まと》ったその貴婦人は、見事な金の巻き髪を誇るように背に流していた。

白い頬には薄い頬紅。煌《きら》めく青い目。淡く紅をはいた唇で緩やかに弧を描くその貴婦人は、どう見ても……。

「……アニ」

呆然《ぼうぜん》と、アークロッドは呟《つぶや》いた。

彼女はニッコリ笑うと、背筋を伸ばしたままスッと立ち上がる。

そしてドレスの裾を軽く持ち上げ、優雅に膝を折ってみせた。

「エドライド王国第一王女、アニでございます。つつがなく立太子の儀を迎えられた事を心からお慶び申し上げます。アークロッド王太子殿下」

彼女が口にしたのは、流暢《りゅうちょう》なセルト語だった。

まるで別人である。

真夏の太陽のような彼女の強い生命力はなりをひそめ、楚々《そそ》とした雰囲気はまるで月のようだ。瞬き一つから指の先まで、自らをどう美しく見せるか計算し尽くした身のこなしは、まさに貴婦人。控えめな微笑みは、カティア王妃を思わせる。

「エドライドからそなたの立太子を祝いに、急ぎお越し下さったのじゃ」

セルト国王は上機嫌だった。大国エドライドから祝辞どころか大使が――しかも王女が直々にやって来たのだから、無理もない。

けれど彼の上機嫌は、他にも理由があった。

「実はなアークロッド。今、アニ王女とそなたの結婚が決まったぞ」

「――――は？」

虚を突かれたアークロッドは、盛大に目を剝いた。

（結婚⁉）

何がどうなってそんなことになった。

寝耳に水どころの話ではない。藪《やぶ》から棒。青天の霹靂《へきれき》。

アークロッドのこの様子を、セルト国王は不満と受け取ったらしい。気弱な彼は途端に笑顔をしぼませ、焦るように言い訳を始めた。

「た、確かに突然ではあるが、悪い話ではないぞ？　アニ王女は持参金として大型帆船を十隻お持ち下さるそうじゃ。それだけあれば海防を整えるなり貿易を始めるなり、そなたの好きにできる。以前、国費を賄うために国家事業として貿易をしたいと言っておったじゃろう？」

「その代わりとして、我がエドライド王国はセルト王国が有する海域の通行権を求めます」

セルト国王の隣に、アニが優雅に並び立つ。

「もしお認めいただければ、我が国と貴国との間で度々問題になっていた海域の通行料の件についての諍《いさか》いが解決いたしますし、貴国にとっても損なお話ではないと思いますわ」

「その通りじゃアニ王女。海域を通過することを認めるだけで帆船十隻が手に入る上に、このような美しい姫を王太子妃に迎えられるなど、願ってもないことじゃ！」

「まぁ、陛下ったら。おほほほほほ！」

「はははは‼」

高笑いする国王とアニを前に、アークロッドはまだ呆然と立ち尽くしている。

セルト国王はアークロッドににじり寄った。

「どうしたのじゃ？　こんないい話、滅多にないぞ」

「あ、いや、その……」

頭の回転が、状況に追いつけない。

目の前にアニが現れたことだけでも驚きなのに、そのアニが別人のようで、しかも実父と政略的な話で盛り上がって高笑いしているのだ。

この状況に、どう追いつけと。

セルト国王は珍しく眉間に皺《しわ》を寄せ、厳しい顔をしてみせた。

「よいか、アークロッド。これは内政の混乱のせいで周辺国に経済的遅れをとる我が国にとってまたとない好機じゃ。これを逃してはならん。アニ王女と結婚せよ」

「で、ですが陛下」

「口ごたえは許さんぞ。これは国王命令じゃ」

ビシリと言うと、セルト国王はまた柔和な笑顔でアニを振り返る。

「善は急げじゃ。婚約発表は今回の立太子にあわせてしてしまいましょうかの。婚礼はいつに――いや、後は若い二人で話を進めて下され。立太子式が始まるまで、今少し時間がありますからな」

「かしこまりました、国王陛下」

これまた優雅に跪《ひざまず》くアニに、セルト国王は満足そうだ。

引き止める間もなく、セルト国王は部屋から出て行った。

残されたのは、アークロッドとアニの二人だけだ。

「……アニ、だよな？」

恐る恐る聞くと、それまで淑やかに微笑んでいたアニが、長いこと呼吸を止めていたかのように「プハ！」と息を吐き出した。

「驚いた？　ええ、もちろん私よ。ああ、疲れた。母様の真似って疲れるのよね。でも年配の方に本当にうけがいいの。そりゃあそうよね。母様ってすごく上品で、同性でも本当憧れちゃうもの」

凄まじい勢いで、アニはまくしたてた。

「言っておくけど。結婚できないとか言わせないから。これは国と国との正式な取り決めの上で決定した婚約であって、あなたの個人的感情なんて一切関係ないの。あなたはセルト王国の王太子として国益の為に私との結婚を受け入れるしかないのよ」

「アニ……」

「ほら、見て」

アークロッドが口を挟もうとするも、アニはそれを遮り、一枚の書類を突き付けた。

「国王陛下にはもう署名もらっちゃったわ。もちろん、国王の印章つき。でもあなたのお父様、ちょっと見ただけで内容をきちんと確認せずに署名したのよ。もしエドライドがこの通行権を利用して侵攻してきたらどうするつもりなのかしらね。ちょっと迂闊《うかつ》なんじゃないかしら。でも、そんなことしないから安心してね。軍事利用はしないって、ここに書いてあるでしょう?」

「……」

頭痛がして、アークロッドは額に手をやり俯く。

(カストルめ……)

間違いなく、この黒幕はカストルだ。

大国の権威と経済力を振りかざして政略結婚をせまるとは、まるで物語の悪役のようなやり口ではないか。もっとも、物語の中であれば結婚を迫られるのは女性側《おひめさま》の役割であるはずなのだが。

　ともかく、結婚を承諾するわけにはいかない。

瞼《まぶた》を閉じれば、そこには浜に打ち寄せられた母の、無残な死に顔が浮かぶ。

そして死に顔すら見ることが叶《かな》わなかった父の墓標――……。

彼らを死に追いやった罪は、許されることじゃない。

罪は償うべきだ。

罰は受けるべきだ。

「アニ、俺は……」

「私があなたを幸せにしてあげる」

決然としたその声に、アークロッドは驚き、そして顔を上げる。

そこにいたのは、かつて自らを道化だと卑下した少女ではなかった。

「あなたが言えないなら、私が言うわ。私と結婚して」

胸を張り、前を見据える強い眼差し。

その姿に、アークロッドは言葉を失う。

これほど堂々としたアニを見たのは初めてかもしれない。

彼女はいつも明るく笑っていて、けれどその実、人に拒絶されることに怯《おび》えていた。

「ねぇ、アーク。あなたのお父様とお母様が亡くなられたのは、あなたのせいじゃないわ。あなたのお母様は、断罪された王妃と前王太子に殺されたの」

これに、アークロッドは反射的に反論した。

「でもそれは、俺のせいで……」

もしアークロッドが王位継承権を放棄していれば、彼らが死ぬこともなかったはずだ。

けれど、アニはけろりとした顔でとんでもないことを言い出した。

「じゃあ、あなたのご両親が亡くなったのは私のせいだわ。王位継承争いに加わったのは、私の伴侶として認められる為だったんだから」

「違う！」

思わず、アークロッドは声を荒げた。

「君のせいじゃない！」

アニの伴侶として認められる為――それをアニに話したことはなかったはずだが、どうやらカストルが話してしまったらしい。

「そうよね」

拍子抜けするほどあっさりと、アニは頷《うなず》いた。

「私のせいじゃないし、当然あなたのせいでもないわ。責任があるとすれば、権力に憑《と》りつかれて人の命の重さを見失ってしまった人達よ」

「それ、は……」

簡単には頷けなかった。

頷いてしまえば、自分を許すことになる。

アニはゆっくり歩くと、アークロッドのすぐ目の前で立ち止まった。

「あなたの気持ちも、分からなくはないの。もしも今回のことでカティア《かあさま》が本当に命を落としていたとしたら、きっと私は私を許せないもの。でも……」

俯きがちのアークロッドの顔を覗《のぞ》き込み、彼女は微笑む。

「あなた私に言ってくれたわよね？　『君の家族は君を愛していて、君が自らを痛めつけることなんて望まない』――あれは嘘《うそ》？　私を黙らせるための、その場しのぎ？」

それは、媚薬《びやく》を飲まされ自暴自棄になっていたアニに、アークロッドが言った言葉だ。その言葉は嘘でもその場しのぎの言葉でもなく、アークロッドが心から思ったことだった。

「あなたのご両親は、あなたを愛していて」

アニが、アークロッドの手をとる。

温かくて柔らかいその手に、心が否応なく解れていくのを感じた。

「あなたが自分を傷つけることなんて望まない」

微笑むその青い瞳から、目が逸らせない。

「そうでしょう？」

「……」

何も言えずに、アークロッドは立ち尽くす。

（本当に――……）

両親は、許してくれるだろうか。

何も返せなかったのに、看取ることすらできなかったのに。

後悔ばかりが、胸を過《よぎ》るのだ。

もっと、母の観劇に付き合ってやればよかった。

もっと、父の庭いじりを手伝えばよかった。

もっと――……。

「あ、そうだわ。こういうのはどう？」

名案を思いついたという顔で、アニは人差し指を顔の横に立てた。

「もしもあなたのご両親が恨み言を言いに化けて出たとしたら、一緒に謝ってあげる。ね？」

「……ふっ」

思わず、アークロッドは笑ってしまった。

アニを前にしたら歌劇好きな母は『本物の〝悪女の娘〟よ！』と大興奮するだろう。その姿が、思い浮かんでしまった。

――会わせてあげたかった。あの二人に、アニを会わせたかった。

張りつめていた心が、まるで雪解けを迎えたように一気に溶けていく。

「……分かった」

そう口にすると、アニが目を瞬かせた。

「……いいの？」

それまでの強気な態度が嘘のように、アニは不安げに表情を揺らした。きっとずっと、張りつめていたのだろう。

（『いいの？』なんて……）

それはこちらのセリフだ。

アニのような素晴らしい女性が、こんな卑怯《ひきょう》で自分勝手で臆病な男の妻になっていいはずがない。

けれどこれは国と国とが決めた政略結婚。個人的感情など関係ない。彼女自身がそう言ったのだから、かまわないだろう。

アークロッドはその場に跪き、アニを仰いだ。

世界の鮮やかさを教えてくれた青い瞳は、今も褪せることなく輝いている。

生涯で最初で最後の——否、生涯二度の一目惚《ぼ》れ。

彼女以外は考えられない。

「君の夫になりたい」

途端に泣き出したアニを、アークロッドは力一杯抱き締めた。

エドライドの青空には、夏の名残を惜しむ積乱雲が浮かんでいる。

それを王宮の露台から見上げながら、ユフィールが呟いた。

「アニ様、うまくいかれたでしょうか？」

心配そうなその横顔に、風にほつれた髪が一筋零れる。

カストルは手を伸ばすと、その髪を指先ですくって耳にかけてやった。

「きっと大丈夫だよ」

「——そうですよね。好き合っておられるのだから、きっとうまくいきますよね」

不安を打ち消すように微笑むユフィールは本当に綺麗で、カストルは腕の中に彼女を抱き寄せた。

そうしながら、ここ半月余りのことを思い返す。

——……アークロッドがエドライドを去った後。

『あいつが両親への罪悪感で姉上と結婚できないと言うのなら、そんな個人的感情は国益の前に捻り潰してやろう』

カストルが暗い微笑みを浮かべながら提案した最終手段に、アニは及び腰だった。

『……アークが受け入れてくれるとは思えないわ』

まだ涙に濡《ぬ》れる目を伏せ、アニは鼻をすすりながら反対する。

だがカストルは、主張を取り下げはしなかった。

『だ、か、ら、アーク個人が受け入れたくなくても王太子としては受け入れるしかないんだよ。大国エドライドと縁続きになれる上に持参金代わりに大型帆船十隻なんて、まれに見る好条件の縁談だ。エドライドとしてもセルト王国の海域の通行権が手に入るのは願ったりだし、一石二鳥。いや三鳥だね』

　元より、セルト王国とは海域の通行料金について度々揉《も》めていた。大国エドライドを馬鹿にするようなセルト王国側のやり口に、廷臣達の中にはこの際武力的な手段で解決しようと言い出す者もいたくらいだ。

　頭が痛いこの事案に、カストルは〝姉上にセルト王国に嫁いでもらって、代わりに通行権もらうってどうですか？〟とロルフィーに進言したことがある。言うまでもないことだが、冗談だ。ロルフィーには〝お前の冗談は笑えない〟とこっぴどく怒られた。

　ところが、この冗談が何故か〝カストル殿下がアニ王女をセルト王国の王太子に嫁がせたがっている〟という噂《うわさ》になった。――この噂がハルマンに利用され、アニはカストルに疑念を持ったらしい。

　このことを後から聞いて、カストルは項垂れた。どうして、自分が言う冗談は冗談のまま終わらないのだろう。過去にも、カストルが冗談のつもりで言ったことが原因で友人がとんでもないことになってしまったことがある。

　金輪際、冗談は言うまい。カストルがそう固く心に誓ったのは余談である。

『大国の威光を盾に強引に結婚を迫るなんて、卑怯だわ。それこそウィルダーンのやりそうなことだし、私は嫌よ……』

そう言うアニの言い分も分かる。

裁判で無罪になり、ようやくウィルダーンの血の呪縛から逃れられたというのに、結局同じようなことをしては意味がない。

けれどそれ以上に、アニはアークロッドにフラれて完全にしょげていた。ただでさえ心が折れているというのに、これ以上傷つきたくない。それがアニの本音なのだろう。

だが、カストルも引き下がるわけにはいかない。

ここで引き下がれば、アニとアークロッドは完全に終わってしまう。

『卑怯だろうが、かまうもんか。姉上、分かってる？　アークみたいな男、他にはいないよ？』

『そ、そんなこと分かって……』

唇を噛《か》み締めるアニに、カストルは畳み掛けた。

『いいや、分かってないね』

そうして、カストルはアニに五年前アークロッドに出した条件についての話をした。

〝学院を首席で卒業しろ〟〝それができなきゃ、どこかの国の王位を簒奪《さんだつ》しろ〟。

これを聞いたアニは、涙を拭って、カストルを責め立てた。

『私の結婚相手を、私には黙って品定めしてたってこと？』

『黙ってたことは謝る。でもウィルダーンの件もあったから、中途半端な男じゃ姉上を守れないと思ったんだ』

カストルがアニの本来の出自についてロルフィーから聞かされたのは、かなり幼い頃のことだ。

大切で、大好きな姉。そういう意味では、カストルとアニは両想いだったとも言える。

その大好きな姉の秘密を聞かされても、当然ながらカストルは姉に対して嫌悪感を持ちはしなかったし、特段慌てることもなかった。

秘密ごと姉を守ればいいだけの話だ。それができるだけの器量が自分にはあると、信じて疑わなかった。

実際カストルは頭が良くて、そこらへんの大人よりも大人びていた。だからこそ、ロルフィーはカストルに秘密を明かしたのだろう。

アニのことは、自分が守っていく――……けれど十三歳の時。カストルの人生は一変した。

宰相令嬢であるユフィールと出会ったのだ。

ユフィールは人見知りのせいで友人が少なく、周囲からは気位が高いのだと思われていた。

そんな彼女が肩に落ちた毛虫一匹に慄《おのの》き泣く姿に、カストルは偶然遭遇したのだ。

『命を救って頂いてありがとうございます』

肩から毛虫を払い落してやるとユフィールは大袈裟《おおげさ》なほどに感謝して、そんな彼女をカストルは面白いな、と思ったのだ。

いつの間にかユフィールのことばかり考えるようになり、ある日、アニとの約束をすっかり忘れてしまった。その結果、待ち合わせの場所である厩舎《きゅうしゃ》の裏で待ちぼうけを食らったアニは、長いこと冷たい雨にうたれるはめになり高熱を出してしまったのだ。

誰もカストルを責めなかった。アニでさえも熱で真っ赤な顔で『今度は忘れないでね』と笑うばかり。

でも、カストルは自分を責めた。そして思い知った。自分が人に言われているより賢いわけではないことを。

自分では駄目だと思った。カストルの心は既にユフィールに侵食されていて、アニが何より大切だった頃の自分には戻れない。

だから、自分の代わりにアニを守ってくれる人が必要だった。

もし事が起きた時に全力でアニを守り、そして守り切れる人。大切な姉の人生がかかっているのだ。中途半端な男じゃ安心できない。

——そうして、カストルはアークロッドを見つけた。

アニとアークロッドが互いをどう思うか、それだけは賭けにでるしかなかったが、女神はカストルに微笑んだ。

『——さすがに『王位を簒奪しろ』なんて冗談のつもりだったけれどね。まさかアークが王の隠し子だなんて思ってもみなかったし』

アークロッドがいなくなってすぐに、カストルはその行方を捜した。半年以上かかって、彼がどうやらセルト王国の第二王子だったらしいと配下から聞いた時は本当に驚いたものだ。

学院から除籍された彼が、何を考えているかはすぐに分かった。

だから、カストルは待った。彼が条件を満たして、そしてアニを迎えに来るのを。

けれどもなかなかやってこないことに業を煮やして、手紙を出したのだ。〝どうするつもりだ〟と。

――正直に言おう。実はその頃にはカストルはユフィールと密かに恋仲になっていた。

王太子という立場上周囲には結婚を迫られていたし、はっきり言って早くユフィールと結婚したかったのだ。

だからアークロッドをせっついた。

なかなか返事が返ってこないので〝十九才になるんだぞ〟と、追加の手紙も送った。

ユフィールの友人達は既に結婚している。彼女に嫁ぎ遅れの汚名を着せるわけには断じていかない。

ところが、あの馬鹿はこう寄越したのだ。〝すまない〟と。

――ふざけんなよ、てめぇ。

五年近く待たせておいて、それが返事か。

頭にきたカストルは、見え透いた罠《わな》を張ったのだ。

『アークは……』

表情を引き締めて、カストルはアニを見た。

『姉上のために僕が言った無茶に挑んで、そして勝った。分厚い身分の壁を、自分の力で乗り越えてみせた。誰にでもできるわけじゃないことはわかるよね？』

いくら評判が悪いとはいえ王妃を母に持つ正当な血筋の兄が既に王太子になっているのだ。そこへ帝王学もまともに学ばず、強い後ろ盾もないアークロッドが挑んだところで、普通なら敵うわけがない。けれど彼はたった五年で、継承順位をひっくり返してみせた。

それだけの才覚を、アークロッドは持っていたのだ。

カストルの問いかけに、アニは躊躇《ためら》いながらも頷いた。

『……ええ』

『でもね、姉上。欲しいもののために頑張るなんて、当たり前なんだ。目の前に餌がぶら下がっていたら調教していない馬だって走り出す。だけど考えてみてよ。両親を相次いで喪って、アークロッドは罪悪感から姉上との結婚を諦めた。つまり今回エドライドに来た時点で、アークは姉上とは結婚しないつもりだったんだ』

カストルが言葉を重ねるうちに、アニの瞳にみるみる涙が溜まっていく。

アークロッドに恋をしたところで無駄だったのだと、言われている気分なのかもしれない。

『私を泣かせたいの？』

『違うよ』

涙声で抗議するアニに、カストルは弱り果てた。どうもこれは、順を追って説明しなければならないらしい。

『ダンから聞いたよ。アークが姉上を探してあの広い街を走り回ったこと。姉上を助けようと川に飛び込んだこと。姉上のためにスティーネを探して、そして自ら捕らえようとして丸焦げになるところだったことも』

そうするうちに、アニの頬に涙が溢《あふ》れ出す。

アークロッドと過ごした数日間を思い出しているのだろう。

あいつは馬鹿だ、とカストルは思った。

変な理屈をこねまわして、結局は好きな女を泣かせているだけじゃないか。

でもそんなアークロッドだからこそ——一番だけじゃない、色々なものを同時に大切にしようとする彼だからこそ、カストルは〝彼だ〟と思ったのだ。

『姉上、自分のものにならない女のために、そこまでできる奴は他にいないよ』

『……っ』

アニは顔をぐしゃぐしゃにして泣くばかりで、何も言わない。

けれど、分かっているはずだ。

あんなにアニを愛してくれる男は他にいない。

『——姉上。あいつは逃しちゃダメだ。あいつだけは、諦めちゃダメだ。金だろうと国家権力だろうと、使える手段は全て使って絶対に捕まえろ！』

――……それでもアニは行き渋っていたが、セルト王国に向けた帆船に乗り込む時にはさすがに覚悟が決まったのか、腹が据わった顔をしていた。

（あれなら、きっと大丈夫だ）

アークロッドは基本的に押しに弱いし、もし彼が突っぱねたとしてもセルト国王がこんな好条件の縁談を断るはずがない。

きっとアニは、得意満面な顔で帰ってくるだろう。

「というわけで、ユフィー。随分待たせちゃったけれど僕らもそろそろ結婚……」

「あ、実はお話ししたいことがありますの、カストル殿下」

カストルの腕の中で大人しくしていたユフィールが、すっくと立ち上がる。

「私この間のアニ様の裁判を見て思いましたの。司法長官って何て気高いお仕事なのかしらって」

「……え？」

嫌な予感に、カストルは顔を顰《しか》めた。

胸に手をあてたユフィールは、いつになく瞳を輝かせて熱弁した。

「ですから私、司法長官を目指すことに致しますわ!!」

「……ちょっと待ってよ!!　僕と結婚するって約束は!?」

策士、策に溺れる。

エドライドの王太子妃が決まるのは、もう少し先になりそうだ。

アークロッドが立太子したその日。

前王妃と前王太子の専横に苦しんでいた民衆は新王太子の誕生に歓喜し、国を挙げての祝いは日が暮れた後も続いた。

広場では人々が音楽にあわせて踊り、夜空には色とりどりの花火が打ち上がる。

鮮やかなその花々を、アニはアークロッドの肩ごしに見上げた。

「……っはぁ」

熱い吐息が漏れ、身体が震える。

「アーク……っねぇ」

金の肩章が揺れる肩を、アニは必死に押し返す。

長椅子にアニを組み敷きその唇を貪っていたアークロッドが、僅かに上体を引いた。

「どうした？」

「どうしたじゃなくて……っん」

ぐちゅ、と淫猥《いんわい》な音がして、眉をひそめる。

赤いドレスはアークロッドの手で腰まで捲《めく》り上げられ、絹の下着と靴下は膝下で皺になっている。

押し上げるように大きく広げられた両足の中心には、既にアークロッドの雄茎が深く突き立てられていた。

「ん……っ」

ゆっくりとした抜き差しにあわせて、甘い痺《しび》れがアニを苛む。

大した愛撫《あいぶ》もない性急な挿入にも関わらず、アニの蜜道は滴るほどに潤って、アークロッドの動きを助けていた。

「ね、もう……ダメ……っ」

「どうしてだ?」

アニの懸命な訴えに耳を傾けつつも、アークロッドの律動は止まらなかった。

彼は脚衣以外の衣服を緩めていない。飾緒が揺れて、それが剝き出しになっているアニの胸の頂をくすぐった。

もどかしい快感が、アニの身体の熱を高めていく。

「ん……っ」

「こんなに濡れている。気持ちいいんだろう?」

「それ、は……っ、ぁっあ」

焦らすように浅い所を突かれ、思わず甘い喘《あえ》ぎが漏れる。

「ん、ん、ダメ……っアーク」

アークロッドはまた上体を倒し、覆いかぶさるようにして唇を重ねてきた。

喘ぐアニの唇を舐《な》め、呼吸を奪う。

「んっ……ダ、メだったら」

「だから、どうして？」

「だ、だって祝賀会が……」

実は、王宮ではアークロッドの立太子を祝う祝賀会が行われていた。

国内の貴族は勿論《もちろん》、国外からも賓客が訪れている。

それなのに主役であるアークロッドが、こんなところでこんなことをしていていいわけがない。

「皆、あなたを待ってる、のに……んっ」

「夜が明けたら、君はエドライドに帰ってしまうんだろう？」

「そ……っそうだけど」

「そうしたら、しばらく顔を見ることすら叶わなくなってしまう」

そう言うと、アークロッドはアニの片足を肩に担ぎ腰を深く進めた。

王族同士の結婚は場合によりけりだが、一年から数年の婚約期間が設けられるのが普通である。それだけの準備や根回しが必要だからだ。

アニ自身、セルト王国の王太子に、ひいては王妃になる為に学ばなければならないことは多くある。

基本的な言語は問題ないのだが、セルト王国の歴史に地理、習慣、貴族間の利害関係。

頭に叩き込んでおかなければ、後々アニ自身が苦労するのは目に見えていた。

婚約式をするにしても数ヶ月後。実際の婚礼は早くても一年後になるだろう。

「だから、大目に見てくれ」

「あ、や……っ」

熱杭が抜き差しされる毎に、蜜襞は爛《ただ》れるように熟れていく。

淫らな蜜がまるで泉のようにグプグプと湧いて、アニの後孔から臀部をねっとりと濡らした。

深い口づけで呼吸ができず朦朧《もうろう》となりながらも、アニは彼の首に手を回す。

「アー、ク……っん、ァ……あ」

「ア……ニ……っ」

「はぁ……っんっ、んん……っ！」

真上から猛然と雄芯を打ち付けられ、アニの身体は悲鳴を上げた。

「あ、っあ、……っ!!　ァ、ーク っ!!」

感じ過ぎて恐ろしい。

腰の骨が砕けてしまうかというほど強く中を突かれているのに、痛みを感じるどころかその逆なのだ。

あの媚薬《びやく》の効果も、初めてアークロッドに抱かれた夜の悦びも、軽々と凌駕《りょうが》する。

理性が溶けてしまう。

快感に酔って、頭がクラクラした。

「アーク……っ‼　アーク……ッァ」

乱れた赤髪の隙間から、灰緑の瞳がアニを見下ろす。

妖艶で、婀娜《あだ》っぽい、その眼差し。

「アニ……ッ……っ」

アニをきつく抱き締めて、アークロッドが呻《うめ》くように震えた。

身体の奥に白濁が注がれたのを感じ、アニの蜜道も引きずられるように収縮する。

「ア……っあ……っ！」

その瞬間は、瞬くほど短く、けれど千夜のように長くも感じた。

弛緩《しかん》するアニの手をとり、アークロッドが指の先に口づけた。

優しく、愛おしむようなその仕草に、アニの胸が締め付けられる。

「ね、アーク……」

「ん？」

甘やかすように先を促す彼に、アニは微笑んだ。

「大好き」

「……」

アークロッドは表情を曇らせて、そして深く溜息をついた。

「まったく、君は……」

「え？」

一度果てた筈《はず》の彼の欲望が、アニの中でむくむくと硬度を取り戻していく。

それを感じて、アニは顔を真っ赤にした。

「え？　ええ？」

「せっかく、もう終わらせようとしたのに」

腕を引かれ、アニは長椅子に座ったアークロッドに跨《また》がるようにして腰を抱き寄せられる。

アニの自重で深くなった結合部が、ぶちゅりと卑猥《ひわい》な音を立てた。

「ア、アーク」

「君が悪い」

「ちょ……！　あっ」

緩やかに揺さぶられて、アニは唇を噛んだ。

一度達した身体は、僅かな刺激にも敏感に反応してしまう。

「あ……っあ……っ」

まるで、ずっとぬるま湯に浸かっているような快感だった。

体が緩やかに溶けていくような気もする。

苦痛にも似た悦びに耐えるアニの苦悶《くもん》の表情に、アークロッドが瞬きも忘れて見入っていた。

「み、見ないで……」

何度も肌を重ねておいて今更だが、こんなふうに見られると恥ずかしくて堪らない。

けれどアークロッドは熱っぽい瞳で、アニを見つめ続ける。

「君の頼みは何でも聞きたいけれど、それは無理だ」

「あ……っ！　んん……」

視線に愛撫されているようで、アニは悶えた。

じっとりと肌に汗が滲《にじ》む。

蜜洞の奥がぎゅうっと締まり、アークロッドを奥へ奥へと誘い込んだ。

「は……っあ、ん……あっあ」

「ダメだ。顔を逸らさないで」

顎を指先で掬《すく》われ、アークロッドと目線が絡む。恥ずかしさに、アニは涙ぐんだ。

「や、やだ……ぁっ」

「君の乱れた顔を、もっと見せてくれ」

そういうと、彼は緩い律動にあわせて揺れるアニの胸に唇を寄せ、突起を赤い舌で舐め上げた。

「……っぁア！」

まるで飴《あめ》玉を舐めるかのようにチロチロと乳首を舐め回す卑猥な舌を、アニは食い入るように見つめた。

（もっと……）

もっと、そうして欲しい。

腰の奥が、ギュウ、と物欲しげに唸《うな》った。

「あ……っ！　ああ……っん」

熱をため込んだ若い身体は、やがて優しい突き上げでは満足できなくなる。

アークロッドの肩に手を置くと、アニは無意識のうちに体重を込めて、彼の屹立《きつりつ》に自らの身体を落とし込んだ。

「ァ……っあ、はァ……はぁ！　あ」

腰を落とすたびに卑猥な水音が響き、身体の奥に甘い痺れが走る。

いつしかアニは夢中になり、淫らに腰を振った。

「ぁアーク……っ！　アークぅ、ん、あっ」

柔らかな臀部《でんぶ》がアークロッドの腰にぶつかる音の間隔が、徐々に狭まっていく。

「溶けそうな顔をしてる」

舌で執拗《しつよう》にアニの胸を愛撫しながら、アークロッドは目だけでアニを見上げる。

その瞳に、アニは必死に頷いた。

「溶けちゃう……っ溶けちゃうの……！」

「いいよ、達って。ほら」

嬉しげに唇を緩め、彼は突然アニを強く突き上げた。

「ひっ……っあああっ!!」

あっけないほど簡単に熱が弾け、アークロッドの瞳の中でアニは絶頂に震えた。

その細腰を、アークロッドが強く摑《つか》む。

「ア……っダ、メ!!　ああ!!」

アニは目を見開き、嬌声《きょうせい》を上げた。

絶頂の波がおさまらないアニの隘路《あいろ》を、アークロッドが容赦なく突き上げてくるからだ。

「っああ!!　い、やあ!!　んん!!」

暴力的な快感に、アニは髪を振り乱す。

窓の外から花火を打ち上げる音が聞こえる。それが何を祝うものだったのかも、もはや思い出せない。

「アニ、好きだ……っ」

余裕も理性も投げ捨てて、アークロッドは一心不乱にアニを責めたてた。

「好きだ、アニ」

「あっ……!!　ああっんん……っ」

——私も好き。

そう答えたいのに、アニの唇から出てくるのは甘い喘ぎだけだ。

(ああ——……)

王家の血を引かないことで、後ろ指をさされた日々。

受け入れて欲しくて、道化のように笑った幼い頃。

そのすべてが、この為だったような気がする。

この為に――彼の腕の中に辿《たど》り着く為の道筋。

「アニ……っ！」

「アー、ク……ッ」

身体を震わせて、アニは愛する人の全てを受け止めた。


エドライド王室専用の豪華な帆船に乗り込もうとするアニを、やや青ざめた顔のアークロッドが引きとめた。

「頼むから、陸路で帰ってくれ」

婚約者の切実な頼みを、アニはけろりとした顔であっさり拒絶した。

「嫌よ。あなたのせいで腰が痛いんだから、馬車も騎乗も絶対無理」

「……」

黙り込むアークロッドの頬に、アニは爪先立って口づけする。

これを遠目に見ていた観衆から、囃《はや》し立てるような歓声が上がった。

湾港は帰国するアニを一目見よう、見送ろうとする人々で埋め尽くされている。

アークロッドとアニの婚約は立太子式にあわせて既に発表され、民衆は大国エドライドの後ろ盾を得られたこと、そして歌劇で有名な〝悪女の娘〟が自国の王太子妃になることを大いに喜んでいた。

手を振って歓声に応えながら、アニはアークロッドに笑顔を向ける。

「分かってるでしょう？　これから先、ずっと船を避け続けるなんて無理な話だって」

「それは……」

「大丈夫。あなたが怖がっていることなんて、もう絶対に起こらないから。言ったでしょう？　幸せにしてあげるって」

自信満々に言い切るアニの笑顔に、不安げだったアークロッドの口元にも微かに笑みが宿る。

「昨日……両親の夢を見たよ。笑ってた。『本当に馬鹿な子ね』って叱られた」

「――そう」

きっとその夢は、アークロッドにとっていい夢だったのだろう。嬉しそうなアークロッドに、アニも口元を綻ばせた。

どちらからともなく、二人は互いを抱き寄せ合う。

別れは寂しかったが、悲しくはなかった。

これまでの別れと違って、これは二人で歩いていくための準備期間なのだから。

「手紙を書く」

「ええ。私も書くわ」

「元気で」

「あなたもね」

人目も憚《はばか》らず長いこと抱き締め合う二人を、人々は囃《はや》し立てながらも祝福する。
エドライドが誇る大型帆船の白い帆が、悠然と風に靡《なび》いていた。

あとがき

初めましての方もお久しぶりの方も、こんにちわ。明七です。

この度は『王女の証明　訳あり子爵は大罪人の末裔に甘い罰を与える』をお買い上げ頂きありがとうございます。

今作は『王妃の大罪　それでも王は禁忌を犯した母子を愛す』に登場したアニの恋のお話です。生い立ちが生い立ちなだけに、前作のその後を心配されていたアニですが、今作では美しく成長して登場します。カティアとロルフィーに愛情いっぱいに育てられたアニが、どんな女の子に成長し、どんな人にどんな恋をするのか、楽しんで頂けたら幸いです。

作中では、アニの『人を疑わない』という長所が彼女自身に様々な苦難を呼び込んでいます。騙されて騙されて騙されて……。傍から見れば『もうちょっと考えろ！』と苛々してしまいそうですが、それでも人を信じようとするお姫様であって欲しいな、と考えてアニを書きました。対してアークロッドは『人を疑わなきゃいけない』という環境にいた為、余計にアニが綺麗に見えるのかもしれません。

ちなみに作中で度々アニがしている髪型は〝三つ編みカチューシャ〟といいます。この髪型をしたお姫様の絵画を見てアニのビジュアルイメージが固まりました。

書籍化にあたり、今回も色々な方にお世話になりました。この場を借りて御礼申し上げます。

イラストを担当して頂いたｙｕ：ｉＮａさま。今回も美麗イラストをありがとうございます。

『(挿絵の)Ａ案とＢ案どっちがいいですか？』という究極の選択。おそらく、今後あれほど迷うことはないでしょう。

また、読者の方には感謝しかありません。温かい言葉や励まし、ありがとうございます。

実は今作の電子版が出た後に体調を崩しまして、しばらく執筆をお休みさせて頂きました。

色々な方にご心配とご迷惑をおかけし、大変申し訳ありませんでした。

お休みした結果、自分が書かずにはいられない人間だと再認識した次第です。

以前にもましてゆっくりなペースかもしれませんが、皆様に楽しんでもらえる作品を書きたいと思いますので、今後ともよろしくお願いします。

明七

本書は、電子書籍レーベル「ルキア」より発売された電子書籍『王女の証明　初恋の人に求婚（プロポーズ）されましたが、わけあって承諾できません』を元に加筆・修正したものです。

★著者・イラストレーターへのファンレターやプレゼントにつきまして★
著者・イラストレーターへのファンレターやプレゼントは、下記の住所にお送りください。いただいたお手紙やプレゼントは、できるだけ早く著作者にお送りしておりますが、状況によって時間が掛かる場合があります。生ものや賞味期限の短い食べ物をご送付いただきますとお届けできない場合がございますので、何卒ご理解ください。
送り先
〒160-0022　東京都新宿区新宿1-36-2　新宿第七葉山ビル
(株) パブリッシングリンク
ムーンドロップス 編集部
○○（著者・イラストレーターのお名前）様

王女の証明
訳あり子爵は大罪人の末裔に甘い罰を与える

２０２５年２月１７日　初版第一刷発行

著……………………………………………………………… 明七
画……………………………………………………………… yuiNa
編集……………………………… 株式会社パブリッシングリンク
ブックデザイン……………………………………… しおざわりな
（ムシカゴグラフィクス）
本文ＤＴＰ…………………………………………………… ＩＤＲ

発行……………………………………………… 株式会社竹書房
〒102-0075　東京都千代田区三番町８－１
三番町東急ビル６Ｆ
email：info@takeshobo.co.jp
https://www.takeshobo.co.jp
印刷・製本……………………………… 中央精版印刷株式会社